湛庐 CHEERS

与最聪明的人共同进化

HERE COMES EVERYBODY

Left Neglected
被忽略的赛拉

[美] 莉萨·吉诺瓦 著
Lisa Genova
王林园 译

你了解"单侧忽略"吗?

扫码鉴别正版图书
获取您的专属福利

- 单侧忽略是指病人单侧的身体残疾吗?
  A. 是
  B. 否

- 以下哪种症状不是单侧忽略的典型症状?
  A. 只和站在一侧的人打招呼,对站在另一侧的人视而不见
  B. 吃饭时只夹放在一侧的食物
  C. 头、眼总是偏向一侧
  D. 不能识字

扫码获取全部测试题和答案,
一起学习单侧忽略的
相关知识

- 单侧忽略能被彻底治愈吗?
  A. 能
  B. 否

扫描左侧二维码查看本书更多测试题

推荐序

生命在医学之上
——疾苦文学的救赎意义

王一方
北京大学医学部教授

现代医学牛不牛？当然牛。无论是内行还是外行都会惊叹，它越来越先进、越来越精准，越来越多的药物像充满魔力的子弹，直击靶点，杀敌不伤己；不仅可以在胎儿身上做手术，还可以在基因上"动刀"；器官移植手术可以移植除了大脑之外的器官，几乎没有盲区；ICU里每天都在讲述着起死回生、妙手回春的故事。然而，还有许多疾病与创伤，现代医学要么无济于事，要么办法不多、短板不少。生物医学更乐意把一切疾苦都归咎于医学，事实的证据化、对象化、客观化，大量情感化、心灵化、社会化的痛苦被遮蔽。对此，宿命论者的隐喻是"膏肓"，医学永远难以超越不确定性，所谓"道高一尺，魔高一丈"。从生命哲学角度看，就是"生命在医学之上"。也就是说，生命的价值丰度远远超越了医学的。以"救助"为例，医学的全部魅力在于疾病的"救治"、危机的"救援",医学的进阶也不过是身心的"拯救",而生命关怀的至高境界是苦难的"救赎"。何以为"赎"?依照法国哲学家让·鲍德里亚(Jean Baudrillard)的观点:痛苦是人生的"象征性交换",由此确立受苦的意义和人生的价值。人生不过是一个穿越苦难、超越苦难的旅程。完整的人生、刚毅的人生里少不了苦难的救赎。

摆在诸君面前的这几本书,讲述的都是人间苦难的救赎故事,尽管我们也可以把他们的疾病罗列出来,阿尔茨海默病、孤独症、单侧忽略,然而,绵长的苦况绝非求医问药就能征服,更不是高技术、高投入所能战胜的,患者、家人、社会都从疾苦陪伴、见证、抚慰、安顿中解读出别样的人生密码。

作者记录、咀嚼、反思、咏叹、彻悟人生密码,呈献给读者《依然爱丽丝》《爱你的安东尼》《被忽略的赛拉》。

细细读来,故事情节忽明忽暗,人物命运扑朔迷离,但一定会凸显某种范式:有山雨欲来、有迹可循的序章,如至冰窟、头昏脑胀的心理休克,有心如刀绞、忧心如焚的折磨与煎熬,还有生不如死、度日如年的漫长过渡。从心乱如麻,到心力交瘁,再到无力无奈,最后随着解脱疾苦羁绊的终极解药——或许是死神的降临而云消雾散。

掩卷而思,我们可以从中悟到些什么……

疾苦是医学的母题,也是文学的母题。人们正是因为身心的疼痛或痛苦,才迫切渴望医学和文学的诞生,而伟大的文学作品都包含了对苦痛的追问、对人性的剖析。疾苦文学是对医疗技术叙事的拓展,揭示了疾病的非技术面相,它是灵魂的裸舞,是生命险境中人性、灵性、诗性的抒发。而单纯的生物学眼光造就了对疾痛理解、处置的偏狭。因为躯体疼痛必然产生心理与社会投射,演变成身心痛苦,除了疼痛感受之外,还有诸多心理反应、社会交往缺失,如孤独、苦闷、失落、恐惧、气愤、内疚、无助等体验。持续、群体痛苦的叠加，便是人类的大苦难。

在一个享乐主义盛行的年代里，我们为什么需要疾苦文学？难道我们有受虐癖好？显然不是，只因痛苦是人生快乐、幸福的映衬与参照物，疾苦可以使生命变得"深沉"而"厚实"。如果说恶疾是一次托付生命的壮游，触动灵魂的远行，疾苦文学就是一部记录人生历险的游记，这份游记不仅值得个人珍藏，也值得每一个希望生命精彩的人细细品味、分享。文学的精神阅读史（心灵剧场的角色扮演），是肉身痛苦、心灵苦难、生死（无常）宿命、救疗（无力-无奈）体验的接受史、感受（共情）史、投射史，也是一个人的精神发育史：借他人的苦难，得自身的彻悟。如果说踢足球、观足球比赛是男人英雄梦的替代，疾苦文学则是健康人、幸运儿生命两极体验的品味与遥望。马克斯·舍勒（Max Scheler）在《受苦的意义》一书中认为对疼痛的纵容本质上是拒绝轻而易举地获得快乐和幸福。人常说："痛苦使我强大。"诗人余秀华曾宣称："疼痛和苦难让心灵更加明澈。"让-雅克·卢梭（Jean-Jacques Rousseau）更是断言："一个人如果惧怕痛苦，惧怕种种疾病，惧怕不测的事件，惧怕生命的危险和死亡，他就会一事无成。"

对于医护领域的读者而言，他们可以把疾苦文学作为叙事医学进阶的范本，是医患共情、技术反思的良药。在叙事医学开创者丽塔·卡伦（Rita Charon）看来，"只有听得懂他人的疾苦故事，才能开始思考如何解除他人的苦痛"。疾苦救助仅有证据是不够的，故事也是证据；身心拯救仅有技术是不够的，人文也是技术。医学的目的或许并不是奋不顾身的救死扶伤，而是如何回应患者的痛苦。人类面对疼痛、苦楚、罹难，有拒绝、愤怒、讨价还价、沮丧的情绪（呈现共轭效应），存在激烈的身-心冲突、欲-求冲突、命-运（使命与宿命）冲突、恩-怨冲突、知-行冲突，导致精神（价值）大厦倾斜、倾圮。单一的心理疏导难以抵达这些冲突的深渊。

  最后，笔者想指出，疾苦文学并非只有文学感染力，还具有现实的引领、示范价值。它告知我们，患者接纳疾苦之后，应对办法有三：一是直面它（迎击，不回避，不放弃生命的目标），二是解构它（无意义的痛苦），三是重构它、赋意义于它。因此，医者、亲属一方面需要寻求对症治疗，如快捷的缓解疼痛之药，另一方面则需要着力进行痛苦抚慰，解决抑郁、危机感、绝望的纠结，同时去阐释痛苦的意义。一般认为，抚慰苦难的路径有三：一是支持性／支撑性抚慰，二是心理危机辅导，三是生命意义的建构。掌握这些基本的路径对我们大有裨益。如果我们的亲朋好友遭逢了突发的事故，或者身处银发时代的洪流中突遇阿尔茨海默病，我们在应对方法上也不至于白纸一张。

献给克里斯和伊桑

LEFT NEGLECTED

目录

推荐序　　生命在医学之上——疾苦文学的救赎意义

王一方

北京大学医学部教授

序　章　　　　　　　　　　　　001

我总是把所有人的活动都写在我的日历里，我像空中交通管制员一样，什么时间，谁在哪，我都要知道得清清楚楚。

第 1 章　　　　　　　　　　　　005
第 2 章　　　　　　　　　　　　024
第 3 章　　　　　　　　　　　　037
第 4 章　　　　　　　　　　　　047
第 5 章　　　　　　　　　　　　057
第 6 章　　　　　　　　　　　　066

等我意识到自己忽略了左侧之后，我没有哭成泪人儿，也没有哀嚎"这下完了，这下真的完了"，而是强迫自己往最好的方面想。感觉就像"末日城"的市长给了我一把打开城门的钥匙，但我正想尽办法不进去。

第 7 章	077
第 8 章	085
第 9 章	090
第 10 章	098
第 11 章	106
第 12 章	118
第 13 章	123
第 14 章	138
第 15 章	145
第 16 章	154
第 17 章	159
第 18 章	173

我再次观察着自己画的画，只能注意到缺失的那一半。没有一样是对的：遗漏、瑕疵、忽略、脑损伤。它到底好在哪里？

第 19 章	183

第 20 章	188
第 21 章	195
第 22 章	203
第 23 章	216
第 24 章	230
第 25 章	239
第 26 章	246
第 27 章	253

我已经走到了门口，里面就是我从前的生活。要回归我的生活，现在我要做的就是径直走进去。

第 28 章	261
第 29 章	269
第 30 章	281
第 31 章	286
第 32 章	295
第 33 章	302
第 34 章	306
第 35 章	311
第 36 章	314

第 37 章	321
第 38 章	326
第 39 章	329

作者按	337
致谢	339

序 章

　　我觉得自己内心其实有一丝顾虑，知道这样的生活无以为继。有个声音时不时地向我低语："赛拉，拜托你慢下来吧。你不需要做这么多。你不能一直这么下去。"可是，那个自诩能力强、够聪明、一心想要成功、成功、成功的自己，却一个字也听不进去。倘若这类想法偶尔钻进了我的意识之中，我总会叫它们不要出声，把它们责备一番，再命令它们赶快回屋去。我对这个声音说："别吵了，没看见我有一百万件事要做吗？"

　　就连梦也开始拍打我的肩膀，试图吸引我的注意。"你知道自己在做什么吗？我来让你瞧瞧。"可是每次醒过来，梦就变得模模糊糊，就像我徒手抓到了一条又黏又滑的鱼，还没等我看清楚，鱼就一下子从我手中溜掉，游走了。说来也怪，我现在倒全都记起来了。我想，出事之前那几个晚上的梦是想把我叫醒的，后来发生的事让我真心觉得，这些梦是来自灵界的指引，是上帝的信号，可我当时竟然未加理会。大概我需要的是那种不会稍纵即逝、更加具体的提示吧。

　　比方说，脑袋被狠狠地撞一下。

我总是把所有人的活动都写在我的日历里,我像空中交通管制员一样,什么时间,谁在哪,我都要知道得清清楚楚。

第 1 章

"各位幸存者,准备好了吗?"

杰夫①,那位帅气得令人发狂的真人秀节目主持人面露微笑,却迟迟不下令。他明知道这么做会让我们急得发疯。

"出发!"

我在雨林里奔跑。一路上,小虫子不断扑在我脸上,弄得我一阵阵恶心。我仿佛是人体挡风玻璃。

别去理会。抓紧时间。

尖细的树枝抽打着我的脸、手腕、脚腕,留下了一道道伤口。我流血了,伤口一阵阵刺痛。

别去理会。抓紧时间。

一根树枝勾住了我的丝质衬衫,肩膀到手肘的地方划开了一道口子。这可是我最喜欢也最昂贵的衬衫。

这下可好,我没法穿着这件衬衫去开展会了。过后再弄吧。抓紧时间。抓紧时间。

我跑到沙滩上,看到了一根根浮木。我需要扎一只木

---

① 杰夫·普罗布斯特(Jeff Probst),美国著名竞赛类真人秀节目《幸存者》(Survivor)的主持人。——译者注。若无特殊说明,本书注释均为译者注。

筏，可我一件工具都没看到。我在沙滩上四处寻找，可还是找不到任何工具。这时候我想起来，杰夫之前拿了一张地图，让我们看了一秒钟，接着就烧了。地图燃烧起来，他咧开嘴笑了。杰夫填饱了肚子，穿着散发洗衣液香气的衣服，自然容易心满意足，我可是好几天没吃过东西，也没洗过澡了。

"妈妈，快来帮我呀。"身边传来查理撒娇的声音。他不应该在这儿的。

"现在不行，查理，我得去找红旗，还得找一套工具。"

"妈妈，妈妈，妈妈！"查理不住地叫唤着。他抓着我那条划破的袖子一扯，口子一下裂到了袖口。

这下可好，衬衫彻底废了，而且我看上班之前是来不及换衣服了。

我瞥见平坦的沙滩上方有一抹红色，离我大约有九十多米。我跑了过去，查理跟在后面，一直拼命地喊："妈妈，妈妈，妈妈！"

我低下头，看见到处都是亮闪闪的碎玻璃，有绿色的，也有棕色的。但不是海玻璃[①]，而是裂口参差而锋利的新玻璃。除此之外，沙滩上还铺满了碎裂的玻璃瓶子。

"查理，别吵！别跟着我！"

我一路跑过去，成功地避开了脚下的碎玻璃，但这时我听见查理大发脾气，杰夫哈哈大笑。我一不小心踩偏了，一块绿玻璃深深地扎进了我的左脚掌心，伤口疼得要

[①] 海玻璃，一般是人类丢弃的各种玻璃制品，经过海水、砂石打磨后形成的光滑玻璃。

命，血流个不停。

别去理会。抓紧时间。

我跑到了红旗前。一群蚊子围着我的鼻孔、嘴巴、耳朵飞进飞出，我忙不迭吐掉，又忍不住干呕。我是想补充点儿蛋白质，但不是这种。我用两只手捂住脸，屏住呼吸，往红旗西面迈了十二步。

我忍着蚊子疯狂的飞扑，用两只手挖开沙子，找到工具箱后，又一瘸一拐地折回浮木跟前。查理还在这儿，他蹲在沙滩上，正用碎玻璃搭城堡。

"查理，别玩了。你会受伤的。"

他充耳不闻，继续搭城堡。

别去理会。抓紧时间。

木筏扎了快一半，这时我突然听见一阵狼嚎声。

叫声越来越大，越来越大。

抓紧时间！

半只木筏不够牢固，承受不住我和查理两个人的重量。我一把抱起查理，把他从碎玻璃城堡旁边扯开了。他尖叫起来，对着我又踢又捶，我吃力地拖着他走向那半只木筏。

"你到了对岸就去找人求救。"

"妈妈，别离开我！"

"这儿不安全，你必须得走！"

我把那半只筏子推到水里，强劲的水流立刻把木筏冲走了。正当我看着查理漂漂荡荡地消失在视线里，狼群便开始撕扯我的裤子和我最喜欢的衬衫，它们撕开了我的皮肤，想要把我活活吃掉。我奄奄一息，杰夫却面露微笑，我在想，我到底为什么要参加这个愚蠢的游戏啊？

我的人形闹钟突然把我叫醒了。那是我九个月大的儿子莱纳斯，他奶声奶气的"巴——巴——"声从婴儿监视器里传出，把我从死亡的梦境拉回了现实。

星期五

我看了眼真正的闹钟，时间是五点零六分，比我设置的闹铃时间早了一个小时左右。干脆现在就起来吧，我这么想着，便伸手取消了闹钟。老实说，三个孩子里准有一个会把我吵醒，我已经不记得上一次被闹铃叫醒是什么时候了，睡懒觉更是遥远的记忆。早上跟自己讨价还价，只为在床上享受短暂而奢侈的几分钟。再多躺九分钟，不刮腿毛了；再多躺九分钟，不吃早饭了；再多躺九分钟，亲热一番。贪睡功能键我已经很久很久没碰过了——查理七岁，所以是七年没碰过了，感觉更像是一辈子。我之所以每天晚上还费神定闹钟，就是因为我知道，我就是知道，要是我刚好哪天没定闹钟，以为可以靠我的"小天使"们来叫醒我，那么这天早上肯定有事，要么是有一个重要的截止日期，要么是要赶绝不能错过的航班，而他们准会破天荒全都在呼呼大睡。

我站在床边，低头望着鲍勃。鲍勃闭着眼睛，表情放松，张着嘴巴，摊开四肢平躺着。

"还装睡。"我叫他。

"我醒了。"鲍勃仍旧闭着眼睛，"他叫的是你嘛。"

"他喊的是'巴巴'，不是'麻麻'。"

"你想让我去哄他吗？"

"不用，我起来了。"

我光脚踩在冰凉的硬木地板上，穿过走廊，走到了莱纳斯的卧室。一开门，我就看见莱纳斯挨着婴儿床的护栏站着，嘬着安抚奶嘴，一只手抓着破旧的毯子，另一只手抓着他心爱的小兔子，这个玩偶可比毯子还要破旧。莱纳斯一看到我，整张脸便绽放出笑容，我看了也不由自主地微笑起来。他开始拍打护栏，像是一个可爱的小犯人刚刚服完最后一天刑期，已经准备就绪，就等着出狱了。

我把莱纳斯抱起来放到尿布台上，他本来的好心情一下子崩塌了，取而代之的是号哭。他弓着背，扭着身子，拼尽全力反抗每天要经历五六次的事。我怎么也弄不明白，他为什么会对换纸尿裤这件事深恶痛绝？

"莱纳斯，别闹了。"

我不得不动用令人心惊的力气把他按住，靠蛮力帮他换好纸尿裤和衣服。我在莱纳斯肚皮上噗噗地吹了几下，又唱起了"一闪一闪亮晶晶"想让他安静下来，可惜他从头到尾都不配合，就是要和我作对。尿布台紧挨着莱纳斯房间里唯一的窗户，有时候这对分散注意力很有用：看，有小鸟！不过这时候外面一片漆黑，连小鸟都还没起床。上帝啊，这会儿还是凌晨呢。

莱纳斯晚上不会睡一整夜。昨天夜里，他凌晨一点钟哭闹了一回，我抱着他把他哄睡了，三点刚过，鲍勃又去哄了一次。九个月大的莱纳斯还不会说话，只会"巴巴……麻麻……大大"地咕哝，所以我们没办法问他有什么事，也没办法跟他讲道理或者讨好他。每天晚上，我和鲍勃都极不情愿地跟他玩猜谜游戏，而且我们从来没有猜对过。

你觉得他是不是长牙了？该不该给他吃点泰诺[①]？可我们不能天天晚上都靠吃药来让他睡觉啊。可能他耳朵发炎了，我之前看见他在抠耳朵。他总是在抠耳朵。是不是他把安抚奶嘴弄丢了？可能是做噩梦了吧，也可能是分离焦虑。我们该不该把他抱到床上睡？

[①] 泰诺，一种退烧镇痛药。

我们还不想走这一步吧？前两个孩子是怎么搞定的来着？我不记得了。

有时候，我们两个被弄得筋疲力尽却毫无办法，于是打定主意，干脆不理他，就由着他哭闹。可是小小的莱纳斯拥有非同寻常的耐力和肺活量，不达目的决不罢休。一旦他下定决心要做一件事，就会百分之百地投入其中，我觉得这个劲头在他以后的人生中是个优点，所以在对逼着他改掉这一点上还是有所保留的。通常情况下，他会哭上一个多小时，这期间我和鲍勃就躺在床上，与其说是假装听不到哭声，不如说是在仔细聆听，想分辨出声音高低或者节奏快慢有哪些细微的变化，可能预示着号哭即将进入尾声，可惜我们一直没有任何发现。

到最后，另外那两个孩子里总有一个会敲门进来，一般都是露西。

"莱纳斯哭了。"

"我们知道，宝贝。"

"我想喝杯牛奶，可以吗？"

于是我起床去给露西拿牛奶，鲍勃也起床去哄莱纳斯。计划泡汤。宝宝赢了。比分如下：哈佛大学工商管理硕士出身、拥有高超的谈判和领导能力的父母零分；九个月大、没受过任何正规教育、没有任何社会经验的宝宝满分，他赢的次数太多，我疲惫的大脑已经数不过来了。

换好衣服，从可怕的尿布台上抱起莱纳斯之后，他马上不哭了。毫无芥蒂，毫不记仇，只享受当下。我吻了吻这个小佛陀，又用力抱了他一下，接着把他抱到了楼下。查理和露西都起床了。我听见露西在自己的卧室里忙活，查理则窝在客厅的豆袋沙发上看《海绵宝宝》。

"查理，这么早不能看电视，快关了。"

可查理看入了迷,没听见我说话——至少我希望是他没听见我说话,而不是听见了却故意不理会。

露西从卧室里走了出来,打扮得像个疯子。

"妈妈,你看我时不时髦?"

她穿了一件粉白相间的波点背心,外面配了一件橙色的长袖衬衫,腿上穿着天鹅绒豹纹打底裤,腰间是粉红色的芭蕾舞纱裙,脚上穿的是雪地靴,头发上随意地别着六只发卡,每只发卡颜色都不一样。

"宝贝,你美极了。"

"我饿了。"

"来吧。"

我们走到厨房,露西爬上了厨房岛台旁的高脚凳,我倒了两碗早餐麦片,一碗给露西,一碗给查理,又拿了一瓶奶给莱纳斯。

没错,我的三个孩子的名字都和《花生漫画》[1]里的人物一样。查理七岁,露西五岁,不过当时给他们俩取名字的时候并不是因为这部漫画,也没想过其中的联系。查理是鲍勃父亲的名字,而露西这个名字我们两个都很喜欢。几年之后,我们把所有的婴儿用品要么捐了,要么放在网上卖了,甚至欢送了纸尿裤、婴儿车和巴尼[2],这时候我却意外怀孕了。我们需要再想一个名字,这就有些为难了。

"我觉得可以叫史洛德。"一个同事这么建议。

"不好,绝对得叫莱纳斯,要么就叫伍德斯托克。"另一个同事说。

---

[1]《花生漫画》(Peanuts),美国漫画家查尔斯·M. 舒尔茨(Charles M. Schulz)创作的连环漫画,主人公为查理·布朗(Charlie Brown)和他的小狗史努比(Snoopy),露西和莱纳斯兄妹是漫画中的主要人物。

[2] 巴尼(Barney),出自美国儿童节目《巴尼和朋友们》(Barney & Friends),形象是一只紫色的恐龙。

直到这时候我才发觉,原来我们给前两个孩子取的名字就遵从了《花生漫画》的人物设定。不过我很喜欢莱纳斯这个名字。

我一边给莱纳斯喂奶,一边看着露西吃早饭,她总是先挑着吃掉麦片里所有的彩色棉花糖。

"查理,快来!你的麦片要泡软了!"

露西又吃掉两勺。

"查理!"

"来了,来了。"

查理磨磨蹭蹭地坐到露西旁边的高脚凳上,低头望着自己那碗麦片,好像那是有史以来最可怕的家庭作业。

"我困了。"他开口说。

"那你为什么要起来?回去睡觉。"

"好。"他说着就走上楼梯,回卧室去了。

露西喝光了碗里的牛奶,用袖子擦擦嘴,跳下凳子,一句话没说就走开了。莱纳斯急着要像姐姐那样重获自由,也喝光了奶瓶里的奶,打了个嗝,根本不用我帮忙。我让他在地板上自由活动。地上散落着许多玩具,还有饼干渣。我抓起一只小球,往客厅里一扔,说:"去捡吧!"

莱纳斯知道这是在做游戏,兴奋极了,他追着那只小球爬了过去,活像一只顽皮的小狗。

我总算有了片刻的空闲。我吃掉了查理碰也没碰过的那碗泡软的麦片——总得有人吃啊。接着,我把所有的盘子都收到水槽里,擦了台面,冲上一壶咖啡,给查理和露西准备午餐盒和零食,又给莱纳斯装好了日托中心用的妈咪包。我在露西去参观普利茅斯种植园[①]的活动同意书上签了"同意",并在"是否陪同前往?"的问

[①] 普利茅斯种植园(Plimoth Plantation),最初为17世纪英国殖民者建立的定居点,1947年美国政府进行仿建,作为历史博物馆。

题旁边勾了"否"。我在查理的背包里找到了老师写的便条：

> 亲爱的尼克森先生、太太：
> 　　成绩单已经于上周发出，希望二位已经抽空看过了。我想约一个时间，和二位当面谈谈查理的情况。方便时请尽早回复。
> 　　由衷的致意！
> 　　　　　　　　　　　　　　　　加文小姐

　　查理的成绩单可不是每个家长梦寐以求的东西，如果这个家长自己的成绩单一直都完美无瑕，那就更谈不上了。我和鲍勃都知道会有问题，比如在阅读和集中注意力这两项上，查理都需要提高。去年的情况已经让我们有了一点心理准备，不过那时候他还在上幼儿园，所以尽管他有几科成绩低于平均水平，老师和鲍勃也都觉得不用在意。"他是个男孩嘛！等上了一年级，他就能习惯老老实实地坐着，习惯在学校待一整天了。我每年都能看到这样的情况。别担心。"

　　好了，他现在上了一年级，我很担心。他的大部分科目成绩要么是"N"，也就是"需要提高"；要么是"3"，也就是"低于预期"。看到一连串的"3"和"N"，鲍勃的脸色也没那么好看了。不管查理出了什么问题，总之，这次不能再大而化之地用"他是男孩"来解释了。他的问题到底出在哪里？

　　那碗麦片塞进胃里，弄得我不太舒服。我不该吃那么多糖的。我打开咖啡机旁边的笔记本电脑，一边站着查看邮件，一边等煮好的咖啡来满足我咖啡因上瘾的大脑。我有六十四封新邮件。昨天晚上，我一直工作到午夜，处理了所有的未读邮件，所以这些邮件都是这五个小时里发来的。有几封来自西岸的办公室，是半夜发送的，还有至少二十封来自亚洲和欧洲的办公室，那边已经开始今天的工作了。还有两封邮件标着"紧急"，来自波士顿办公室一个惊慌失措的年轻分析师。

我专心地查看和回复邮件，好一会儿都没人来打扰。我竖起耳朵，可是什么动静都没有听到。人都去哪儿了？

"露西？莱纳斯？"

客厅里播着《海绵宝宝》，但观众只有豆袋沙发。我冲到楼上露西的房间，两个孩子都在。这就是说，露西忘了给楼梯底下的安全门拉上门闩，莱纳斯自己一路爬了上来。感谢上帝，他没想要爬下楼，因为他目前最喜欢的下楼姿势是头朝下。我还没来得及感谢上帝保佑他平安无事，没来得及心有余悸地敲敲木头[①]地板，也没来得及把忘记拉上门闩的露西好好训斥一番，就突然绷紧了神经，全神贯注地望着莱纳斯。他坐在地板上，却没有在研究任何东西，嘴巴紧闭着，样子很可疑。露西坐在不远处的地板上，正在用珠子串首饰。珠子散落了一地。

"莱纳斯！"

我伸出左手，一把抓住他的后脑勺，右手食指在他嘴里来回划拨。他开始反抗，脑袋左右摇晃，嘴巴闭得更紧了。

"莱纳斯，张嘴！你嘴里有什么？"

我摸到了。我用手指一勾，掏出了一个泡泡糖粉色的塑料珠子，有蔓越莓大小。莱纳斯根本不知道自己有生命危险，只觉得遭到了侵犯和抢劫，于是号啕大哭。鲍勃站在门口，他已经冲了澡，

[①] 敲木头，西方习俗认为敲木头可以祛灾祈福。

穿好了衣服。

他担心地问:"出什么事了?"

"他差点被这东西噎住。"

我摊开手掌,向鲍勃展示那粒差点杀人的珠子。

"没事儿,这么小的珠子不会噎住。他会没事的。"

即便如此,露西身边的地板上还散落着很多大珠子,另外还有几枚硬币、几条发圈和一个弹力球。露西的房间就是一个死亡陷阱。如果莱纳斯捡起一枚硬币来嗑怎么办?如果他觉得橙色的大珠子特别好吃怎么办?如果我没及时赶来怎么办?如果莱纳斯躺在地板上没了呼吸,嘴唇发青,又怎么办?

要是鲍勃能读懂我的想法,他准会叫我不要胡思乱想,不要幻想那些最坏的结果,得放松下来。大家都没事。所有的孩子都会把不该吃的东西往嘴里塞,他们会吃剥落的油漆,吃蜡笔,会吞土块、石头,还有各种各样我们根本不知道的东西。他们还会自己爬楼梯。鲍勃会说,小孩子很厉害的,他们会活下来的。

可我知道不是这么回事。那些最坏的结果不需要我去幻想,因为我记得。有时候小孩子能活下来,可有时候不能。

我这个极为迷信、有点强迫症的 A 型人格[①]完美主义者攥着手里的珠子,在木头床柱上敲了两下,感谢上帝保佑莱纳斯平安无事,接着开始责备做姐姐的露西。

"露西,你这个房间太危险。你得把珠子全都收起来。"

"人家还要串项链呢。"露西撒娇说。

[①] 1959 年,美国学者 M. 弗里德曼(M. Friedman)等人在研究性格与心血管疾病关系的论文中,将表现优异、争强好胜、性格急躁的人归为 A 型人格,与之相对的是 B 型人格。

"来,我帮你收,小白鹅①。"鲍勃说着,跪在地板上,开始捡珠子。"你今天就从已经串好的项链里挑一条吧,然后你就可以跟着我还有莱纳斯下楼了。"

"查理还没换衣服,也没吃早饭。"我同意鲍勃的安排,于是把手里的育儿接力棒交给了他。

我飞快地冲了个澡,赤裸地站在卧室的全身镜前,一边往胳膊和腿上抹身体乳,一边审视自己。

"N",需要提高。

比起生莱纳斯之前,我重了大约十三斤,说实话,我没有莱纳斯的时候比没有查理的时候还要重大约九斤。我像揪面团似的,在曾经紧致的腹部揪起一把松弛的、皱巴巴的赘肉,又摸了摸那条暗红色的纹路,这条不曾消退的痕迹从肚脐上面几英寸②的地方一直延伸到下面。我又看了看堆积在髋骨上的肉,为了给我最重的宝宝莱纳斯腾地方,这些赘肉移到了两侧,让我的臀部愈发宽大,也让我那一抽屉的裤子都扣不上扣子。

至于我在那家健身房办卡的事,更准确地说,应该称为我最喜欢的慈善项目。我一次也没去过。我真应该注销会籍,而不是每个月向他们捐赠一百美元。地下室里的健身器材也像雕像似的摆在那儿落灰:椭圆机、搏飞③健身仪,还有划船机,那是鲍勃在我怀孕八个月的时候送给我的圣诞礼物,他疯了吧?我每次下去洗衣服都要经过这几个庞然大物,由于家里有三个孩子,所以这种机会还是

---

① 小白鹅露西(Lucy Goose),美国系列绘本中的形象。
② 1 英寸 ≈ 2.54 厘米。——编者注
③ 搏飞(Bowflex),美国知名家用健身品牌。

很多的。我每次都快步走过，看也不看它们一眼，就好像我们在闹别扭，我对它们爱答不理。这个办法很有效。它们从来不烦我。

剩下的身体乳我用来擦手了。

别太苛求自己。我这么告诉自己，因为我了解自己的性格。

毕竟莱纳斯才九个月大。我想起书里写的那句"九个月增重，九个月减肥"，那本书的作者觉得我有时间去做美甲、购物、逛衣箱秀①，并且把找回我的最佳状态当作首要任务。这倒不是说我不希望找回我的最佳状态，这个目标的确列在我的愿望清单上，只是很不幸地列在最底下，一个我几乎看不见的位置。

穿上衣服前，我又对自己审视了一番。我白皙的皮肤上长满了雀斑，这得感谢我的苏格兰裔母亲。小时候，我会用笔把一颗颗雀斑连起来，画成星座和文身。我最喜欢的图案是左边大腿上那个完美的五角星。那时候是二十世纪八十年代，我还没听说过防晒霜，我和所有的朋友去海滩玩的时候都涂着婴儿油，毫不夸张地说，我们就是要晒着太阳把自己煎熟。现在，每个医生和每家媒体都一致认为我身上的斑是老年斑，是晒伤的痕迹。

我用白色的吊带衫和黑色的西服套装盖住了大部分雀斑。这套西装让我觉得自己像个男人，这是个褒义的说法。对于这一天的工作来说，这身打扮完美无缺。我用毛巾擦干头发，又往头发上抹了一点亮泽定型乳液。我乌黑浓密的卷发长度及肩，这可一点也不男性化。我也许是身材发胖又雀斑点点，穿得还像个男人，但我喜欢自己这头秀发。

我应付了事地擦上粉底，打好腮红，画了眼线，涂了睫毛膏，然后来到楼下，重新投入战斗。露西正靠在豆袋沙发里，跟着爱探

---

① 衣箱秀（Trunk show），小型的服装新品展示会。

险的朵拉①一起唱歌，莱纳斯则被围在旁边的婴儿游戏床里，把一个塑料校车司机的脑袋放在嘴里嘬。鲍勃一个人坐在厨房，一边用他那只印有哈佛大学字样的马克杯喝咖啡，一边看《华尔街日报》。

"查理呢？"我问他。

"在穿衣服。"

"他吃东西了吗？"

"吃了燕麦，喝了果汁。"

他是怎么做到的？"鲍勃负责三个孩子"和"赛拉负责三个孩子"是两个完全不同的节目。如果是鲍勃，他们就心甘情愿地各做各的事，不去打扰他，一直等他过去交代新的活动。如果是我呢，我就像是最火的摇滚明星那样充满了魅力，并且身边没带保镖，他们全都要缠着我。下面就是一个典型的例子：莱纳斯在我脚边撒娇，想让我抱；露西在另一个房间里大喊："妈妈，快来帮我！"查理则不依不饶地问上四千七百个关于垃圾处理的问题。

我拿起自己的咖啡杯坐在鲍勃对面，准备和他开晨会。我抿了一口咖啡，已经冷了。无所谓了。

我问他："你看到查理老师的便条了吗？"

"没有啊，什么事？"

"她说想跟我们谈谈他的成绩单。"

"好，我也想了解了解情况。"

他把手伸到邮差包里，摸出手机，接着问："你觉得上课之前她能见我们吗？"

我起身拿过笔记本电脑，又坐了下来，说："我周三和周五早上有空，周四也可以，不过有个安排得改期。"

---

① 《爱探险的朵拉》(Dora the Explorer)，美国尼克频道制作的动画片，主角是七岁的拉丁裔女孩朵拉。

"我周四可以。你有她的邮箱地址吗?"

"有。"

我迅速地给加文小姐发了一封邮件。

鲍勃问:"你今天去看查理比赛吗?"

"不去,你呢?"

"我今天八成赶不回来,你忘了吗?"

"哦,对。我也去不了,今天都安排满了。"

"好吧。我就是希望我们俩之间有一个能去看他比赛。"

"我也是啊,亲爱的。"

我相信他这句话完全是发自内心的,可大脑还是忍不住把"我们俩之间有一个"那几个字理解成"我觉得应该是你"。尽管我体内的翻译机器运转灵活,可还是把"能"翻译成了"应该"。在威尔蒙特[1],说起跟查理同龄的那些孩子的母亲,她们中的大多数从来不会错过一场孩子的足球赛,却不会因为每次都在场而获得"特别好妈妈"的褒奖。好妈妈都是这么做的。在这些好妈妈看来,要是哪个当爸爸的提前下班过来看比赛,那才是了不起的大事。在场边喊加油的父亲都是伟大的父亲,而错过比赛的父亲则是在工作。至于错过比赛的母亲,比如说我,就是坏妈妈。

一阵作为母亲的内疚感悄然滋生,在我胃里沉到变凉的咖啡和麦片底下。这可算不上是一顿"冠军早餐"[2]。

"艾比可以留下来去看他比赛。"我这么安慰自己。

艾比是我们家的保姆。她开始帮我们照顾宝宝的时候,查理只有十二周大,而我的产假休完了。能找到艾比实在是意想不到的运

---

[1] 虚构地名。
[2] 《冠军早餐》(Breakfast of Champions),美国作家冯内古特创作的小说,曾被改编为电影。

气。艾比那时候二十二岁，大学刚毕业，主修心理学，而且她住在牛顿①，到我们家只需要十分钟。艾比聪明又负责，总是精力充沛，又很爱我们的几个孩子。

查理和露西上幼儿园之前，从周一到周五，每天从早上七点半到晚上六点半，都是艾比在照顾。她给两个孩子换纸尿裤，哄他们睡觉，给他们念故事，替他们擦眼泪，教他们做游戏、唱歌，照顾他们洗澡、吃饭，还帮我们买东西、做家务。艾比成了家里不可或缺的一员。我真不能想象，要是没了她，我们的日子该怎么过啊。说实话，要是鲍勃和艾比只能留下一个，要我去选鲍勃有时候还真挺难的。

今年春天，艾比跟我们宣布了一个坏消息：她要去波士顿学院攻读儿童教育硕士学位了。我们听后大吃一惊，也慌了神。我们不能没有她啊。后来我们商量出一个办法。现在查理和露西每天的在校时间是七个小时，从九月起，我们会把莱纳斯送去日托中心，也托七个小时。这样一来，艾比每天只需要下午从三点待到六点半，我们还会帮她出一部分学费。

诚然，我们可以去翻克雷格列表②，找到一个还不错并且绝对更便宜的保姆；我们也可以通过中介去找保姆。不过艾比了解我们的孩子，知道孩子们的日常安排，知道他们的喜怒哀乐和他们最喜欢的东西。艾比知道怎么应对查理的提问，露西的脾气，并且不管带莱纳斯去哪，她都从来不会忘记带上小兔子。而且，艾比很爱他们。你不在孩子身边，但确定无疑地知道他们得到了充满爱的照顾，花再多的钱都是值得的吧？

---

① 牛顿，位于美国马萨诸塞州。——编者注
② 克雷格列表（Craigslist），克雷格·纽马克（Craig Newmark）1995年创建的免费分类广告网站，提供就业、租房、生活等各类信息。

查理"噔噔噔"地冲进厨房,气喘吁吁地问:"我的宝可梦卡片在哪儿?"

我说:"查理,你还穿着睡衣呢。别管宝可梦卡片了,快去换衣服。"

"可是我得找我的宝可梦卡片。"

"长裤、衬衫、鞋,还要记得关灯。"我说。

查理仰起头,一副沮丧的样子,不过他投降了,接着飞快地上楼回了房间。

鲍勃问我:"家里有什么要修的吗?"

"你这次能联系修车库门的那个伙计吗?"

"好,我已经列在待办事项里了。"

我们车库的自动开门器型号比较新,这一款有一个摄像头传感器,要是感应到门下边有东西,比如说有一个小孩,门就不会关上。理论上说,这是一个很棒的安全功能,只可惜这个功能就快要把我们折磨疯了。不知道是哪个孩子,我们估计是查理,总爱往摄像头的右侧撞,弄得摄像头总是斜的,看不到左侧。因为视角不正,这个功能就不起作用了。

小时候,我和弟弟纳特常常用家里的自动车库门扮印第安纳·琼斯[①],比谁胆子最大。我们一个人按下遥控器,等到门快关上的时候,身子一滚,冲到里面。那个年代可没有安全功能,开门器只有"全盲"模式。要是不用担心被挤死,或者至少被狠狠地夹一下,那这个游戏也就没意思了。纳特可厉害了,总是在最后一刻蹿出去,就地一滚。哎,我还是很想他的。

查理冲进了厨房,他穿着T恤和短裤,而且没穿鞋。

---

① 印第安纳·琼斯(Indiana Jones)是美国系列冒险电影《夺宝奇兵》(*Raiders of the Lost Ark*)中的主人公。

"妈妈，要是地球重力消失了会怎么样？"

"我刚才叫你穿什么来着？"

他不说话。

"现在是十一月，你得穿长裤和长袖衬衫，还得把鞋穿上。"

我看了看手表，七点一刻。查理还在那儿站着，估计是在等我回答那个关于重力的问题。

"快去！"

"来吧，小伙子，咱们去找一套更帅的衣服。"鲍勃说着，就带他去换衣服了。

我好不容易哄另外两个孩子戴上帽子，穿上外衣，回复了几封邮件，接着把莱纳斯抱进婴儿提篮，扣好安全带，听了工作的语音邮箱，收拾好自己的包，给艾比留了字条交代足球赛的事，喝光了剩下的凉咖啡，最后在门口和鲍勃以及穿戴整齐的查理碰头。

鲍勃面对着我问："准备好了吗？"

我们俩各自把手握成拳头，摆好了姿势。

"准备好了。"

今天是周五。每周二和周四，鲍勃负责送孩子们去学校和日托中心，周一和周三是我送，周五则是竞赛制。除非一方提出一个不可争辩的理由，证明必须在孩子上课之前赶到公司，否则我们就石头剪子布决定：剪子剪布，布盖石头，石头砸剪子。我们俩对此都是非常认真的。赢了这一局可是非同小可，不用送孩子，开车直奔公司，那可是身处天堂般的享受。

"石头剪子布！"

鲍勃用握紧的拳头在我的"和平"手势上锤了一下，得意洋洋地咧嘴笑了。他赢的次数远远超过输的次数。

"小子，算你走运！"

他说："我靠的是技巧，宝贝。祝你今天一切顺利！"

"你也一样。"

我们亲吻了一下,是早上出门时很平常的吻别。只是飞快地贴一下,一个出于善意的习惯。我低下头,看见露西那双蓝眼睛睁得圆圆的,正全神贯注地观察我们。我一下子想起小时候我也研究过我的父母接吻。他们相互问候、告别、互道晚安的时候都会吻一下,不过和我亲某个阿姨没什么两样,我因此失望极了,他们的亲吻一点感情也没有。我于是暗暗发誓,等我以后结了婚,我一定会真心实意地亲吻,得是那种让我膝盖发软,让孩子们看了都不好意思的吻,就像电影里汉·索罗亲吻莱娅公主那样[①]。我从来没见过父亲那样亲吻过母亲。那亲吻还有什么意义呢?我一直弄不明白。

可现在我明白了。我们不是乔治·卢卡斯[②]冒险大片里的人物,早上的吻别既不浪漫,也没有激情,只是习惯性的亲吻。但是我很庆幸,因为这个吻的确有意义,这样就够了。况且,就算我们想长吻,也没有那么多时间啊。

[①] 汉·索罗(Han Solo)和莱娅(Leia)公主是《星球大战》系列电影中的主要人物。——编者注

[②] 乔治·卢卡斯(George Lucas),美国导演、编剧、制片人。——编者注

第 2 章

"妈妈,你能给我一样东西吗?"露西问我。

"当然了,宝贝,你想要什么?"

"能把你的两只眼睛给我吗?"

"可以给你一只。"

我把左眼从眼眶里取了出来。我的左眼摸起来略微有点儿像恶魔蛋①,不过比它更温热一些。露西一把抢了过去,蹦蹦跳跳地跑开了,她像玩弹力球似的,把眼睛扔向地面,等它回弹时再接住。

"小心别弄坏了,还得还给我呢!"

我坐在餐桌旁边,用剩下的一只眼睛看着工作表格里成百上千的数字。我把光标移到一个空白单元格里,点击鼠标,继续输入数据。打字的时候,我剩下的一只眼睛瞥见电脑屏幕的后上方有个什么东西,但看不真切。我定睛一看,竟然是父亲,他整齐地穿着消防员的制服,坐在我对面的椅子上。

---

① 恶魔蛋(Deviled egg),一种小吃,将鸡蛋煮熟后去壳,剖成两半,取出蛋黄,加入盐、胡椒、醋、蛋黄酱、芥末等调料搅拌,重新放回蛋白中,最后撒上红辣椒粉。

"嗨，赛拉。"

"天呐，爸，你差点儿把我吓死。"

"我需要你的阑尾。"

"不行，那是我的。"

"赛拉，别跟我顶嘴。我需要它。"

"爸，谁都不需要阑尾。你不需要换一个新的。"

"那我为什么会被阑尾害死？"

我低头看着电脑。一张幻灯片出现在屏幕上。

你父亲为何会阑尾破裂？
- 他连续两天腹痛，但没有去医院，只喝了点儿胃药，还有威士忌。
- 他不屑理睬强烈的恶心感，发了低烧也毫不重视。
- 你在上大学，你母亲把自己关在卧室里，你父亲没给消防站打电话，也没打急救电话。
- 毒素堆积导致阑尾发炎感染。
- 一个生命体被忽视了太久，终究会忍无可忍，于是不顾一切地要引起注意，他的阑尾就是这样。

我抬头看着父亲。他还在等着我回答。

"因为你没有理会自己的感受。"

"我虽然死了，可我毕竟还是你父亲。把你的阑尾给我。"

"阑尾根本没有用，没了反而更好。"

"就是嘛。"

他坚定地注视着我，他的心思像无线电信号似的，通过我剩下的一只眼睛传到了我的意识里。

我说:"我会没事儿的,你不用担心我。"

"赛拉,我们都很担心你。"

"我没事儿,就是在赶报告。"

我低头看着电脑屏幕,发现那些数字都不见了。

"该死的!"

我抬起头,父亲也不见了。

"该死的!"

查理跑进了厨房,向我宣布:"你刚刚说了'该死的!'"他兴高采烈地跟我打小报告,虽然打小报告的对象就是我。

"我知道,对不起。"我一边说,一边用剩下的一只眼睛紧盯着电脑屏幕,慌乱地想着怎么才能恢复那些数据。这份报告一定得尽快赶出来。

"你说脏话了。"

"我知道,对不起。"我一边说,一边把能点的选项都点了一遍。

我没有抬头看查理,希望他能领会这个暗示。可他从来都不懂。

"妈妈,你知道我不善于专心听讲吧?"

"知道。你能把我气疯。"

"能把你的两只耳朵给我吗?"

"可以给你一只。"

"我想要两只。"

"给你一只。"

"两只,我就想要两只!"

"给你!"

我从脑袋上揪下两只耳朵,像扔骰子似的往桌子上一扔。查理像戴耳机那样,把我的两只耳朵贴在自己的耳朵上面,接着把头一歪,好像在听远处的什么动静。他满意地笑了。我也想听听是什么动静,但随即想起来自己的耳朵没有了。查理说了一句什么,接着就跑开了。

"嘿,把耳环还给我!"

可他已经跑远了。我继续看着电脑屏幕。起码把他打发走了,现在我可以不受打扰,集中精神了。

前门开了。鲍勃站在桌子对面,他望着我,目光里既有难过,也有厌恶。他说了一句话。

"我听不见你说话,亲爱的。我把两只耳朵给了查理。"

他又说了一遍。

"我不知道你在说什么。"

他放下邮差包,跪在我旁边,把我的电脑一合,非常用力地抓住我的两只肩膀。

他冲着我大喊起来,我还是听不见。不过我知道他在大喊,因为我看见他目光焦急,脖子上青筋凸起。他一字一句慢慢地冲我大喊,好让我能看懂他的嘴型。

"星星?"

我抬头看了看天花板,说:"我没明白。"

他喊了一遍又一遍,还抓着我的肩膀摇晃。

"醒醒?"

"对!"他大喊一声,不再摇晃我了。

"我醒着呢。"

"不,你没醒。"

星期一

威尔蒙特是波士顿的一个富裕郊区，这里有绿树成荫的街道，有造景庭院，有贯穿整个镇子的自行车道，还有一个私人乡村俱乐部和高尔夫球场。购物中心里面有各种精品服装店、几间日间水疗店和一家服装店。人人都对这里的学校赞不绝口，说是全州最好的。我和鲍勃选择住在这里，一是因为这儿离我们俩工作的波士顿很近，二是因为这里象征着成功的人生。假如威尔蒙特有一所房子售价低于五十万美元，就会有一个精明的承包商把房子买下来，拆掉之后重建，而新房子无论面积还是房价都会涨到原来的三倍。这里大部分居民都开豪车，他们会去加勒比海度假，是乡村俱乐部的会员，在科德角[1]或者波士顿北边的山间拥有第二套房子。我们的第二套房子在佛蒙特州。

当初搬过来的时候，我和鲍勃刚刚从哈佛商学院毕业，我还怀着查理。我们背着二十万美元的学生贷款，手里没有任何积蓄，要在威尔蒙特买房和生活，这的确令人生畏。不过我们都找到了前景广阔的工作，并且坚信自己有赚钱的潜力。八年之后，和威尔蒙特的左邻右舍相比，我们在各个方面都毫不逊色。

我们住在朝圣道，离威尔蒙特小学只有五公里左右，开车只需要十分钟。等红灯的时候，我抬头看了一眼后视镜。查理坐在中间，正在用他的任天堂游戏机玩游戏。露西盯着窗外，听着苹果音乐播放器播放的歌，哼着《汉娜·蒙塔娜》[2]里的歌。莱纳斯坐在婴儿提篮里，脸朝着后面，一边嘬着安抚奶嘴，一边看《艾摩的世

---

[1] 科德角（Cape Cod），又称鳕鱼角，波士顿东南部的一处钩状半岛。
[2]《汉娜·蒙塔娜》（Hannah Montana），迪士尼制作的青少年情景喜剧。

界》①。播视频的 DVD 机是我这辆车的标配,鲍勃在汽车后座头枕上绑了个镜子,这样莱纳斯就能在后面看动画片了。没有人哭,没有人闹,也没有人让我做这做那。啊,这就是现代科技的奇迹!

我这会儿还在生鲍勃的气。我八点钟跟欧洲那边有一个员工会,要讨论一个重要的客户,所以时间很紧张。更糟糕的是,我现在开始担心会迟到,因为今天是周一,我负责送孩子们去学校和日托中心。我跟鲍勃说了,但他看了看手表,回答说:"不用担心,你可以的。"我可不是想听禅。

查理和露西参加了学校的课前托管项目"上课铃前",这个项目是为了方便那些九点前上班的家长,每天从七点一刻到八点二十分,学校会安排一个老师在体育馆里看着学生们自由活动,一直到八点半正式上课。一个孩子每天的费用是五美元,因此,"上课铃前"可真是天赐的实惠。

查理刚上幼儿园的时候,我吃惊地发现他们班上参加这个项目的孩子只有寥寥几个。我本来以为镇上所有的家长都有这个需求,这时又以为大部分孩子家里应该都有住家保姆。有些孩子家里的确是这样,不过后来我才知道,威尔蒙特大部分的妈妈都选择了退出职场,留在家里当主妇,而这些妈妈都是大学毕业,有的还有研究生学历。就算让我猜上一百万年,我也猜不到是这个答案。我无论如何也不能想象自己退出职场,就这么把多年所受的教育和培训浪费掉。我爱我的孩子,也知道他们很重要,可我的事业还有事业所能给予我们的品质生活也很重要。

我把车停在学校的停车场,抓起两个孩子的背包,我发誓,书包比孩子还沉。我下了车,打开后车门,像个私人司机。开什么玩

---

① 《艾摩的世界》(Elmo's World),美国著名儿童节目《芝麻街》(Sesame Street)结尾的短剧,以红色小怪兽艾摩为主角。

笑？我不是像个私人司机，我根本就是。两个孩子谁也不动弹。

"快点，下来吧！"

查理和露西仍然拿着手里的电子设备，一丁点儿也不着急，他们各自下了车，像两只蜗牛似的慢吞吞地往校门口走去。

我跟在后面，想催他们走快点，因为我把莱纳斯留在了车里，没熄火，也没关他正在看的动画片。

我知道，《60分钟》或者《日界线》里肯定会有人对我这个做法有意见，而且我隐隐觉得，说不定哪天克里斯·汉森就埋伏在旁边那辆沃尔沃轿车后面，准备抓我个现行。[①]我已经默默想好了怎么为自己辩解。首先，儿童安全座椅重达十七斤，这简直荒唐，而法律规定一岁以下的婴儿乘车时必须使用安全座椅。第二，莱纳斯本身也差不多快十七斤重了，再加上提篮把手的设计很不符合人体工学，我根本没办法带着他走来走去。我很想和那位设计师好好聊聊，此人一定是个格外健壮的男士，并且显然没有孩子。莱纳斯正心满意足地看动画片，所以何必打扰他呢？威尔蒙特很安全，而且我用不了几秒钟就回来了。

现在是十一月的第一周，天气却异常暖和，昨天查理和露西出门的时候还戴着羊毛帽和手套，可今天的温度却有十摄氏度，几乎可以不用穿外套了。因为天气不错，学校操场上有很多孩子在疯玩，这一幕在早上可不常见。查理一下子就被吸引过去了，我们刚走到体育馆的双扇门前，他就一溜烟跑开了。

"查理！快回来！"

[①]《60分钟》(*60 Minutes*)、《日界线》(*Dateline*)，两档类似的犯罪调查类新闻杂志节目，分别由美国哥伦比亚广播公司（CBS）和全国广播公司（NBC）播出。克里斯·汉森（Chris Hansen），美国电视记者，主持《日界线》中的系列版块"猎捕掠食者"(*To Catch a Predator*)，该版块中，工作人员假扮成儿童，将意图对儿童实施不法行为的人抓住。

听见我的呼唤，查理丝毫没有停下脚步，而是径直奔向了攀爬架，头也不回。我伸出左胳膊，一把抄起露西，跑着追了过去。

我对露西说："我可没有这个时间。"她真是个合作的小盟友。

等我跑到攀爬架那儿，却连查理的影子都没看到，只有他的外套皱巴巴地堆在一堆木屑上。我用挂着两个背包的右手捡起衣服，在操场上四处查看。

"查理！"

没多久我就看见他了。他正坐在攀爬架最顶上。

"查理，马上下来！"

他好像没听见我说话，不过周围的妈妈都听见了。她们穿的要么是设计师款运动衣，要么是T恤配牛仔裤，脚上穿着网球鞋或者木底鞋。她们早上可以留在学校操场上，好像一点儿也不赶时间。我从她们的目光里看到了评判，头脑里幻想着她们心里的种种想法。

"早上天气这么好，他不过是想和别的孩子一样，在外面玩一会儿罢了。"

"让他玩几分钟而已，她会死吗？"

"看到没有？他根本不听她的。她根本管不了自己的孩子。"

"查理，求你下来跟我过去。我还得上班呢。"我说。

他一动不动。

我忍无可忍："我数一了！"

他冲底下抬头望着他的一群小孩大吼一声，像狮子的咆哮。

"二！"

他还是不动弹。

"三！"

没用。我真恨不得杀了他。我低头看了看脚上那双将近八厘米高的高跟鞋，一时冲动地想爬上去。我随即看了一眼手腕上的卡地亚手表，已经七点半了。够了！

"查理，立刻下来，不然一周不许玩游戏！"

还是这招管用。查理站起来，转过身子，准备下来了，但他没有踩着下面一级木杠，而是膝盖一弯，往空中一跃。我和另外几个妈妈都倒吸了一口气。就在那一瞬间，我已经想象到他摔折了两条腿，摔断了脊柱，不过他从地上跳了起来，还笑嘻嘻的。谢天谢地，他是个橡皮人。那些小男孩目睹了他不怕死的特技表演，都纷纷叫好，在旁边做游戏的小女孩却好像压根没看见他。几个妈妈则继续旁观，想看看这出戏如何收场。

我知道查理还有潜逃风险，于是放下露西，抓住了查理的一只手。

"哎哟，捏得太紧了！"

"活该。"

他使劲拖着我的胳膊，尽量离我远远的，还想逃开，就像一只兴奋的杜宾犬想挣脱牵引绳。我手心汗津津的，快要抓不住他了。我捏得更紧了，查理也拖得更使劲了。

"我也想牵手。"露西撒娇。

"不行啊，宝贝，听话。"

"我也想牵手！"她停下脚步，大叫起来，马上就要发火了。我快速转动脑筋。

"你牵查理的手吧。"

查理举起另一只手，把整个掌心都舔遍了，然后伸向露西。

"真恶心！"露西尖叫一声。

"好吧，牵我的。"

我抬起胳膊，让两个背包和查理的衣服滑到手肘的位置，牵起露西，就这样一只手牵着一个孩子，把他们拖进了威尔蒙特小学的体育馆。

体育馆里热烘烘的，里面还是那些人。小女孩都坐在墙边，有的看书，有的聊天，有的就坐在那儿看着男孩子打篮球，间或跑来跑去的。我刚松开查理的手，他就溜开了，我已经没有心力把他叫回来，再让他跟我好好地说再见了。

"祝你今天一切顺利，我的小白鹅露西。"

"妈咪再见。"

我在她漂亮的额头上亲了一下，把两个背包扔在地上那一堆背包中间。没有哪个妈妈或者爸爸会在这儿逗留。我不认识其他来送孩子的家长，不过我知道其中几个孩子叫什么，也大概知道谁是谁的家长，比如说我知道那个女人是希拉里的妈妈。大多数家长都来去匆匆，没有时间和别人闲聊。我虽然对他们都不怎么了解，但完全能和这些家长产生共鸣。

"上课铃前"的家长里，我唯一知道名字的就是海蒂。她是本的妈妈，这时正巧也要离开。海蒂总是穿着护士服和紫色的洞洞鞋，她应该是位护士。我知道她的名字，是因为查理和本是朋友，她有时候会在足球课之后把查理捎回家，也因为她模样亲切，笑容真诚。过去一年里，这样的笑容一次次向我传递了理解万岁的安慰。

"我也有孩子，我明白。"

"我也有工作，我明白。"

"我也要迟到了，我明白。"

"我明白。"

我们一起沿着走廊往外走，她寒暄说："你好吗？"

"很好，你呢？"

"很好。好一阵子没看见你带着莱纳斯了，他准是长大了不少。"

"老天！莱纳斯！"

我来不及解释，就从海蒂身边飞奔而去，冲出学校，跨下台阶，冲回我的车前面。谢天谢地，车还在。还没开车门，我就听见可怜的莱纳斯在号啕大哭。

小兔子玩具掉了，显示屏上的动画片也静止不动，但是我作为母亲，一听就知道，他哭的不是心爱的小兔子玩具掉了，也不是动画片里那个红色的小怪兽没有了。动画片一播完，莱纳斯就马上回过神来，他一定是明白自己一个人被困在了车里，被遗弃了。对像他这么大的宝宝来说，被遗弃是头一号的原始恐惧。莱纳斯憋红的脸蛋儿和额前的头发都被眼泪浸透了。

"莱纳斯，对不起，对不起！"

他还在号哭，我用最快的速度解开安全带，把他抱起来，搂在怀里，摩挲着他的后背。他往我的衬衫领子上抹了一大把鼻涕。

"嘘，没事了，没事了。"

完全没用。相反，莱纳斯抽泣得越来越厉害，越来越大声。他不愿意就这么轻易地原谅我，我也一点儿都不怪他，可是既然我哄不好他，那还不如先把他送去日托中心。我把莱纳斯悲伤欲绝的小身体放回安全座椅，把小兔子放在他腿上，又按下了DVD机的播放键。莱纳斯冲着阳光地平线日托中心大喊大叫，像有人要杀了他似的。

我把抽泣不止的莱纳斯、小兔子和妈咪包一起交给了日托中心的助理教师，对方是一个年轻友善的巴西姑娘，到阳光地平线日托中心工作还没多久。

"莱纳斯，嘘——没事了。莱纳斯，拜托你了，宝贝，没事了。"我还在试着哄他。我真讨厌就这样把他扔下。

"他不会有事的，尼克森太太。你走吧，这样更好。"

我回到车上，松了一口气。终于能去上班了。我看了一眼仪表盘，七点五十分。我要迟到了，又要迟到了！我咬着牙握住方向盘，把车开出了阳光地平线日托中心，同时把手伸进包里摸索手机。

我的包大得叫人不好意思。这个包可以充当公文包、手提包、妈咪包，还有背包，而不管我在哪儿，跟谁在一起，这个包都让我觉得自己是个野蛮人。我在包里摸索手机，却摸到了笔记本电脑、几根蜡笔、几支钢笔、钱包、一支口红、一串钥匙、几块饼干、一个果汁盒、几张名片、几根卫生棉条、一片纸尿裤、几张购物小票、几片创可贴、一包湿巾、一个计算器和几个塞得鼓鼓的文件夹，就是摸不到手机。我拎着包底，把里面的东西一股脑儿倒在副驾座位上，以便能找到手机。

见鬼，手机呢？我有五分钟左右可以用来找手机，我心里清楚。我看着副驾座位和车底的时间多于看着路面的时间。右边有个家伙快速超了过去，还冲我比了个手势，而且他还在打电话。

我突然看见手机了，不过是在脑海中看见的。手机在餐桌上。该死，该死，该死！我已经上了马萨公路[①]，大约还有二十分钟能到公司。我想了想哪里能下去找一个公共电话。可我转念一想，现在还有公共电话吗？我想不起上一次见到公共电话是什么时候了。或者可以找一家西维斯[②]或者星巴克，那里八成会有一个好心人愿意把电话借给我用。

慢着。赛拉，八点就开会了，赶快去公司吧。

我像个磕了药的赛车手似的一路狂奔，同时试着在脑海里整理这次会议的笔记，却没办法集中精神。我完全没办法思考。直到把

[①] 马萨公路（Mass Pike），全称为马萨诸塞州收费公路，美国90号州际公路的一段，为东西走向。

[②] 西维斯（CVS），美国知名零售连锁药妆店，1963年成立于马萨诸塞州。

车开进保德信中心①的停车场,我才意识过来,我的思想一直在和莱纳斯的动画片作斗争。

艾摩还想听你讲家里的事②。

---

① 保德信中心(Prudential Center),波士顿商务区的标志性建筑,由办公楼和购物中心构成,其中的保德信大厦(Prudential Tower)为波士顿第二高的建筑物,也是著名观光点。
② "别走,艾摩还想听你讲……的事"是《艾摩的世界》中艾摩的口头禅。

第 3 章

我坐在剧院前排正中间靠右的位子。我看了看手表,接着抬起头,伸着脖子朝走道张望,在拥挤的人群中寻找鲍勃。一个矮小的老太太朝我走了过来。我一开始以为她是有什么重要的消息要告诉我,但紧接着就明白过来,她是瞄上了我左边的座位。

我伸手按在座位上说:"这里有人了。"

她问:"这里坐了人吗?"她那双浑浊的褐色眼睛里露出困惑的目光。

"一会儿就来了。"

"什么?"

"一会儿就来了。"

"我必须坐在前排,不然我看不见。"

"不好意思,这里有人了。"

老太太那双浑浊的眼睛一下子变得清澈而敏锐。

"我可不敢肯定。"

两排之后,一个男子起身离开了座位,走向了过道,也许是要去卫生间。老太太瞧见了,就不再纠缠我了。

我摸了摸蛇皮外衣的领子。我不想脱外衣。剧院里有点冷,而且我觉得自己穿着这件衣服很好看,可我也不想让别人占了鲍勃的位子。我看了看手表，又看了看演出票。时间、地点都没错。鲍勃人呢？我脱下外衣，替鲍勃占了位子。一阵寒意从腰间一直蔓延到肩膀。我揉了揉露在外面的胳膊。

我又四处寻找鲍勃的身影，但剧院宏伟的气派装修很快就吸引了我的注意——华贵的红天鹅绒幕布、高耸的圆柱、罗马风格的大理石雕像。我抬起头，发现这是个露天剧院，夜色美不胜收。我正陶醉地望着头上的星空，这时突然感觉一片淡淡的影子罩在了脸上。我以为是鲍勃，没想到却是我的老板理查德。他把我的外衣往地上一扔，一屁股坐到我身边。

他说："没想到会在这儿看见你。"

"我当然在这儿了，我特别期待这场演出。"

"赛拉，演出已经结束了，你来晚了。"

什么？我回头望着走道上的人，却只能看见他们的后脑勺。大家都离场了。

星期二

下午三点半，我有半个小时的空闲时间，这是一天里的第一个空档，之后还有一个会要开。我一边吃午饭，也就是助理替我点的鸡肉凯撒沙拉，一边给西雅图办公室回电话。我嚼着生菜，等着那边接电话，同时开始查看未读邮件。那边的负责人接了电话，让我和他一起展开头脑风暴，想想我们的四千位咨询顾问里谁有时间，并且最能胜任下周的信息技术项目。我一边和他讨论，一边时不时地打几个字，回复英国那边发来的关于绩效评估的邮件，同时继续吃午饭。

我不记得自己什么时候学会了同时处理两个完全不同的专业讨论，但我这么做已经很久了。我知道，这可不是一项普普通通的技能，就算在女性里也不常见。我还掌握了打字、点鼠标而不发出声响的能力，这样，电话另一头的人就不会分神，更不会感觉受了冒犯，后一种情况可更糟糕。我也得老实交代，打电话的时候，我只会回复那些不需要过脑的邮件，只要回答一句同意或者反对就够了。感觉有点儿像是人格分裂。赛拉在打电话，而她疯狂的另一个自我在打字，不过至少这两个我能够配合无间。

我在伯克利咨询公司担任人力资源副总裁。伯克利拥有大约五千名员工，在全球四十个国家开设了七十间办公室。我们为世界上从事各个行业的公司提供战略建议，比如如何创新、竞争、重组、引领行业、创立品牌、合并、发展、保持增长，还有最重要的一项：赚钱。为这些目标提供建议的咨询顾问学的大多是商科专业，不过也有很多是科学家、律师、工程师和医生。他们个个都是绝顶聪明的人才，惯用分析思维，擅长为复杂的问题找到创造性的解决方案。

他们也大多是年轻人。伯克利的咨询顾问通常要被派到客户所在地工作，咨询顾问可以身在世界上的任何地方。如果客户是新泽西州的一家制药公司，那么咨询顾问就会暂时住在新泽西州，一直到项目结束。比如说，伦敦办公室的一个咨询顾问有医学背景，所以负责这个项目，那么他周一到周四就会住在纽瓦克[①]的一家酒店，一直住上十二周。

这样的生活方式对没结婚的年轻人来说也没什么不妥，其实就连那些结了婚的年轻人也能继续一阵子，可是等再过几年，等有了孩子，再过着这种拎包入住的生活就会让人迅速衰老，这些人中身

---

① 纽瓦克（Newark），美国新泽西州最大港市。

心耗竭的比例很高。伦敦那个可怜的家伙会想念妻子和孩子，而伯克利不断给他加薪，好让他留下。但大部分员工早晚都会觉得，他们为了工作而牺牲了家庭，拿到的钱并不足以弥补这份损失。少数人撑过五年这个坎就会升任总经理，能坚持十年的人会成为合伙人，并且因此成为富豪。能走到这一步的大多数是男性，而且都是离了婚的男性。

我有人力资源相关的工作经历，并且毕业于哈佛大学，论经验、论学历，对伯克利来说都是完美的人选。这份工作工时很长，每周要投入七十到八十小时，不过我不用像那些四海为家的咨询顾问一样到处出差，只需要每两个月跑一趟欧洲，每季度去一次中国，再就是每个月去纽约住一两晚，不过这些都是定好的，不会没完没了，我完全可以应付。

我的助理杰西卡敲门走了进来，她举着一张纸，上面写着："咖啡？"

我点点头，伸出三根手指，意思不是来三杯，而是三份浓缩。杰西卡明白我的手语，便出去冲咖啡了。

我在伯克利负责所有的招聘、优先项目团队组建、绩效评估和职业发展规划。伯克利咨询公司卖的是创意，所以有创意的人就是我们最重要的资产和投资。公司团队今天想出来的某个创意，轻轻松松就能登上明天的《纽约时报》或者《华尔街日报》头版，有几家世界上最成功的公司就是由我们的团队出谋划策甚至一手打造的，而这些团队都是我创造出来的。

我要了解每个咨询顾问和每个客户的优缺点，这样才能找到最契合的人选，最大限度地发挥潜力，取得成功。咨询团队要处理各种各样的项目，比如电子商务、全球化、风险管理、运营，涉足各行各业，比如汽车、医疗、能源、零售。不过一个咨询顾问不一定能胜任所有的项目。我需要多方兼顾，像扔杂耍球一样，而这些杂耍球都是昂贵、脆弱、沉重而又不可代替的。每当我以为手里的球已经多得不能再多了时，就会有一个合伙人又扔一个过来。我就像马戏团里争强好胜的小丑，从来不肯承认自己应付不来。我这个岗位上的女性屈指可数，我不想看到哪个合伙人向我投来那种异样的眼神："看吧，她已经想破了脑袋。我们把她逼到极限了。看看卡森或者乔能不能接手吧。"就这样，他们把越来越多的任务扔给我，而我每次都微笑着接住。为了表现出轻而易举的样子，有时候我简直是在自我毁灭。我这份工作跟轻松沾不上边儿，事实上，我的工作非常非常辛苦，而这也是我热爱工作的原因。

可是，就算我有多年的经验，有坚定的职业道德，有同时吃饭、打字、打电话的能力，有时候也还是免不了崩溃。有一段时间，工作上不能出分毫差错，我没有时间吃午饭、上厕所，腾不出一点时间去做别的事。这样的日子里，我觉得自己就像一只气球，已经吹足了气，眼看着就要爆炸了，可这时理查德又塞给我一个项目，第一页上还贴了一张便笺：尽快给出意见——气球里又吹进一大口气。杰西卡给我发来邮件，一天里唯一没有任何安排的那一个小时又塞了一个会——又一口气。我觉得自己已经被抻成了透明的气球，胀得很难受。艾比打来了电话，莱纳斯起疹子了，有点发烧，她找不到泰诺——最后一口气。

每次我觉得自己就要爆炸的时候，我就把办公室反锁，坐在椅子上，我怕有人向里面张望，所以会转身对着朝向博伊尔斯顿街的窗户，让自己哭上五分钟。不能再多了。不出声地哭上五分钟，释放压力，我就恢复如初了。这个办法足以让我调整好状态。我还记得自己第一次在办公室里哭，那是在我入职后的第三个月。我为自己的不堪一击感到羞愧，擦干眼泪之后，我就暗暗发誓，我再也不会这样了。我太天真了，在伯克利这种水平的咨询公司做事，压力值爆表，谁都逃不掉。有的人吃午饭的时候会在海鲜餐厅来几杯马天尼，有的人会站在亨廷顿大道的旋转门外抽烟，我则是坐在办公桌前哭上五分钟。我尽力把这个哭泣的恶习限制在每个月两次。

三点五十分了。我挂了电话，喝着杰西卡端来的咖啡。这正是我需要的，咖啡因替我催促着慢慢吞吞的血液，往我昏昏欲睡的大脑上泼凉水。我有十分钟的时间无人认领。该做点什么呢？我看了看日程表。

> 4:00，电话会议，通用汽车项目。
> 4:15，露西上钢琴课。
> 4:30，查理的足球比赛，最后一场。

我总是把所有人的活动都写在我的日历里，我像空中交通管制员一样，什么时间，谁在哪，我都要知道得清清楚楚。我之前没想过要去看查理比赛，直到这时才动了心思。鲍勃说他这周可能还是走不开，艾比把查理送过去之后也不能留在那儿，因为她还得跑到镇子对面去接露西。这是查理在这个赛季的最后一场比赛了，我仿佛能看到比赛结束时，所有的孩子都冲下球场奔向父母，他们的父母张开双臂，准备庆祝孩子们的精彩表现，查理却看到自己的妈妈、爸爸没有在场下张开双臂迎接他，脸上写满了失落。这样的画面让我目不忍视。

三份浓缩咖啡、两份内疚加怜爱下肚，我最后看了一眼手表，接着抓起手机、通用汽车项目的文件夹、包和外衣，走出了办公室。

"杰西卡，通知四点开会的人员，我会打电话进去。"

我没有理由不能两者兼顾。

会议四点开始，我开了四十分钟的电话会议，才来到威尔蒙特镇的球场。从停车场出来是棒球场，再过去就是足球场，我在车里就远远地看见孩子们在踢球。电话里，我们正在讨论绿色技术领域有哪几个冉冉升起的明星专家，这时候我已经连续说了好一会儿。我正穿过棒球场往前走时，突然意识到清嗓子声、按压笔帽声还有会议室那些常见的背景音都消失了。

"喂？"

没有回应。我看了看手机：无服务。该死，我自言自语多久了？

我现在到了足球场，但没在开会，可我应该边看球赛边开会的。我低头看了看手机，还是无服务。这可不妙。

"嘿，你来了！"是鲍勃。

我脑袋里也是一模一样的想法，只不过这句话的标点在我这儿打的是个问号。

我说："我以为你来不了呢。"

"我溜出来了。我碰见艾比来送查理，跟她说了我会带他回家。"

"咱们俩不需要都过来。"

我看了看手机，一格信号也没有。

"我能用你的手机吗？"

"这儿是无信号区。你要跟谁打电话？"

"我得开会。该死，我干吗要跑这儿来？"

鲍勃搂住我，用力抱了一下，说："你来这儿看儿子踢足球啊。"

可我现在应该在和通用汽车的项目配备人员交流。我的肩膀开始往上耸，想要超过耳朵的高度，这是我精神紧张的信号，鲍勃知道，他揉捏着我的肩膀，想让我放松下来，可我不肯配合。我不想放松。现在的情况可让人没法放松。

鲍勃问："你能留下来吗？"

我的大脑飞快地思考着错过下半场会议的后果。老实说，不管我错过了什么，都已经错过了。既然如此，我还不如就留下来算了。

"我试试换个地方，看看能不能有信号。"

我在足球场边上徘徊，想找一个有手机信号的位置，可惜今天运气不好。不过话说回来，一年级的足球比赛实在是太搞笑了。其实那根本就不应该叫踢足球，在我看来，根本没有什么场上位置，大多数孩子一直在追着球跑来跑去、踢来踢去，就好像那个球释放出强大的磁力，孩子们都被无法控制地吸了过去。这会儿有十一二个孩子围着足球，有踢脚的，有踢小腿肚子的，偶尔也能踢到球。接着，足球被糊里糊涂地踢飞了，大伙儿又一窝蜂地追了过去。

有几个孩子根本懒得理会这场比赛，一个小女孩在翻跟头，还有一个小女孩干脆坐在地上，用两只手撕草玩。查理在转圈，他转啊转，摔倒了。他站了起来，跟跄着走了两步，又摔倒在地，接着又站起来，继续转圈。

"查理，快去抢球！"鲍勃在场边替他鼓劲。

查理还在转圈。

其他的家长也在给自己的孩子打气。

"快冲，茱莉亚，快冲！"

"加油，卡梅伦！"

"出脚！"

我为了这个疯狂的活动错过了一个重要会议。我走回到鲍勃身边。

他问："找到信号了吗？"

"没有。"

这会儿突然下雪了，大部分孩子都把足球比赛抛在了脑后，忘了来这儿是为了什么，都纷纷伸着舌头接雪花。我还是忍不住每隔一分钟就看一眼表。这场所谓的比赛我也不知道该叫什么，简直没完没了。

我问鲍勃："什么时候比完？"

"一场应该是四十五分钟。你过一会儿直接回家吗？"

"我得回去看看我不在的时候他们都说了什么。"

"不能在家里解决吗？"

"我根本不该到这儿来。"

"那晚上见？"

"但愿吧。"

我和鲍勃经常不能和孩子们一起吃晚饭，他们的小肚子到了五点左右就开始咕咕叫，艾比会给他们准备奶酪通心粉或者鸡块。我和鲍勃会尽量赶在六点半左右到家，和孩子们一起吃甜点。他们一般吃冰激凌或者曲奇，而我和鲍勃一般吃点饼干配奶酪，喝点葡萄酒。说是甜点，其实更像是开胃菜，等孩子们七点半上床睡觉之后，我们俩才开始吃晚饭。

裁判是一个高中男生，他终于吹响了哨子——比赛结束。查理从球场上下来的时候还没看到我们，他的模样实在太可爱了，我简直忍不住要尖叫。他那头褐色的卷发总是显得有点太长了，不管多久剪一次都不管用。他的蓝眼睛跟鲍勃一样，黑睫毛特别长，我还没见过谁家男孩的睫毛比他的还长。以后，女孩们会因为这双眼睛而疯狂爱上他的。查理突然间像是已经长大了，可同时又显得特别年幼。他已经大到要做作业，长出了两颗恒牙，还能加入足球队；可他又年幼到每天都想出去玩，乳牙没换完，掉的牙也还没长齐。还有，他更喜欢转圈、抓雪花，而不是赢得比赛。

查理这会儿看到我们了,他的眼睛一亮,咧开嘴,露出傻乎乎的南瓜灯一样的笑容,整张脸都撑大了。他直奔我们跑过来,我把手机塞进衣兜里,好能腾出两只手拥抱他——我就是为这个才来的。

鲍勃说:"踢得好,小伙子!"

查理问:"我们赢了吗?"

输了,三比十。

我说:"应该没有,你玩得开心吗?"

"嗯!"

鲍勃问:"晚上吃比萨怎么样?"

"好耶!"

我们向停车场走去。

查理问我:"妈妈,你也一起吃比萨吗?"

"不行,宝贝,我还得回去工作。"

"来吧,小伙子,比赛谁先跑到车那儿。准备好了?预备——跑!"鲍勃大喊一声。

父子俩穿过棒球场,弄得脚下一阵尘土飞扬。鲍勃放水,让查理赢了。他演得太假了,我听见他说:"我都不敢相信!我差点就追上你了!你真是飞毛腿!"

我笑着回到自己的车上,看了看手机——有三格信号,七条新的语音信息。我叹了口气,打起精神,点了播放。我慢慢地把车挪出停车场,正好跟在鲍勃和查理的车后面。我按了按喇叭,朝他们挥挥手,望着他们左转回家,去吃比萨了;我则向右转,朝着相反的方向出发了。

第 4 章

　　我在波士顿公共花园里漫步，经过华盛顿骑马的雕像，经过池塘里的天鹅船，从高大的柳树下走过，经过莱克、米克等鸭宝宝铜像①。

　　我穿着自己心爱的红底高跟鞋，黑漆皮、四英寸高、露趾。我喜欢鞋子踩在地上发出的声音。

　　嗒……嗒……嗒……嗒……嗒……嗒……

　　我穿过马路，来到公园。一个身穿黑西装的高个子男人跟在我身后，也过了马路。我经过棒球场和青蛙池。那个男人依旧跟在我身后。我略微加快了脚步。

　　嗒、嗒、嗒、嗒、嗒、嗒。

　　他同样加快了脚步。

　　我快步经过躺在公园长椅上睡觉的流浪汉，经过公园街地铁站，经过打电话的商业大亨，经过街角的毒贩子。那个男人一直跟着我。

---

① 波士顿公共花园（Boston Public Garden）始建于1837年，是美国首个公共植物园，园中有池塘并设置脚踏游船"天鹅船"，建园一百五十周年时添置了根据著名绘本《让路给小鸭子》（*Make Way for Ducklings*）创作的青铜雕塑作品。该绘本讲述了野鸭夫妇定居公共花园的池塘，抚育莱克、米克等八只鸭宝宝的故事。

他是什么人？想要干什么？

别回头。

嗒、嗒、嗒、嗒、嗒、嗒。

我经过珠宝店，经过老旧的地下商场，在购物的人潮中穿行，最后往左拐上了小路。车流和人群都消失了，路上空无一人，只有我和跟踪我的男人，而他离我越来越近了。我跑了起来。

嗒！嗒！嗒！嗒！嗒！嗒！

他也跑了起来。他在追我。

我甩不掉他。我看见前面那座金融大厦的一侧有一条逃生梯。逃！我跑了过去，开始往上爬。我听见那个男人踩在金属梯上的声音，和我自己的脚步声一前一后，他正向我逼近。

嗒！噔！嗒！噔！嗒！噔！

我沿着逃生梯，不断向上爬，越爬越高，爬得上气不接下气，双脚发烫。

别回头。别往下看。接着爬。他就在我身后。

我爬到了顶层。楼顶平坦空旷，我跑到了最边缘，现在无路可走了。我的心脏"怦怦"地敲打着胸骨。我没有别的选择，只有转身面对那个歹徒。

可是没有人。我等待着，可是没有人现身。我谨慎地走回到逃生梯旁边。

嗒、嗒、嗒、嗒、嗒、嗒。

人不在那儿。我沿着楼顶走了一圈，却发现逃生梯消失了。我被困在了这座大楼的楼顶。

我坐了下来，一边喘息一边思考。我望着一架飞机从洛根国际机场[①]飞向天空，思考着除了跳楼还有什么办法能下去。

星期三

我是个标准的波士顿司机。在波士顿，"限速""禁行"这类交通标识不过是建议，而不是法规。我驶过一条条乱糟糟的单行道，绕开坑洼的路面和乱穿马路的"勇士"，及时避开"施工绕行"的标识，靠着身经百战的胆识冲过每一个黄灯。才过了四个街区，绿灯就亮了，前面那辆挂着新罕布什尔州车牌的本田牌汽车却还不动弹，不到一眨眼的工夫我就按响了喇叭，这是波士顿司机的自尊心使然。

比起早上上班，晚上下班路上更需要无限的耐心，可惜我从来不是个有耐心的人。早晚的上下班时段都是交通繁忙时段，不过晚上的交通要糟糕得多。我也不知道这是为什么。哨声一响，大门应声而开，我们一齐出发，像一百万只出来觅食的蚂蚁汇聚到三条撒着饼干屑的小路上——住在南北两岸的走93号公路，而和我一样住在波士顿西边的走马萨公路。负责规划设计这些道路的土木工程师八成从来没想过会有这么多通勤的人。要是他们想到了，那我敢打赌，他们准是伍斯特[②]人，工作生活都在那里。

我沿着马萨公路一点一点往前挪，不断损耗我的刹车片，我暗暗发誓，总有一天我要改坐地铁。我之所以每天忍受着晚高峰对刹车片和理智的折磨，就是为了一件事：趁孩子们上床睡觉之前看到他们。伯克利的大多数员工不到七点是不会走的，许多人会点外

[①] 又称为爱德华·劳伦斯·洛根国际机场，位于美国马萨诸塞州。——编者注
[②] 伍斯特市（Worcester），位于美国波士顿以西约六十四公里。

卖，然后一直待到八点多。我尽量在六点下班，而这正是回家大潮最汹涌的时刻。我每天早退，自然不会没人注意，特别是那些单身的年轻咨询顾问，我每天晚上走出办公室的时候，面对他们评判的目光，我总忍不住想说，我每天晚上在家里还要工作好几个小时。我有缺点，不过我不是故意偷懒的人，永远不是。

  我早退，是因为我希望能赶回家吃甜点，帮孩子们洗澡，给他们讲故事，到了七点半再哄他们上床睡觉。不过，现在我这辆车一动不动，流逝的每一分钟都意味着我跟孩子们在一起的时间减少一分钟。现在是六点二十分，一个多小时之前天就黑了，总感觉现在已经很晚了。下雨了，车流行进得更慢了。按照这个速度，我很可能要错过甜点了，不过我们总算还在缓缓地前进，我应该还能赶上陪孩子洗澡、讲故事、睡觉的时间。

  没过一会儿，一切都静止了。六点半，前方亮起一连串红色的刹车灯，一直延伸到地平线。准是出车祸了。附近没有出口，我没办法驶下公路，走小路回家。广播里不知道是谁正在发牢骚，我关了它，留意救护车或者警笛的声音。什么也没听到。六点三十七分了，没有一辆车移动，我回去晚了，我困在了路上，我焦急万分，勉强压抑的焦急决堤而出。该死！究竟是怎么回事？

  我看了看旁边那辆宝马车里的老兄，他好像知道我在看他似的。他对上了我的目光，耸耸肩膀，摇了摇头，厌恶中透着无奈——他正在打电话。兴许我也该这么做，把时间利用好。于是我掏出笔记本，读起了项目小组综述，但我满心怒火，工作效率很低。要是我想工作，那我就应该留在公司。

  六点五十三分了，交通还是处于瘫痪状态，我给鲍勃发了条短信，好让他知道我晚了。快七点了，孩子们要洗澡了。我擦了擦脸，对着手心做了几次深呼吸。我想大喊一声，把压力释放出去，可我担心宝马里的那位老兄会觉得我疯了，他说不定还会在电话里八卦，所以我只能忍住。我只是想回家罢了，我只是想踩着脚上的红底高跟鞋回家啊。

七点十八分，我终于回到了朝圣道22号。二十二公里的路开了七十八分钟，波士顿马拉松①的冠军都能打败我，比我先到家。被打败了，我心里就是这么个滋味。我把手伸向遮阳板，按下了车库开门器的按钮，眼看着车离车库门还有几米，刹那间，我突然想起来门还坏着，于是赶紧踩刹车。我顺利地通过了波士顿糟糕的街道和大堵车的马萨公路，结果在家门口差点把车报废了。我按了好几次开门器上那愚蠢的按钮，边按边骂，然后才下车。我顶着冰凉的雨水，踩着小水坑一路小跑，跑到门口时不由得想起"压死骆驼的最后一根稻草"这句话来。

我暗暗祈祷，至少还赶上了讲故事和晚安吻时间。

我陪着露西躺在床上，等着她入睡。要是我走得早了，她就会央求我再读一本书。我已经给她读了《小企鹅特奇》和《蓝蓝最好的雨天》②。我回答说："不行。"她会说："求你再读一本嘛。"最后一个"嘛"拖得很长，表示她的态度超级礼貌，她的要求超级重要，但我还是一句"不行"。就在这么一场兴致盎然的谈话之间，她就彻底不困了，所以更简单的办法是等她睡熟了再走。

我紧贴着她小小的身体，把鼻子贴在她头上，像闻到了天堂的味道——婴儿洗发水、草莓味牙膏和香草小圆饼的味道。我心想，

---

① 全程马拉松距离约为四十二公里，冠军完赛成绩一般为两小时多一点。
② 均为美国绘本故事。《小企鹅特奇》(Tacky the Penguin)，讲述不合群的小企鹅特奇最终赢得同伴尊敬的故事；《蓝蓝最好的雨天》(Blue's Best Rainy Day)，讲述一只叫蓝蓝的小狗和朋友们雨天里不能出去玩，在家里想出各种游戏的故事。

等到几个孩子都不再用婴儿洗发水的那一天,我一定会哭出来的。那时候他们身上会是什么样的味道呢?

她身体是那么暖和,深沉的呼吸声也很催眠。我真想就这么陪着她一起睡过去,"不过我还要赶好多路才能安眠呢"①。每天晚上,在她放弃了不睡的战斗之后,在我屈服于合上眼睛的欲望之前,我就离开。等我确认她睡得什么都不知道了之后,就从被窝里钻出来,蹑手蹑脚地绕开地板上散落的玩具和手工制品(那简直是雷区),溜出关了灯的房间,我感觉自己就像一个特工。

鲍勃坐在沙发上,端着一碗麦片在吃。

他说:"对不起,亲爱的,我饿了,就没等你。"

他并不需要道歉。我这时反而松了一口气,因为我很高兴不用考虑晚上吃什么,更高兴的是不用我做饭。好吧,我应该承认,我那也不叫做饭,只是开动微波炉,把已经做好了的饭菜加热一下罢了。外卖的电话号码已经设置成了家里的快速拨号。麦片大概是我最喜欢的家庭晚餐了,当然,这并不意味着我不喜欢去餐厅享受一顿丰盛而有格调的晚餐,只不过和鲍勃一起坐在沙发上吃晚饭无关营造气氛、享受美食,而是要尽快填饱肚子,好进行下一项工作。

之后的三个小时,我们就在客厅里,一人坐一张沙发,各自对着自己的笔记本电脑。电视调到新闻频道,新闻节目当背景音,偶尔也能听到一两条有意思的新闻。我主要是给中国和印度的办公室发邮件,波士顿的时间比中国的晚十三个小时,比印度的晚十个半小时,所以这时候他们那边已经是第二天上午了。这总是让我觉得不可思议。我在时间旅行,穿越到了周四办理业务,而坐在沙发上的身体却还留在周三,这真是奇妙。

---

① 出自美国著名诗人罗伯特·弗罗斯特(Robert Frost)的名诗《雪夜林边驻马》(*Stopping by Woods on a Snowy Evening*)。

鲍勃在浏览网站、寻找人脉，因为他想换个工作。他现在的公司是一个很有前途的信息技术初创公司，要是能被收购或者上市，他们就有望拿到一大笔钱，不过在现在这种经济环境下，大部分刚起步的公司前景都不太理想。经济衰退对他们的影响很大，鲍勃三年前签合同的时候曾预测公司会飞速发展，而今来看，这就像是一个遥不可及的幻想。眼下，他们公司只能竭力避免流血至死罢了。鲍勃刚刚逃过了第二轮裁员，不过他不打算继续留在那战战兢兢地等着第三轮裁员，而是决定主动出击，但问题是鲍勃的要求很高，而现在招人的公司却不多。我看见他嘴巴紧闭，眉头深锁，就知道他没找到合适的。

鲍勃现在和以后的工作都不确定，这让他每天压力都很大。他有时候顺着"如果"这条路一路滑向"末日城"——"如果我明天失业了怎么办？如果我找不到别的工作怎么办？如果我们还不起月供怎么办？"这时候我就会让他别胡思乱想，劝他抛开心理负担。"别担心，宝贝，你会没事的。孩子们会没事的。我们都会没事的。"

但这时候那些"如果"却在我的脑海里扎了根，而此刻我就是冠军雪橇队队长，正以破纪录的速度滑向"末日城"：如果他被解雇了，找不到别的工作怎么办？如果我们需要卖掉佛蒙特州的那套房子怎么办？现在房市不景气，要是卖不掉房子怎么办？如果我们还不起学生贷款、车贷，交不起供暖费怎么办？如果我们在威尔蒙特活不下去了怎么办？

我闭上眼睛，却看见两个用红墨水写的大字：负债。我胸口发紧，感觉屋子里闷得厉害，腿上的电脑突然烫得要命，热得我出了一身汗。我告诉自己不许再瞎想，我不是跟他说了吗，他会没事的。孩子们会没事的。我们都会没事的。这根本是自欺欺人的咒语。

我决定看一会儿电视,免得自己继续待在"末日城"里。安德森·库珀[①]正在报道有位母亲在上班的时候把两岁的孩子反锁在汽车后座上,过了八个小时才发觉,等她发觉并赶回车里的时候,孩子已经中暑而死。检方正在考虑是否对她提起诉讼。

我究竟是怎么想的?电视中的负面新闻报道的是"末日城"的首都。我一想到这个母亲和她死去的孩子,眼泪就涌上了眼眶。我想着那个两岁的宝宝被五点式安全带困在车里,在害怕和绝望中器官逐渐衰竭。孩子的母亲应该一辈子都无法原谅自己吧?我想起了自己的母亲。

"鲍勃,你能换个频道吗?"

他调到了本地新闻台,一个主播正在盘点当天的新闻,从较糟糕的到更糟糕的:银行恳求政府出台救市措施,失业率飙升,股市自由落体。末日城,美利坚。

我站了起来,去厨房找巧克力,还拿了一大杯葡萄酒。

我和鲍勃都奋战到十一点。波士顿明天日出之前,欧洲那些办公室的咨询顾问已经喝上了一天里的第一杯浓缩咖啡,把早上的问题、关注点和报告发到我的收件箱,差不多这时候莱纳斯也醒了。"土拨鼠日"[②]又开始了。

我以前要在床上躺好久才能睡着,有时候是二十分钟,有时候要整整一个小时。我原先习惯读点和自己的生活完全不相关的东西,比如说我会看小说来分散注意力,让纷乱的思绪平静下来。那时候鲍勃的呼噜声也吵得我发疯,他没被自己震天响的呼噜声吵醒,真可以说是奇迹。鲍勃说呼噜声是在保护我们,免得有掠食

[①] 安德森·库珀(Anderson Cooper),知名主播。
[②] 《土拨鼠之日》(Groundhog Day),1993 年上映的美国电影,讲述主人公单日循环的喜剧。

者闯进我们的山洞。我接受他对"男人为何打呼噜"做出的解释，不过我认为，人类这个物种已经进化到不需要呼噜声了。最起码我们的前门上了锁，可惜他这个摩登原始人的呼噜声不甘心被现代技术淘汰。多少个夜晚，我真恨不得用枕头把他闷死，就让狮子、老虎和熊过来吧，我愿意冒这个险。

但那样的日子已经一去不返了，自从我生了露西，只要脑袋一挨着枕头，不出五分钟，我就睡着了。要是翻开了一本书，我连一页都看不完；我已经不记得上次读完一本小说是什么时候了。有时候我刚刚迷迷糊糊地睡着就听见鲍勃的呼噜声也毫不在意，翻个身，照样安然入睡。

这件事也有消极的一面，那就是影响了我们的夫妻生活。我不好意思承认，不过我确实记不起上一次同房是什么时候了。我喜欢也想要和鲍勃享受鱼水之欢，可这种喜欢和想要不足以让我坚持着不睡。我知道，我们两个人都忙碌了一天，晚上也都很累了，但我不管怎么忙、怎么累，都会给露西讲故事，给中国那边发邮件，还会处理一堆账单，但每天晚上，我都止步于此。鲍勃也是一样。

我记得以前我和鲍勃会在傍晚，趁我们还没太累的时候，有时候甚至在出去约会之前亲热一番（那时候我们还会出去约会）。现在呢，要是有这个精力，也总是在睡觉之前，并且总是在床上。亲热成了睡前才会做的事情，就像刷牙和用牙线，不过可从来没那么规律。

单身那会儿，我记得在《服饰与美容》还是《时尚》之类的杂志上看到过一篇文章——我只会在理发店翻翻这些杂志，里面说高学历的已婚夫妇一年只有十到十二次夫妻生活，是已婚夫妇中最少的。一个月一次。我当时想，我可永远不会这样。当然了，我那时候才二十多岁，未婚，没有孩子，教育水平也远远不如现在，每周至少有两三次性爱。那时候我看到杂志里的这些问卷调查，只觉得虽然读着很有意思，不过肯定都是胡编乱造的。现在我把这些文章中的每个字都奉为金玉良言。

但愿鲍勃不会觉得他在我心中已经失去了魅力。说来好笑，我反而觉得他比我们俩谈恋爱如胶似漆的时候更有魅力了。我看着他给莱纳斯喂奶，亲吻露西的小伤口，一遍又一遍地教查理系鞋带，全然忘我，一心一意地爱着孩子们，就觉得对他的爱就要抑制不住地奔涌而出了。

我后悔有的时候自己累得倒头就睡，没有对他说"我爱你"。有时候他自己睡着了，没有对我说这三个字，这也会让我莫名其妙地生气。就算我们没精力吃一顿像样的晚饭，各自忙着处理邮件、找工作，没办法依偎在沙发上看一场电影，也没心情考虑花三分钟亲热，至少我们也应该在昏睡过去之前说一声"我爱你"吧。

我躺在床上等着鲍勃，想要告诉他我爱他，还有，就算他明天丢了工作，我也依然爱他。不管发生什么样的"如果"，我们都会没事的，因为我们相爱。但他在卫生间里收拾了很久，我没来得及说就睡着了。不知道为什么，我怕自己不说出来他就不知道。

第 5 章

我正往洗衣间走,这时发现那些运动器材后面有一扇门,而我从来没见过这扇门。我停下脚步,望着那扇门,心里犯嘀咕,这是怎么回事?

"鲍勃,怎么会多出一扇门来?"我大喊。

他没回答。

我握住门把手,犹豫了片刻。我发誓,我以前绝对没见过这扇门。我依稀听见了母亲的声音:赛拉,别多管闲事。

我把门把手往右一转。

希区柯克电影里的一个声音威胁说:别进去。

可我非要弄个明白。

我推开门,眼前是一个我从来没见过的房间,远处的角落里,一只狮子伏在一个不锈钢捕龙虾篓前喝水。这个房间比我们家的厨房还大,其他的细节我没有注意,因为我已经被那头狮子吓呆了。狮子的后腿健壮有力,尾巴摆来摆去,身上散发出一股恶臭。我用衬衫捂住了鼻子和嘴巴,免得自己吐出来。

我不应该动的。狮子扭过头看到了我,接着转身面对着我,发出一声咆哮。它嘴里的臭气喷在我脸上,又热又潮，可我不敢去擦。它嘴角流着口水，地上迅速积起了一摊小水坑。我和狮子对视着，我努力不眨眼睛，努力屏住呼吸。

鲍勃慢悠悠地走进来，他手里拿着和莱纳斯的身体差不多大小的一个包裹，用防油纸包着。他从我身边走了过去，撕掉包装纸上的胶带，把一块血淋淋的红色的生肉扔到狮子旁边的地板上。狮子顿时忘了我的存在，转而朝那块肉扑了过去。

"鲍勃，这是怎么回事？"

"我在喂狮子啊。"

"狮子是哪儿来的？"

"你怎么会这么问？这是咱们家的啊，它是买房子送的。"

我勉强笑了笑，以为又是鲍勃奇怪的幽默感在作祟，但他并没有和我一起笑，我也就不笑了。

趁着狮子在狼吞虎咽，并且万幸吃的不是我，我便开始环顾四周。墙上镶了壁板，混凝土地面上铺着松木屑，横梁吊顶有两层楼那么高，墙上挂着一个相框，相框中是我和鲍勃的合影。我发现对面的墙上还有一扇门，这扇门很小，大约只有一般房门的一半高。

我非弄明白不可。

我蹑手蹑脚地从狮子旁边走过去，打开那扇小门，爬了进去。门在我身后"砰"地关上了，周围一片漆黑。我什么也看不见，不过我觉得眼睛渐渐就会适应，就像在电影院里那样。我盘腿坐在门边，眨着眼睛等待着视力的恢复，迫不及待地想看看这里究竟有什么。

我并不害怕。

星期四

查理的教室里空无一人，我和鲍勃准时来到这儿，我双手插在大衣口袋里，站着等加文小姐。我身体里的每根骨头都不想待在这儿，不管这次家长会要开多久，我今天早上大概率都会迟到，我甚至可以预见自己这一整天都在赶进度，可是怎么都赶不上。我感觉自己好像得了重感冒，可出门前却忘了吃一片感冒药。还有，不管加文小姐想说什么，我都不想听。

我觉得这个加文小姐不可靠。她是谁呀？也许她就是个很差劲的老师。我记得学校开放日那天晚上我见过她，她很年轻，才二十多岁，根本没经验。也许她是对工作力不从心，所以挨个找学生家长谈话。也许她就是讨厌不听话的孩子，天晓得查理有时候是多么不听话。也许是她不喜欢男孩，我有一个老师就是这样，她叫奈特太太，从来只让女生回答问题，只给女生的考卷上画笑脸，并且只会让男生去走廊里罚站或者见校长，但她对女孩从来不这样。

也许有问题的就是这个加文小姐。

我环顾教室，想寻找证据来支持我这番合理的质疑。我记得我上小学那会儿都是一张课桌配一把椅子，但这个教室里只有四张低矮的圆桌，周围摆着五把椅子，像小餐桌一样。依我看，这样的安排适合社交，可不适合学习。我本来想给这个不称职、不合格的加文小姐列出一长串毛病，可我看来看去，只找到这么一个蹩脚的证据。

教室墙上挂满了艺术作品，我的正前方挂着两张巨大的告示板，一张写着"拼写明星"，另一张是"奥数冠军"，下面贴着打印出来的学生照片。这两张告示板中的学生照片都没有查理的。教室里有个图书角，图书角里摆着五张颜色鲜艳的儿童沙发，旁边立着塞满了书的组合架。教室后面放了两张桌子，一张桌子上放着养小仓鼠的笼子,另一张上面放着一只鱼缸。

一切看起来都井井有条,活泼有趣。看得出,加文小姐热爱她的工作,而且是个好老师,但我实在不想待在这儿了。

我正想问鲍勃要不要赶紧走时,加文小姐进来了。

她说:"谢谢你们过来,请坐吧。"

我和鲍勃坐在小学生的椅子上,这样的椅子高度只有几十厘米,加文小姐则高高地坐在讲台后面老师的椅子上。我们俩是蛮支金矮人,而她是伟大的奥兹国魔法师。①

"是这样的,查理的成绩单一定让两位很担心吧。我想先了解一下,你们对他取得这样的成绩感到意外吗?"

鲍勃说:"应该说震惊才对。"

我说:"嗯,其实和去年差不多。"

慢着,我是站在哪一边的?

鲍勃接着说:"是,不过去年他还在适应阶段。"

加文小姐听了点点头,不过她并不是在表示认可。

她又问:"二位有没有注意到他做作业很吃力?"

艾比每天下午就开始辅导查理做作业,之后我和鲍勃接着辅导,而他通常到了上床睡觉的时候还写不完。一般来说,做作业只需要二三十分钟,但查理边做边抱怨、拖拉、挣扎、哭闹,他讨厌做作业,甚至超过了讨厌吃西兰花的程度。我们把解释、恳求、贿赂、威胁的法子都用遍了,有时候只能替他写。没错,吃力这个词很恰当。

我也得替查理说一句,我像他这么大的时候可没有作业。在我看来,除了几个早熟的女孩,七岁的孩子还承担不起作业的任务,

---

① 蛮支金人(Munchkins),童话《奥兹国历险记》(The Wizand of Oz,又译《绿野仙踪》)中的矮人。

我觉得学校给小孩子的学习压力太大了。不过话说回来，那些作业不过就是一页纸的判断"大于或小于"，拼写 man（人）、can（能）、ran（"跑"的过去式）这样的单词，根本不是什么高深的学问。

我回答说："他是很吃力。"

鲍勃说："简直是折磨。"

我鼓起勇气问："他在学校怎么样？"

加文小姐回答说："他在学校里也很吃力。查理没有一次能按时完成课堂作业，他喜欢插嘴，打断我和其他的学生谈话，还经常走神。每天吃午饭之前，我至少能看到他有六次在看着窗外。"

我问："他坐哪个位子？"

"那儿。"她指了指离讲台最近的椅子，而这把椅子正好靠着窗户。既然有风景可看，谁会不走神呢？再说，也许是坐在查理旁边的孩子害得他没法认真学习，也许那是个调皮鬼，也许是个好看的小姑娘。可能是我刚才过于信任加文小姐了。

我说："能不能让他换个位子，坐到对面去？"依我看，这下问题就彻底解决了。

"学年开始的时候他就是坐在对面的。我想让他集中注意力，就只能让他坐在我眼皮底下。"

她等着我献上别的好点子，可我想不出来。

"查理很难遵守两个以上的要求，比如说，我让全班同学去自己的柜子里拿上数学本子，从后面的桌子上拿一把格尺，再回来坐好，查理就只会去自己的柜子拿零食回来，或者什么也不拿，就在教室里走来走去。二位在家里有没有注意过类似的情况？"

鲍勃说："没有啊。"

我说："什么？查理经常这样啊。"

鲍勃看着我，好像不明白我在说什么。他在认真听吗？他像不知道鲍勃的成绩单是什么样子似的。

"查理，去穿衣服、穿鞋子。查理，换上睡衣，把衣服放到脏衣篓里，然后去刷牙。咱们跟他说话他从来不听，就好像咱们说的是希腊语。"

鲍勃说："是，不过那是因为他不想做那些事，不是因为他不会做。小孩子都不愿意乖乖听大人的吩咐。"

我打了个喷嚏，接着说了声抱歉。鼻塞真的很难受。

"需要按顺序加入的那些活动查理表现得也不好，别的孩子不太愿意和他一起做游戏，因为他总是不守规则。他容易冲动。"

我听得心都碎了。

鲍勃问："有这种情况的孩子只有他一个吗？"听鲍勃的口气，他好像很肯定查理不是唯一的一个。

"是的。"

鲍勃朝十八把空着的小椅子瞥了一眼，接着用双手捂住嘴，叹了口气。

我问加文小姐："那你想说什么呢？"

"我想说，查理不能够集中应对学校生活的各方面。"

鲍勃问："这是什么意思？"

"意思就是查理不能够集中应对学校生活的各方面。"

"原因呢？"鲍勃质问她。

"我没办法说。"

加文小姐看着我们，没再说话。我明白了。我依稀看到了学校律师签字盖章的政策备忘录。大家都不愿说出心里的想法，加文小姐不说，是出于法律原因；而我和鲍勃不说，是因为我们讨论的对象是查理。我母亲一定很会应付这种场合，她接下来可能会说今天天气真不错，或者称赞加文小姐的粉衬衫很好看，我却受不了这种欲言又止的紧张气氛。

我开口问:"你觉得是注意缺陷障碍①之类的问题吗?"

"我不是医生,我不能那么说。"

"不过你觉得是这个问题。"

"我没办法说。"

鲍勃问:"那你究竟有办法说什么?"

我伸手按住了鲍勃的胳膊。这样下去是行不通的,鲍勃正咬牙切齿,差点儿就要拔腿走人,而我差点儿就要抓着加文小姐拼命摇晃,大喊大叫:"那是我儿子!快告诉我,你觉得他究竟有什么问题!"好在这时候我在商学院受过的培训派上了用场,拯救了所有人。现在我需要做的是重构问题。

"那我们能做什么?"

"是这样的,查理是个可爱的孩子,其实他非常聪明,但他现在掉队了,落得很远,要是我们坐视不管,他和别的孩子之间的差距就会越来越大。不过,除非家长主动要求进行评估,否则这个过程会很缓慢。你们需要提出书面申请。"

鲍勃问:"具体申请什么?"

我心不在焉地听加文小姐讲述如何越过一个个条条框框,攀上"个别化教育计划"②这座高峰。特殊教育。我记得查理出生之后,我仔细地数过他的十个手指、十个脚趾,端详过他小巧粉嫩的嘴唇,还有海螺壳一样的耳廓。当时我心里想,他真是完美无瑕,我诧异于他的完美,也心怀感恩。现在呢,我这个完美的孩子得了注意缺陷障碍。这两种想法是走不到一起去的。

---

① 注意缺陷障碍,俗称多动症,主要表现为注意力不集中和注意持续时间短、过度活动、情绪冲动等。

② 个别化教育计划(Individualized Education Program),1975年,美国国会通过《残障儿童普及教育法》,要求地方教育部门必须为存在身体、精神或情感障碍的学生制定适合个人发展需要的教育方案。

孩子们会对他另眼相看，老师们也会对他另眼相看。加文小姐刚才说查理什么来着？"容易冲动。"孩子们会给他起外号，说的比这还要难听，还要恶毒，而且他们会瞄准脑袋。

鲍勃说："我想先带他去看看儿科，再决定在学校怎么做。"

加文小姐说："我认为这是个好主意。"

医生会给有注意缺陷障碍的孩子配药的，对吧？我们得给七岁的儿子吃药，不然他在学校就要掉队了。这个想法一下子让我大脑缺血，我觉得脑袋和手指都麻木了，就好像我全身的血液循环不能接受这个念头。加文小姐还在说话，但她的声音变得模糊而遥远。我不想面对这个问题，也不想听解决的办法。

我很想让自己痛恨加文小姐，因为她给我们带来了问题，但我看到她真诚的目光，又对她恨不起来。我知道，这不是她的错。我也不恨查理，因为这也不是他的错。但我还是恨，恨意在我胸膛里滋长，需要一个宣泄的出口，不然我只会满腔怨恨，责怪自己。我环顾教室，"拼写明星"板上一个个天真的面孔，心、月亮和彩虹的图案，跑轮上的小仓鼠。恨意堆积在我的胸腔，挤压着肺叶。我必须得离开这里。

鲍勃对加文小姐说，谢谢她跟我们说明了情况，还保证说不管查理需要什么帮助，我们都会去做。我站起身，跟她握了握手，我似乎还想对她笑一笑，就好像这次见面很愉快似的。真可笑。接着，我注意到了她的鞋子。

加文小姐把我们送到门口，接着关上了门。我们站在走廊里，鲍勃抱了我一下，问我是不是不舒服。

我说："我讨厌她的鞋子。"

鲍勃听得莫名其妙，但决定暂时不再追问下去，于是我们两个一语不发地朝体育馆走去。

"上课铃前"就要结束了，孩子们正在排队准备去教室上课。

我们和露西打了招呼，说了再见，接着看到了队伍里的查理。

"嘿，小伙子，击个掌！"鲍勃说。

查理在他手上拍了一下。

我说："再见啦，宝贝，晚上见。今天要听加文小姐的话，好不好？"

"好的，妈妈。"

"我爱你。"我用力抱了抱他。

排在查理前面的孩子们出发了，他们排成一列，一个跟着一个，像一条毛毛虫似的，慢慢地挪出了体育馆。队列在查理这儿断开了，他没动弹。

鲍勃说："好啦，小伙子，走吧！"

别掉队啊，我完美的孩子。

第 6 章

瑞奇的妈妈沙利文太太跟我们说泳池还没清理好,沙利文先生还得用吸污机除去池底污垢,用反冲洗设备过滤池水。池水很浑浊,里面还漂着不少褐色的烂叶子。说这是泳池,其实倒更像是池塘,不过我们都不在乎。今天是暑假第一天,我们已经等不及让沙利文先生去清扫了。

我找到了一只橙色的臂圈,套到了自己的左胳膊上,一直拉到纤细的肱二头肌处。我把放游泳圈和泳池玩具的箱子翻了个遍,却没找到另一只臂圈。我一抬头,发现原来是纳特拿去了,他把那只臂圈套在胳膊肘上,好像戴了一个护肘。

"给我。"我说着,把臂圈从他胳膊上扯了下来。

纳特得不到想要的东西,一般都会大闹一场,但他这次却没有,这倒出乎我的意料。可能是我这个当姐姐的终于得到了应有的尊敬吧。我把橙色的臂圈套到另一只胳膊上,纳特自己拿了一个潜水面罩和一块打水板。

我把大脚趾伸到池水里试了试,又急忙跳开了。

"冷冷冷死了!"

"来吧宝贝!"瑞奇说着从后面跑过来,来了一个抱膝跳水。

我也想跳下去，但水实在是太冷了。

我走到甲板上，坐到了妈妈身边那把颤悠悠的塑料靠背椅上。妈妈和沙利文太太躺在有软垫的躺椅上晒太阳，她们喝着罐装无糖汽水，抽着烟，闭着眼睛聊天。妈妈把脚指甲涂成了大红色，像是辣味肉桂软糖的颜色。我要是能像她那样该多好啊。

我摘掉臂圈，也把椅子转到向阳的一面。沙利文太太正在抱怨她那个混蛋老公，"混蛋"这个字眼让我听了很不好意思，因为我知道这是一句脏话，要是我说脏话，准会挨一巴掌。我小心翼翼地坐在那儿，不敢出声，也不敢动，因为我觉得妈妈不知道我在旁边听她们说话，我一边觉得不好意思，一边又想继续听关于沙利文先生的事。

瑞奇也跑到甲板上，他冻得牙齿直打架，说："冷死了。"

"跟你说了嘛。"就这样，我傻乎乎地把自己暴露了。

沙利文太太说："去卫生间拿毛巾擦擦。去玩街机游戏吧。"她接着问我，"赛拉，你也想进屋去吗？"

我摇摇头。

妈妈说："她想跟女生们一起玩儿，是吧，宝贝？"

我点了点头。妈妈伸手在我腿上拍了两下。我笑了，感觉自己很特别。

瑞奇进屋去了，妈妈和沙利文太太聊天，我闭上眼睛听她们说话。沙利文太太没再讲沙利文先生的坏话，我听得无聊，有点想进屋去玩《吃豆人》，不过瑞奇八成在《玩太空侵略者》[①]，况且我想和女生一起玩，所以就没走。

[①]《吃豆人》和《太空侵略者》是两款经典的电子游戏。

突然间,我听见妈妈大喊纳特,我睁开眼睛,她正一边大喊纳特一边跑。我站了起来,想看看是怎么了。纳特正脸朝下地漂在水里。我一开始以为他在恶作剧,还很佩服他,因为他把我们都唬住了。接着,妈妈也跳进了泳池,他还在那儿演戏,我觉得他这么吓唬妈妈可真坏。妈妈把他的身子翻过来,我看见他闭着眼睛,嘴唇发青,这时我才真的害怕起来,感觉一颗心直往下沉。

妈妈把纳特抱到草地上,发出疯了一般的叫喊,我从来没听过哪个大人会发出这种声音。她对着纳特的嘴巴吹气,喊纳特醒过来,可纳特一直躺在那儿不动。我不敢再看纳特躺在草地上、妈妈对着他的嘴巴吹气的样子,于是低头看着自己的脚,这时我看见了那对橙色的臂圈,就放在我那把椅子旁边的甲板上。

"醒醒啊,纳特!"妈妈哭喊着。

我不敢看。我盯着自己那双自私的脚,还有橙色的臂圈。

"醒醒啊,纳特!"

"醒醒!"

"赛拉,醒醒。"

星期五

"石头剪子布!"

我出的是剪子,鲍勃出的是布。

"我赢啦!"我欢呼起来。

我以前几乎没赢过。我用两根手指在空气里一剪,接着来了一段可笑的吉格舞,像是乔纳森·派帕本和"舞盲"伊莱恩·贝尼斯[1]的结合体,看得鲍勃哈哈大笑。可惜我这场意外的胜利带来的喜悦是短暂的,因为我看到查理站在厨房里,没拿背包。

"游戏机不给我存档。"

"查理,我刚才让你去做什么来着?"

他就站在那儿看着我,我觉得嗓子有点发紧。

"我二十分钟之前跟你说,让你去把背包拿下来。"

"可是我得通到下一关。"

我咬紧了牙。我知道,只要张开嘴,我就会彻底失控,要么大喊大叫,吓坏了查理;要么放声大哭,吓坏了鲍勃;要么就是大发雷霆,把该死的游戏机扔进垃圾桶。查理连最简单的指令都不听不做,在昨天之前,这只会让我跟他生气,我觉得大部分孩子都有类似的毛病,惹家长生气。但这一刻,一阵害怕、沮丧的情绪油然而生,我不得不努力克制自己,免得这种感情倾泻而出,把我们一起淹没。我强迫着自己不要开口,在这几秒钟里,我看见查理睁大了眼睛,目光变得呆滞了。我心里的害怕和沮丧一定从毛孔流出来了。

鲍勃伸手按在我肩膀上说:"交给我好了,你上班去吧。"

我看了看手表。现在出发的话,我能早早赶到公司,平静又理智,路上还可以打几个电话。我张开嘴,呼出一口气。

"谢了。"我捏了捏他的手。

我抓起包,吻别了鲍勃和孩子,独自出了门。天气很冷,雨下得很大。我没有帽子,也没拿雨伞,只能拼命往车里跑。就在上车

---

[1] 乔纳森·派帕本(Jonathan Papelbon),美国棒球投手,2007年波士顿红袜队夺冠,派帕本即兴表演了一段吉格舞(一种起源于英国的舞蹈),为球迷津津乐道;伊莱恩·贝尼斯(Elaine Benes),美国情景喜剧《宋飞正传》(Seinfeld)中的角色,不擅长跳舞。

前的一瞬间，我看见地上有一枚一便士的硬币。我无法拒绝这个诱惑，于是停下脚步，弯腰捡起硬币后才躲进车里。我很冷，衣服也淋湿了，但是我微笑着发动了引擎。我赢了石头剪子布的游戏，还捡到了一便士①。

今天一定是我的幸运日。

大雨倾盆而下，成注地落到雾蒙蒙的挡风玻璃上，雨刷器运行的速度都跟不上水流的速度。头灯自动亮了，因为早上天色灰沉沉的，感光系统还以为现在是晚上。我自己也感觉现在是晚上，这种风雨交加的早上最适合窝在家里睡觉了。

但我不会让阴沉的天气影响了今天的好心情。我不用送孩子，因此时间充裕，而且虽然天气不好，路上倒是很顺畅。我能早早抵达公司，有条不紊地迎接这一天的工作，而不是迟到，焦头烂额，衣服上沾了葡萄汁，脑子里还不断回响着傻乎乎的儿歌。

不仅如此，我在路上还能处理一些工作。我把手伸进包里摸索手机，想给哈佛商学院去一个电话。十一月是我们招人的重要时节，我们要和麦肯锡咨询集团和波士顿咨询集团那些顶尖的咨询公司抢人，从今年的毕业生里发掘那些最优秀、最聪明的人才。虽然伯克利论吸引力比不上麦肯锡，不过还是能胜过波士顿的。在对一百五十个应聘者进行过一面之后，总有十个人会脱颖而出，这些就是我们要争取的对象。

我掏出手机，在联系人里找哈佛商学院联系人的电话。H开头的列表里没有。真是奇怪了，那可能是B开头的，代表商学院。我抬头看了一眼路面，顿时心头一紧。周围全是红色的刹车灯，湿

---

① 西方俗语"捡到一便士，好运行将至"，西方人认为捡到一便士会带来好运。

漉漉、雾蒙蒙的挡风玻璃上映着模模糊糊、一动不动的红光,好像一幅水彩画。公路上一切都静止了,一切都静止了,只有我的车正以每小时 70 英里①的速度移动。

我猛踩刹车。车刹住了,接着又打滑了。我的车在打水漂,我不住地踩刹车,但车还在打水漂。我离水彩画上的红光越来越近了。

上帝啊。

我使劲往左打方向盘,结果用力过猛,冲出了东侧的最边缘的车道,车子开始三百六十度地打转。我知道车子在飞速旋转,但感觉像是切了慢镜头。雨点、雨刷器还有心跳的声音都听不见了,周围所有的事物都慢了下来,就好像我沉到了水里。

我踩住刹车,往右打方向,想让车不再打转或者停下来。窗外的景物一下子倾斜了,汽车开始不断地翻滚。这种翻滚也很缓慢,没有声音,我的身体跟着车子翻滚,但思维却很清晰,并且出奇地冷静。

气囊弹出来了。我注意到气囊是白色的。

我看见包里的东西还有捡来的那枚便士都飘在半空中,顿时想起了登月的航天员。

我觉得喉咙被卡住了。

这辆车要报废了。

脑袋撞到了什么东西。

上班要迟到了。

突然间,汽车停止了翻滚。

我想下车,可我动不了。我突然觉得头疼欲裂,像头顶被狠狠地砸了一下。我这时候才第一次想到,这下报废的可能不只是这辆车。

---

① 1 英里约合 1.61 千米。——编者注

对不起，鲍勃。

天色越来越暗，最后变成了一片空白。我感觉不到头疼了，视觉消失了，感觉也消失了。我不知道自己是不是死了。

拜托，别让我死了。

我认定自己没死，因为我能听见雨点砸在车顶的声音。我还活着，因为我听见了雨声，那是上帝在用手指敲打车顶，准备做出决定。

我吃力地聆听。

继续聆听。

聆听。

但声音模糊了，雨好像停了。

等我意识到自己忽略了左侧之后,我没有哭成泪人儿,也没有哀嚎"这下完了,这下真的完了",而是强迫自己往最好的方面想。感觉就像"末日城"的市长给了我一把打开城门的钥匙,但我正想尽办法不进去。

第 7 章

头上那团朦胧的白光渐渐清晰，化成了天花板上的荧光灯。有个声音在不停地重复一句话。我正在琢磨荧光灯的亮度和形状，这时才突然意识到那个声音是在不停地对我说话。

"赛拉，我需要你深吸一口气，能做到吗？"

我本来觉得可以，但我刚一吸气，就觉得喉咙里撑着一个硬硬的东西，忍不住一阵干呕。我确定自己不能再吸气了，不过空气还是进到了肺里。我觉得喉咙干得厉害，想舔舔嘴唇，咽一口唾沫，但是嘴里有个什么东西让我没办法动。我想问："这是怎么回事？"可是我控制不了自己的呼吸、嘴唇还有舌头，只能害怕地瞪着眼睛。

"不要说话，你嘴里插了管子，那是帮助你呼吸的。"

我头顶的天花板上安着荧光灯，嘴里插了能帮助我呼吸的管子，旁边还有一个女人的声音。

"你能抓着我的手捏一下吗？"那个女人问我。

我捏了，但我没感觉自己捏到了手。

"你能用另一只手捏吗？"

我没听懂这个问题。

"你能伸出两根手指给我看吗？"

我伸出了食指和中指。

剪子。

我赢了石头剪子布游戏。石头剪子布，大雨，汽车。撞车了。我想起来了。我听见一台仪器在"滴滴"响，还发出"呼呼"的运作声。荧光灯，插管，女人的声音。我现在是在医院里。上帝啊，究竟发生了什么？我努力回想撞车之后发生的事情，头顶钻心的灼痛让我无法思考。

"很好，赛拉，很好，今天就到这儿吧。我们会让你重新入睡，好让你能休息。"

慢着！石头剪子布，大雨，汽车，车祸，之后呢？发生了什么？我没事吧？

天花板上的荧光灯越来越亮，灯的边缘渐渐消失，眼前只剩下一团模糊的白光。

"好了，赛拉，呼一口气，越深越好。"

我呼出一口气，一个护士帮我拔出了呼吸管，我感觉是一根砂纸做的窥镜顺着我柔软的喉管抽了出去。她做这个动作的时候一点儿也不温柔，也一点儿都不犹豫。插管被毫不留情地拔了出去，等她处理完毕，我心里感到一阵轻松，有点儿像刚生完孩子的感觉。当我正准备埋怨这个女人时，她把一只纸杯贴到我嘴唇边上，开始喂我喝冰水，于是她马上变成了我的白衣天使。

过了一分钟，她拿起我的一只手，让我自己握住了杯子。

"好了，赛拉，你接着喝点儿水，我一会儿就回来。"她说完这句话就出去了。

我小口小口地喝着冰水，干渴的口腔和喉咙感激地享受着滋润，像是久旱逢甘霖的土地。我刚刚拔掉了呼吸管，也就是说我之前需要插管才能呼吸，这可不妙。不过我现在不需要了。我为什么要插管？我在这儿有多久了？鲍勃在哪儿？

我觉得脑袋怪怪的，但一开始说不出来究竟是什么感觉。接着，一切都清晰起来，脑海中的每种色彩都那么鲜艳，音量也开到了最大。我的脑袋灼热难耐。我放下那杯冰水，摸了摸脑袋。手指触摸到的东西在我的脑海里呈现出一幅画面，让我又惊又怕：头上被剃掉了大一片头发，只露着头皮，大小和形状就像一块切片面包，在这块头皮上，我还摸到了十几个金属皮钉，就在皮钉底下的某个地方，我的大脑就像火山岩浆那么烫。

我抓起纸杯，把冰水往钉了皮钉的脑袋上倒。我真的以为会听见"咝咝"的水汽声，但是并没有。火辣辣的感觉并没有减轻，我白白浪费了一杯冰水。

我等着护士回来，同时在没有呼吸管的帮助下吸气、呼气。先别慌。要是你的大脑真的要融化了，护士绝不会留你一个人在这里。你没有插管，还自己端着一次性纸杯。可说不定大脑就是要融化了，快检查一下大脑是不是还能用。

你是谁？

我是赛拉·尼克森。

很好，你记得自己的名字。

我丈夫叫鲍勃，我们有三个孩子——查理、露西和莱纳斯，我是伯克利的人力资源副总裁，我们住在威尔蒙特，我今年三十七岁。

很好，赛拉，你没事。我摸了摸头上的皮钉，又顺着那块剃光的头皮摸了一圈。

要是你真没事，他们就不会给你剃头发，也不会在你的头皮上钉钉子了。

鲍勃在哪儿？我得让人通知鲍勃我在这儿，让他知道发生了什么。上帝啊，我得让人通知公司我在这儿，让他们知道发生了什么。我在这儿有多久了？到底发生了什么？

除了产检和分娩，我从来都不需要去医院，只要几粒退烧止痛药、几张创可贴就够了。我盯着头上的荧光灯。我一点儿也不喜欢这样的情况。护士去哪儿了？拜托你快回来吧。是不是有个呼叫键可以联系到她？我四下寻找按钮、电话或者喇叭，却只能看见头上的荧光灯，还看见旁边挂了一张难看的米色帘子，除此之外什么都没有。没有窗户，没有电视，没有电话，一样都没有。这个房间糟透了。

我等待着。我的头太烫了，我想喊护士，但备受虐待的喉咙只能发出沙哑而微弱的动静。

"有人吗？"

我等待着。

"鲍勃？"

我等待着。我等啊等，渐渐感觉大脑和我爱的一切都融化了。

又看到了荧光灯，我刚才一定是睡着了。这盏荧光灯就是我的全世界了。灯，还有呼呼声和滴滴声，轻柔而连续，是那台监测我的电子仪器发出来的。监测我，好让我活着？上帝啊，但愿不是。我的世界里有会议和截止日期，有电子邮件和机场，有鲍勃和孩子们。我的世界怎么只剩下这么点东西了？我在这盏难看的荧光灯下面躺了多久了？

我动了动盖在被子里的手，摸了摸大腿。哎呀，不好。我感觉腿毛至少有一周没刮了。我的腿毛颜色很浅，几乎是金色的，不过长得太茂密，一般来说每天都得刮。我在大腿上来回摸了摸，感觉自己像在抚摸动物园里的山羊。

天呐，我的下巴！我下巴左侧有一个地方长了五根汗毛，又粗又硬，就像野猪毛。过去这三十几年，这五根汗毛一直是我不可告人的秘密，是跟我不共戴天的仇人。它们每隔两天就会冒出来，所以我必须保持警惕，而我的武器是镊子和十倍倍率的放大镜，在家里、我的背包里和公司的办公桌里，我各备了一套。所以理论上来说，不论我在哪儿，只要有一根可恶的毒草敢冒出头来，我就能拔之而后快。有时候我正和公司总裁开会，他们中间有几个可是世界上最有影响力的成功人士，可一旦我不经意间摸到了下巴，脑海里就只剩下一个念头，就是想着如何把这五根小小的汗毛除掉，这让我几乎没办法集中精神开会。我痛恨这几根汗毛，也生怕别人比我先看到它们。不过我也不得不承认，天底下几乎没有什么事比拔掉这几根汗毛更能让我心满意足了。

我摸了摸下巴，本以为会摸到那几根猪胡子，没想到却摸到了光滑的皮肤。我的腿毛长得又长又密，像农场里的动物，说明至少有一周没剃了，但下巴上倒是干干净净，也就是说我在这儿躺了不到两天。通过体毛的浓密度判断我躺了多久这条线索根本行不通。

我听见几个护士在说话，估计声音是从房间外面的走廊里传来的。我还听到了另外一种动静，不是那台可能关乎我生死的仪器，不是护士说话的声音，也不是荧光灯微弱的嗡嗡声。我屏住了呼吸，仔细听着，是鲍勃的呼噜声！

我一转头，看见了鲍勃，他坐在那张米色帘子前面的椅子上睡着了。

"鲍勃？"

他睁开了眼睛，看见我正望着他，一下子跳了起来。

他说："你醒了！"

"发生了什么事？"

"你出车祸了。"

"我没事吧？"

他看了看我脑袋顶上,又注视着我的眼睛,故意不去看头顶。

"你会好起来的。"

我看着鲍勃的表情,想到了他看棒球比赛的样子:现在是九局下半①,两出局,两好三坏,没有跑垒员②,而鲍勃支持的棒球队还落后四分。鲍勃很乐意相信还有翻盘的机会,但他知道他们十有八九会输。他的心都碎了。

我摸了摸头上的皮钉。

鲍勃说:"医生们给你做了减压手术,他们说你表现得非常好。"鲍勃的声音在颤抖,看来他支持的棒球队绝对是输了。

"我在这儿多久了?"

"八天。他们给你打了镇静剂,你基本上一直都在睡觉。"

八天,我昏迷了八天。我又摸了摸那块剃光了的头顶。

"我的样子肯定很吓人。"

"你很漂亮。"

哎,算了吧。我正要嘲笑鲍勃老土,他却哭了起来,我吃了一惊,没有开口。我和他相知相爱十年了,还从来没看见他哭过。我见过他热泪盈眶,比如2004年他支持的棒球队夺得世界大赛冠军的时候,还有几个孩子出生的时候,但我从来没见过他哭。我自己倒是动不动就哭,不管是看新闻时听到有人唱国歌,还是别人家的狗死了;无论是工作上力不从心,还是生活上力不从心,我都会哭一场。现在,鲍勃哭了。

"对不起,对不起。"我一边说,一边跟着啜泣起来。

"不用说对不起。"

"对不起。"

---

① 指一场棒球赛最后一个半局,由主队进攻。意为改变局势的最后机会。——编者注
② 指已攻占垒包的击球员。——编者注

我伸出手，摸了摸他沾满了泪水、哭得变了形的脸。看得出来，鲍勃正努力地想控制情绪，但他整个人就像一瓶经过摇晃的香槟，而我刚刚拔掉了瓶塞。可惜我们并不是在庆祝。

"不用说对不起。赛拉，你别离开我就好。"

"你看我这个样子，"我说着指了指脑袋，"我像是能去哪儿吗？"

鲍勃笑了，他抬起胳膊用袖子擦了擦鼻子。

"我会没事的。"我含着眼泪，语气坚定。

我们都点了点头，握紧了双手，对于我们一无所知的未来，我们一致认为我的话必然没错。

我问："孩子们知道吗？"

"我跟他们说你出差去了。他们都很好，一切正常。"

那就好。我很高兴，鲍勃没有跟孩子们说我在医院里。平常我在家里陪他们度过的时间一般就是上学前的一两个小时，还有睡觉前的一个小时，不过有时候我加班太晚，到他们睡觉之后才回去，这种情况也很正常。我经常要去外地出差，有时候一走就是几天，他们也已经习惯了，只不过我每次离开一般都不会超过一周。不知道要过多久他们才会开始追问我究竟在哪儿。

"公司那边知道吗？"

"知道，那些卡片大部分都是他们送来的。他们让你不用担心，专心休养。"

"什么卡片？"

"在那边，贴在墙上的那些。"

我看了看墙面，但我没看到上面贴了卡片——准是被帘子挡住了。

"我还要在这儿待多久？"

"不知道呢。你感觉怎么样？"鲍勃问我。

脑袋不再像着火似的发烫，奇怪的是也不怎么疼，不过我浑身酸痛。我猜拳击手比赛之后身体就是这样的感觉，而且是那个打输了的拳击手的。我的腿有一阵阵强烈的抽痛，我还看到我的腿上安着一个按摩肌肉的仪器，能帮我缓解一些。还有，我一点儿精力也没有，刚才和鲍勃说了几分钟话，我就觉得筋疲力尽。

我说："说实话吗？"

"嗯。"

我看得出，他正在做心理准备，等着迎接噩耗。

"我好饿。"

他笑了，如释重负。

"你想吃点什么？什么都行。"

我试探着说："喝汤吧？"我觉得喝汤应该很安全，因为我不确定自己能不能随心所欲地吃东西。

"收到。我一会儿就回来。"

鲍勃俯身吻了吻我干裂的嘴唇。我替他擦掉了脸上还有下巴上的泪水，对他笑了笑。他穿过那张难看的米色帘子，走了出去。

房间里再次只剩下我和荧光灯了。荧光灯，滴滴声和呼呼声，还有米色帘子。对了，还有同事们送来的精美的慰问卡片，就贴在帘子后面的墙壁上。

第 8 章

"怎么了,赛拉,你不想吃午饭吗?"护士问我。

我盯着眼前的鸡汤面看了好一会儿,不知道该怎么动手。面闻起来很香,但吃起来肯定没有那么香,而且这会儿看起来有点坨了。可我饿坏了,我想吃掉它。

"我没有叉子啊。"

护士看了看我的托盘,又抬头看着我。

"那布朗尼蛋糕呢?"她问道。

我看了看一直放在面前的托盘,又抬头看她。

"哪儿有布朗尼蛋糕?"

护士不知从哪儿拿出一只勺子,又拿出一个包着塑料纸的布朗尼蛋糕,放在那碗面旁边。我诧异地盯着她,好像她要从我耳朵后面变出一枚二十五美分硬币似的。

"你之前没看到托盘上的这些东西吗?"她说着,把勺子递给了我。

"这些东西之前不在托盘上啊。"

她说:"但你现在看到了。"这句话与其说是出于好奇,不如说是下了结论。

"嗯。"

我喝了一勺面汤。我想的没错,这汤就是洗碗水。我接着拿起了布朗尼蛋糕。巧克力总是能吃的。

　　护士说："我去叫权医生，一会儿就回来。"

　　好，那你回来的时候能给我变来一杯牛奶吗？

　　一个身穿白大褂的亚裔男人站在我的床对面，他拿着带夹写字板，一边"咔嗒咔嗒"地按圆珠笔，一边翻看着几页纸，我估计那是我的病历。他没有留胡子，皮肤光滑，长得很帅，看脸像只有十八岁。不过我猜他就是权医生，也就是我的主治医生——如果真是如此，那他最好只是遗传了不老基因，实际年龄不低于三十岁。

　　"赛拉，太好了，你醒了。感觉怎么样？"

　　焦虑，疲惫，害怕。

　　但我只说："很好。"

　　他"咔嗒"一声按下笔，写了几个字。噢，这是在询问病情，我最好集中精神。不管他在考我什么，我都想拿到最高分。我想回家，我想回去工作。

　　"我的情况怎么样？"我问。

　　"很好，算是相当好了。你被送来的时候伤得很重，头骨处有凹陷性骨折。脑部出血，我们不得不进行引流。我们都处理好了，不过因为出血还有炎症，你的大脑受了一些损伤。从扫描结果看，有一些是永久性的。不过你很幸运，受伤的是大脑右侧，不是左侧，不然你现在可能就没办法跟我说话了。"

　　我记得他的回答是以"很好"开始的，但我很难在他之后说的那些字眼里听出"很好"的意思，就算我重新回想了一遍也没发现。"脑损伤"，听起来是"很好"的反义词。我记得他还说了一句"你很幸运"。我觉得头晕。

　　"能让我丈夫进来吗？我想让他和我一起听听。"

"我在这儿呢。"鲍勃的声音传到了耳边。

我转头去看他,可他不在。房间里只有我和那位英俊的权医生。

"你为什么盯着椅子看?我在这儿呢。"鲍勃的声音再次传到了耳边。

"鲍勃?我看不到你啊。"

"站到我旁边来。"权医生说。

"原来你在这儿!"我看见鲍勃出现在眼前,这样说了一句,好像我们在玩捉迷藏似的。

奇怪,一秒钟前我还没看到他。可能是事故导致我的视力出了问题,也可能是他站得太靠后了。权医生帮我调整了病床的高度,让我坐直了身子。

他说:"赛拉,盯着我的鼻子,看到我手指的时候就告诉我。"他把食指伸到我耳朵旁边。

"我看到了。"

"现在能看到吗?"

"能看到。"

"现在呢?"

"没看到。"

"现在呢?"

"没看到。"

鲍勃问:"她失明了吗?"

我当然没失明了。他疯了吗?居然问出这种问题。权医生打开手电筒,检查我的眼睛。他观察我的眼睛,我也观察他深咖色的眼睛。

"跟着光看……很好,没问题,她大脑中负责视觉的区域没有受损,眼睛也没有问题。"

他从写字板上抽出一张纸，放在托盘桌上，把桌子推到我面前，接着递给我一支笔。纸上分散地写了一些大写字母和小写字母。

他说："赛拉，你能把所有的字母 A 圈出来吗？"

我照做了。

"你确定全都找到了吗？"他问。

我检查了一遍，回答说："都找到了。"

他又抽一张纸，说："你能在每条水平线的中间画一条垂直线吗？"

我把纸上的九条线对分成了两半。我抬起头，准备搞定下一个测试。

"都完成了？好，我们把托盘挪开。你能把两条胳膊伸直，掌心向上吗？"

我照做了。

"你两条胳膊都伸了吗？"

"伸了。"

鲍勃问："她瘫痪了吗？"

又来了，这是哪门子的无聊问题啊？他刚才没看到我伸胳膊吗？

权医生用一把小橡皮锤敲了敲我一侧的胳膊和腿，然后说："没问题，左侧反射有点弱，不过进行一段时间的康复治疗，应该能恢复。她得了单侧忽略①，这种情况在脑出血或者中风导致大脑右侧半球受损的病人身上相当常见。她的情况是左侧忽略，她的大脑不会注意左边的任何东西。'左侧'对她来说不存在。"

---

① 脑损伤后的脑高级功能障碍，患者不能对大脑损伤灶对侧的身体或空间呈现的刺激做出反应。——编者注

鲍勃问："'不存在'？这是什么意思？"

"意思就是不存在。对她来说，左侧不存在。要是你站在她左边，她就注意不到你。她不会碰盘子左边的食物，甚至可能以为她的左胳膊和左腿不属于自己。"

"因为'左侧'对她来说不存在？"鲍勃问。

"对，"权医生说，"我是说，是的。"

"那她会恢复吗？"鲍勃问。

"可能会恢复，也可能不会。有一些病人随着炎症消退，大脑受伤部位愈合，症状在几周内就消失了。不过，也有一些病人的症状持续存在，要是这种情况，最好的办法就是学着适应。"

鲍勃问："适应没有左侧？"

"是的。"

鲍勃说："她似乎没注意到少了什么。"

"是的，大多数病人在受伤后初期都是这样。她基本上意识不到自己患了单侧忽略。她意识不到所有左侧的东西都不见了。在她看来，一切都在，一切都很正常。"

我也许意识不到自己忽略了左侧，不过权医生和鲍勃好像意识不到我还在听着呢。

鲍勃问我："你知道你有左手吗？"

我说："我当然知道我有左手了。"他一直问这些可笑的问题，让我觉得很尴尬。

但是，我又想了想这个可笑的问题。我的左手在哪儿？我真的不知道。天哪，我的左手在哪儿？还有左脚呢？也不见了。我动了动右脚趾。我又尝试着向左脚发送同样的信息，但大脑把信息退给了"发件人"：抱歉，查无此处。

"鲍勃，我知道我有左手，可我不知道左手在哪儿。"

第 9 章

我在医院住了十二天了,已经从重症监护病房转到了神经科病房。过去几天里,我一直是权医生的小白鼠。趁着我还没有从这个可恶的房间转移到康复中心,他想了解更多关于单侧忽略的情况。他说目前医学界对这种病症的了解还不太多,这让我有点沮丧。不过也许他能从我身上了解到一些东西,推动对单侧忽略的临床认识,也许这对我也有帮助。我很乐意合作,因为研究我这种病情只涉及问题、测试、笔纸,不涉及针头、抽血或者大脑扫描,而且这也让我好一阵子有事可忙。要是我什么都不做,就会不由自主地担心工作,想念鲍勃和孩子,还有就是盯着荧光灯和天花板上剥落的油漆发呆。就这样,我和权医生享受着大把能够创造医学价值的时间。

每次回答问题、做找词测试的时候,我都试着和权医生一起研究。我无法注意或者找到左侧的任何东西,可我非但没有害怕得要命,反而觉得不可思议。我甚至意识不到自己忽略了某些东西,直到权医生、康复治疗师或者护士告诉我,我才知道自己有所遗漏。等我意识到自己忽略了左侧之后,我没有哭成泪人儿,也没有哀嚎"这下完了,这下真的完了",而是强迫自己往最好的方面想。感觉就像"末日城"的市长给了我一把打开城门的钥匙,但我正想尽办法不进去。

我很喜欢画图测试。我曾经速写本不离身学，感觉那就像是一百万年前的事了。我在大学里主修经济学，不过也尽可能多地选修了平面设计、艺术和艺术史课。那些速写本应该被堆放在杂乱的阁楼里，可是我怎么也想不起它们放在哪儿了——也许放在了左边吧，但愿我没有把那些速写本扔掉。

权医生让我画一朵花、一个钟面、一座房子、一张脸。

"你画得很好。"他称赞说。

"谢谢。"

"你画的脸是完整的吗？"

"是啊。"

我带着自豪和爱意看着我的画：我画的是露西，我正欣赏着她的五官，这时突然怀疑起来。

"难道不是吗？"我问。

"不是。人有几只眼睛？"

"两只。"

"你画了两只吗？"

我看着我笔下的露西。

"我觉得是啊。"

他咔嗒一声按下笔，写了几个字。他给我画的小白鹅露西留了负面评语，谁都不能这么做。

我把纸推给他，说："你来画一张脸。"

他画了一个简单的笑脸，两秒钟就画完了。

"你画的脸是完整的吗？"我问。

"是啊。"

我尽量重重地按了按笔，举高了，然后假装在看不见的写字板上写评语。

他问："你写了什么，尼克森医生？"他装出非常担心的样子。

"这个嘛，脸上难道没有耳朵、眉毛、头发吗？恐怕你得了一种非常严重但也很有意思的病，医生。"

他哈哈大笑，接着在代表嘴巴的那条线底下加了条舌头。

权医生说："不错，不错。我们的大脑通常不需要全部信息就能呈现出整体。那就像是我们的盲点。我们每个人都有盲点，也就是视网膜上没有视神经的那个点，但我们一般不会注意到视野中的这处空白，因为大脑会自动填补画面。这很可能就是你现在的情况。你只靠右半侧的图像就能呈现出整体的画面，你的大脑会无意识地填补空白。了不起的观察，的确不可思议。"

虽然我很享受他的关注和奉承，但我知道，一个书呆子医生为之兴奋的东西，很可能会被这个病房之外的世界看成可怕的怪物。我想画出露西的两只眼睛。我想用两只手抱着查理，亲吻莱纳斯的两只小脚丫，看到完整的鲍勃。我不能只看到表格的右半部分。我需要大脑再次看到左侧，不管左侧在哪儿。我也不能再去做无边无际的假设，假设只会给大家带来很多麻烦。

今天的午餐是鸡肉、米饭和苹果汁。鸡肉需要加点盐，米饭需要加点酱油，苹果汁可以兑点伏特加。不过医生说我血压高，所以不能吃盐和酱油，也不能喝酒。我吃掉了他们给我准备的每一样淡而无味的东西，因为我需要恢复体力。我明天就要转去康复中心了，从我了解的情况来看，这会是一项艰巨的任务。不过，我已经等不及了。虽然我很喜欢权医生，但我这只小白鼠想再也不想待在笼子里了。

权医生在查房前进来询问我的情况。

"午餐怎么样？"他问我。

"很好吃。"

"你切鸡肉用的是餐刀吗?"

"不是,我用的是叉子边。"

"咔嗒",他按下笔,记下了这条令他着迷的数据。

"都吃光了吗?"

"嗯。"

"吃饱了吗?"

我耸耸肩。我没吃饱,可我不想再要一份了。

"要是我告诉你,你的盘子里有一根巧克力棒,你会怎么做?"他笑着问。

我很佩服他的努力。巧克力绝对是最能吸引我的诱饵,不过我并不需要激励,我有高度的积极性。我并不是不想看到他所看到的东西。

"我没看到。"

也许我能摸到。我用手心触摸干净的白盘子。里面什么都没有——没有一粒米,也没有一块巧克力。

"你试试把头往左转。"

我盯着盘子,说:"我不知道怎么才能做到,我不知道怎么才能按照你说的去做。我没办法朝你说的方向转头,也没办法看到那里。就像是你让我转头看自己的后背,我知道后背就在那儿,可我根本不知道怎么才看得到。"

他把我说的话记了下来,边写还边点头。

我接着说:"从理智出发,我理解盘子有左半边,但在我的现实世界中它不存在。我没法看到盘子的左半边,因为它并不存在。没有什么左边,我感觉我看到的就是一个完整的盘子。我也不知道,我很懊恼,可我形容不出来。"

"我觉得你形容得很好。"

"那真的有巧克力吗?"

"没错,是鲍勃昨天带来的那种。"

那可是最美味的巧克力。我虽然不明白其中的道理,不过我抓着盘子转了一百八十度。变!一块杏仁酱脆心巧克力出现在了眼前——鲍勃最好了。

"你这是作弊!"权医生嚷嚷。

"明明很公平啊。"我一边说着,一边幸福地咬了一口巧克力。

"好吧,那你得回答我的问题:巧克力是从哪儿来的?"

我知道他想让我说"左侧",但是左侧不存在。

"是上帝的礼物。"

"赛拉,你想想看:巧克力原来放在盘子左边,也就是现在的右边,而你刚才看到了盘子右边,眼见为实,而现在右边转到了左边。"

他还不如问我 π 乘以无穷大的平方根等于几呢。我不在乎盘子右边去了哪儿,我吃上了我最爱的巧克力,而且明天就要去康复中心了。

距离车祸发生已经过去两周了,鲍勃经常请假过来陪我,要是再来一轮裁员,公司可能不会留他。我告诉他不用总过来,他只叫我别说话,还让我不用担心他。

除了画图测试,我最喜欢的测试是棉球测试。物理治疗师[①]罗丝会在我全身上下沾好多棉球,然后让我一一摘掉。我喜欢这个测试,因为我觉得自己一定很像查理或者露西做的艺术手工作品。再过几周,他们大概就要在学校里堆雪人了。上帝啊,我真想念几个

[①] 具有执业资格,针对患者和残疾者的功能障碍进行躯体功能评定、治疗方案制订和操作实施的专业技术人员。——编者注

孩子。

我摘掉了棉花"雪球",跟罗丝说我完成了。

我问她:"我全都摘掉了吗?"

"没。"

"差不多吧?"

"没。"

"左侧的棉球摘掉了吗?"

谁知道左侧在哪。

"没。"

奇怪。我真觉得自己全都摘掉了,我没感觉到身上还有棉球。

"等一下。"鲍勃开口了。他一直坐在病房的访客椅上旁观。

鲍勃举起手机对我说:"说茄子。"

他"咔嗒"一声拍下一张照片,接着把手机屏举给我看。我吃了一惊:照片上的我从头到脚都沾满了棉球。我要疯了。那就是我身体的左侧吧。左胳膊、左腿,看到这些部位都在,我真是大大地松了一口气。我都怀疑自己被截肢了,只是谁都没勇气告诉我。

我看了看照片里自己的脑袋。我脑袋上不仅沾满了棉球,而且头发也没有完全剃光,除了又油又乱外,和我记忆中的一模一样。我伸手摸了摸,摸到的却只有光秃秃的头皮和盲文一样的小凸起,那是手术切口疤痕(前两天,一个神经科医生帮我拆除了皮钉)。从照片看,我还留着一头长发,但从摸到的情况看,我的头发都剃光了——这实在是匪夷所思。

我问:"我的头发还在?"

罗丝回答说:"他们只给你剃掉了右侧的头发,左侧的都还在。"

我一边看着照片,一边伸手在头皮上摸索。我喜欢自己的一头秀发,但现在的样子不可能好看。

我说:"全都剃光吧。"

罗丝看了看鲍勃，好像在等着他那一票。

我接着说："和现在的样子相比，还是剃光了更好看，你说呢，鲍勃？"

他没说话，因为他不回答，所以我知道他心里同意这个看法。我知道，这就好比问鲍勃更喜欢教堂还是商场——两个他都不喜欢。

"就现在吧，趁我还没后悔。"我说。

"我去拿剃刀。"罗丝说。

我和鲍勃等着她回来，鲍勃站在一边，开始在手机上查看邮件。从我来这里之后，我就一直没查看过邮件，因为他们不让我工作。我一想起这件事就一阵着急，收件箱里准有一千封邮件等着我去处理呢。不过杰西卡可能把这些邮件都转给了理查德或者卡森，这样更说得通。现在是招聘期，对我来说，这是一年里最关键的时候，我得回去工作，确保我们招到了合适的人，并把他们安排到最适合的岗位上。

"鲍勃，你去哪了？"

"我在窗户这儿。"

"好吧，亲爱的，你站在那儿和站在法国差不多。你能不能到这边来，好让我能看见你？"

"对不起。"

罗丝拿着一把电动剃刀回来了。

"你想好了？"她问我。

"想好了。"

剃刀"嗡嗡"地响了几秒钟，这时候我看见母亲走了进来。她看了我一眼，倒吸了一口气，好像看到了弗兰肯斯坦①。她用两只

---

① 《弗兰肯斯坦》(*Frankenstein*)，旧译《科学怪人》，玛丽·雪莱（Mary Shelley）1818年创作的科幻小说。

手捂住嘴巴，喘得厉害。她马上要开始歇斯底里了。

我问鲍勃："你什么时候告诉她的？"

"两天前。"

真厉害，她竟然在两天之内就赶过来了。她向来不太喜欢出门，离开科德角更会让她惊慌失措，而且她年纪越大，这种情况就越严重。从露西出生到现在，我猜她去过最远的地方应该是萨加莫尔大桥①。她从没见过莱纳斯。

"上帝啊，上帝啊，她是快死了吗？"

"我不会死，我只是要剪头发。"

母亲比我记忆中的样子要老得多。她不再把头发染成栗色，而是任其变白；她戴上了眼镜；她脸上松松垮垮的皮肤往下垂着，就像是她紧缩的眉头太重，终于把整张脸压垮了。

"上帝啊，赛拉，你的脑袋。上帝啊，上帝啊——"

"海伦，她会没事的。"鲍勃安慰她说。

她抽泣起来。我受不了了。

"妈妈，拜托你，"我开口说，"你去站在窗户那儿吧。"

---

① 萨加莫尔大桥（Sagamore Bridge），连接科德角和马萨诸塞州内陆的大桥。

第 10 章

康复中心的神经科一共有四十张床位,我知道这一点,因为这四十张床位里只有两张属于私人病房,保险是不负责赔付的。想要隐私只能自掏腰包。

鲍勃安排我住进了其中一间私人病房,窗户在床右边。我们俩都觉得能看到房间外面的风景能帮我提振士气,没想到的是,这么一个简单的要求竟然还得提得更具体点才行。

这样一个阳光明媚的上午,我站在窗户前,看到的是一座监狱——视野里只有砖墙和铁栏杆,我能明白这其中的讽刺意味。听说住在神经科另一头的病人能看到扎金大桥[①],白天能欣赏令人赞叹的建筑杰作,晚上能观赏美轮美奂的灯光秀。当然了,那些都是双人间。有得必有失,当心愿望成为现实。我这个脑损伤的病人就印证了这些陈词滥调。

不管我在这儿需要做什么,我都已经做好了准备:努力学习,完成作业,最后拿到好成绩,回家和鲍勃还有孩子们团聚,回去上班。我要回归正常的生活,我下定了决心,要百分之百地康复。不

[①] 扎金大桥,全称莱纳德·P. 扎金邦克山纪念大桥(Leonard P. Zakim Bunker Hill Memorial Bridge),该桥以当地已故民权活动家扎金命名,于 2003 年竣工,是波士顿地标性建筑。

管什么事，百分之百都是我的目标，除非还有额外的学分，那我会把目标定得更高。感谢上帝，我天生就是个争强好胜的 A 型人格完美主义者。我敢肯定，我会是这家康复中心有史以来最优秀的创伤性脑损伤病人，不过他们很快就会送走我，因为我还打算在所有人预计的时间之前就康复。就是不知道最快纪录是多久。

可是，每当我问起单侧忽略患者具体要多久才能完全康复，得到的答案都是不确定的，令人失望。

权医生说："这个因人而异。"

我问："那平均时间是多久？"

"这个我不知道。"

"哦。好吧，那大概的时间呢？"

"有些人不到两周就自行康复了，有些人要六个月才对康复方案和再学习有反应，还有些人需要更长的时间。"

"那一个人康复起来需要两周还是更长时间，有什么判断标准？"

"我们还不清楚。"

我再次震惊了，医学界对我的病几乎是一无所知。难怪他们总说练习就是最好的特效药了。

现在是上午九点一刻，我正在看雷吉斯[①]和某个女主持人的节目，以前是雷吉斯和另一个女人，但我想不起来她叫什么了。我已经很久没看过早间电视节目了。我的物理治疗师玛莎刚刚进来做了自我介绍。她那头深浅不一的金发被紧紧地扎成了马尾，耳垂上密密地戴了四个钻石耳钉，她的身材像是橄榄球运动员的身材。她看

[①] 雷吉斯·菲尔宾（Regis Philbin），美国知名主持人，从 1988 年开始主持早间脱口秀《雷吉斯与凯茜·李直播秀》(*Live with Regis and Kathie Lee*)，2001 年更换搭档后节目更名为《雷吉斯与凯利直播秀》(*Live With Regis and Kelly*)。

起来不苟言笑。很好，放马过来吧。

她在查看我的病历，我问她："你看我什么时候能回去上班？"

"你是做什么的？"

"我是一家战略咨询公司的人力资源副总裁。"

她闭着嘴笑了两声，接着摇摇头。

"我们还是先集中精力，练习走路和如厕吧。"

我问："你看两周能行吗？"

她又笑了两声，摇了摇头，接着意味深长地看着我的光头。

"我看你还没有完全理解自己是什么情况。"

我意味深长地看着她的耳朵。

"我其实理解，我很清楚发生过什么，我只是不理解之后会发生什么。"

"今天，我们要练习坐下和走路。"

发发慈悲吧，就不能有点格局吗？我的目标可比看雷吉斯主持节目还有上厕所远大多了。

"好吧，那你看我什么时候能恢复正常？"

她拿起遥控器，关掉了电视，用严肃的目光注视着我——我需要查理认真听我说话的时候，也会用这样的目光注视他。

她开口了："也许永远不能。"

我不喜欢这个女人。

我母亲已经识破了"站到我左边"的小把戏，于是坐到了我右边的访客椅上，好像一只紧张的母鸡在守着一窝宝贝鸡蛋。我没了医学理由，但还是假装看不到她。可惜的是，她就坐在我视野的正中央，我根本没法不看到她，而我每次看她，她脸上都挂着一副焦虑的表情，让我忍不住想放声尖叫。任何一个人要是不得已地面对我，面对我隔壁那个因为摩托车事故而面目全非、失去了两条腿的男人，面对走廊对面那个产后中风、叫不出宝宝名字的年轻女人，应该都会露出担心的表情吧。任何一个人要是不得已要面对神经科的任何一个病人，想必都会露出这种关切中夹杂着一丝恐惧和几分害怕的表情。总之，这不会是因为她真的担心我，毕竟她三十年来都没担心过我。我虽然心里不痛快，但是我理解她表情之下的感受，我只是不明白，是有谁强迫她坐在那儿面对我吗？

玛莎走进来，把一个不锈钢脸盆放在了托盘上。

她说："海伦，你坐到赛拉的另一边好吗？"

母亲站起来，消失不见了。我也许不该对玛莎妄下结论。

玛莎说："好了，赛拉，你平躺下来，我们开始了。准备好了吗？"

我还没来得及对接下来要做的事表示同意，她就用一只有劲的手按住我的一侧脸颊，把我的头一转——母亲又出现了。玛莎这女人真可恶。

"这儿有一条毛巾，你用毛巾在她胳膊那儿上下擦拭，还要擦她的手以及每根手指。"

"另一条胳膊也要擦吗？"

"不用，我们不是要给她洗澡，而是通过毛巾的触感和水的温度提醒她的大脑，让她知道自己有左胳膊，擦的时候还要让她看着胳膊。她的脑袋会不自觉地想转回去，你就像我刚才那样按回去就行。好吗？"

母亲点点头。

"很好。"玛莎说着，就急匆匆地走了。

母亲用脸盆接着拧干了毛巾的水，开始给我擦拭胳膊。我感觉到了，毛巾很粗糙，水温不冷不热，随着她的碰触，我看见了自己的小臂、手腕还有手。虽然我感觉到这一切都发生在自己身上，但是我却像在看着母亲擦拭另一个人的胳膊。毛巾擦过皮肤，好像是在告诉我的大脑：感觉到了吗？这是你的左肩膀。感觉到了吗？这是你的左胳膊肘。但是，大脑的另一个部分却理不直气也壮，总是要回嘴：别听他胡说八道！你没有左侧身体！没有什么左侧！

过了几分钟，母亲问我："感觉怎么样？"

"水有点冷。"

"对不起。你等一会，先别动。"

她一个箭步冲进了卫生间。我望着窗外的监狱，开始胡思乱想：要是我进了监狱，不知道她会不会来帮我打温水呢。毫无征兆地，她的手按在了我的脸上，把我的头一转。她又开始帮我擦胳膊了。水很烫。

我说："你知道吗，鲍勃得按时去上班，不应该让他一早开车送你过来。"

"是我自己开车过来的。"

康复中心坐落在一个交通枢纽的暴风眼，就算是波士顿最胆大、最老练的司机，要找到这儿也有难度，更别提是在出行的高峰期了。而这可是我母亲。

"真的？"

"我把地址输进了那个导航软件里，一五一十地按着语音的指示，就过来了。"

"你开了鲍勃的车？"

"只有他的车才坐得下。"

我感觉自己错过了一场会议。

"你开车送孩子们上学去了？"

"好让鲍勃能按时上班嘛，我们换了车开。"

"哦。"

"我是来帮你的。"

她开车送我的孩子们去学校和日托中心，接着又在出行高峰期从威尔蒙特开到了波士顿，我的大脑在努力消化这个令人震惊的事实。我努力地回想着她上一次帮我的情形。想起来了，她帮我倒了一杯牛奶，那是在 1984 年。

母亲正握着我的左手，我们十指相扣，即使过了这么多年，我依然很熟悉她的手。三岁的时候，每次我上楼梯，唱《绕着玫瑰跳舞》①，或者手里扎了刺，她都会拉着我的手。纳特去世之后的一段时间里，她把我的手拉得更紧了。七岁的时候，每次过马路，走过拥挤的停车场或者涂指甲，她也总是拉着我的手。她的手很可靠。后来我八岁了，她不能一边握着我的手，一边握着那么多哀痛，所以她松了手。现在我三十七岁了，她又一次握住了我的手。

我说："我想去卫生间。"

"我去叫玛莎。"

"我没事，我自己能行。"

自从出车祸之后，我还没有自己下床去过卫生间，所以我也不清楚自己为什么突然对这件事充满了信心。可能是因为我感觉自己一切正常，而且我必须要小便。我不觉得只注意到了一半自己、一半母亲或者一半卫生间，我不觉得少了什么。直到我的左脚迈出了第一步。

我拿不准左脚脚底和地面之间的距离，也感觉不到膝盖是直的还是弯的，但我估计膝盖可能伸得太过了，就那么抽搐了一秒钟，我向前迈出了右脚。身体的重心偏得厉害，等我反应过来时，已经摔倒在了地板上。

"赛拉！"

"我没事。"

---

① 《绕着玫瑰跳舞》(Ring Around the Rosy)，美国传统儿歌，多在转圈游戏中使用。

我尝到了一丝血腥味儿，一定是嘴唇磕破了。

"上帝啊，你别动，我去叫玛莎！"

"先扶我起来吧。"

可她已经跑出去了。

我躺在冰冷的地板上，试想怎么才能自己站起来，我舔了舔流血的嘴唇，意识到两周后我可能还不能回去上班。不知道是谁在替我负责哈佛商学院的招聘，但愿不是卡森。还有，不知道是谁在负责年度评估，这可是个大项目，我应该立刻着手的。我的单侧肩膀一阵抽痛，不知道母亲怎么去了这么久。

说来尴尬，自从生了莱纳斯之后，我就很难憋尿了。只要在车里坐上一个小时，我就至少得让鲍勃停一次车，因为我没办法像以前那样"忍一会儿就到了"，这让鲍勃很恼火。上班的时候，我会一次喝完一杯超大容量的咖啡。因此，只要是一个小时的会议，到了最后的十分钟，我的两只脚就要在桌子底下不停地点地，像个爱尔兰踢踏舞舞者，我盼着会议快点结束，然后不顾一切地冲去最近的卫生间。

我已经不再妄想靠自己站起来，而是动用了全部的精力和注意力，让自己不要尿在地上。感谢上帝，我的膀胱或者说需要我集中注意力的部分都长在身体中间，而不是左侧。老天保佑，可别让我打喷嚏啊。

终于，母亲急匆匆地回来了，玛莎跟在她身后。母亲神色惊慌，脸色苍白，玛莎则双手叉腰，站在那儿打量我。

她说："哟，你够冲动的。"

我立马就能想到好几件事或者几句话，让她看看什么才是真正的冲动，但是眼前这个女人是来照顾我的，我需要去卫生间，我不想尿在地上，我还需要回去上班，我不想丢了工作，于是我咬着流血的嘴唇，不敢轻举妄动。

母亲说:"我刚才应该帮她的。"

"不,那不是你的责任,而是我的责任。下次你按呼叫按钮就行了。让我来做康复治疗师,你就安心做母亲吧。"

母亲说:"好。"听她的口气,好像是在发誓。

做母亲。她知道这是什么意思吗?做母亲。一时间,这三个字眼让我觉得又好气又好笑,心里某个敏感的地方还被扎了一下。最重要的是,这三个字害得我分散了注意力——我尿在了地板上。

第 11 章

时间还很早,我还没吃早餐,康复治疗师也还没开始帮我训练,孩子们在家里很可能还没换衣服,但鲍勃已经过来看我了。

他问我:"你现在能看见我吗?"

我看见了监狱、窗户、访客椅和电视。

"看不见。"

"你把头转过来。"

我转了,但我看见的是监狱。

"不对,往另一边转。"

"没有另一边。"

"不,有另一边。你把头往左转,我就站在这儿。"

我闭上眼睛,想象着鲍勃站在那里。在我的想象中,他穿着黑色的长袖圆领 T 恤和牛仔裤——虽然他上班时从来不穿牛仔裤。他交叉着胳膊,没刮胡子。我睁开眼睛,转过头,但我看见的是监狱。

"我做不到。"

"不,你能做到,很简单的。"

"不行。"

"我不明白,你只要把头转过来就行了。"

"我转了。"

"转到左边。"

"没有左边。"

我听见他沮丧地叹了口气。

我说:"亲爱的,告诉我你在这里都看见了什么。"

"你、床、窗户、椅子、桌子、鲜花、卡片、我和孩子们的照片、卫生间、门还有电视。"

"就这些吗?"

"差不多吧。"

"那好,现在我要告诉你,这里所有的东西你只看到了一半,我要让你转过头去看另一半,你会怎么办?你会往哪儿看?"

他没吭声。我等着他开口。我想象穿着T恤和牛仔裤的鲍勃站在一旁,寻找着什么。

他说:"我不知道。"

"可不是嘛。"我说。

艾伦[①]正跟着黑眼豆豆的歌跳舞,她太好笑了,比雷吉斯跟那个谁有意思多了。我真希望我也能站起来跟她一起热舞,不过昨天去洗手间的不幸遭遇已经让我吸取了教训。

鲍勃一个多小时前就上班去了,现在由母亲守在我旁边,在椅子上动来动去。她穿着一身淡紫色的羊毛运动服,脚上是白色的运动鞋,看起来是要去跑步,或者去健身房做有氧运动。我怀疑这两件事她一件都没做过。我发现她没在看电视,而是在看着我,四目相对的一瞬间,我感觉和我对视的是一只被逼到角落里的小麻雀。她

[①] 指美国著名脱口秀主持人艾伦·德詹尼丝(Ellen DeGeneres),《艾伦秀》(The Ellen DeGeneres Show)主持人。

马上低头看了看脚上的运动鞋,在椅子上动了动,又转头看了看窗外,胆怯地瞄了我一眼,最后把目光投向了电视,同时伸手抚弄头发。得给她找点事做才行。

"妈,你去帮我拿顶帽子过来好吗?"

"你要哪顶帽子?"

除了滑雪帽,我能想到的只有一顶巨大的草帽,不过我显然不是在热带度假,也不是坐在游泳池边上。我倒是有很多条印花头巾和围巾可以围在头上,不过我不想让别人把我当成是癌症病人。我想打扮得正常一些,像是理论上两周后就能回去上班的人,另外我也不想吓到孩子们。

"你能帮我买一顶吗?"

"去哪买?"

"保德信商场。"

她眨了好几下眼睛。我知道她想找个借口逃避这趟出行:我不知道那个地方在哪儿,我不知道你想要什么样的,我不想让我这个座位被人占去。

她说:"你得告诉我地址。"

"博伊尔斯顿街 800 号。"

"你确定地址没错?"

"确定,我就在那上班。"

"我还以为你是在什么商业公司上班呢。"

听她的口气,好像是当场戳穿了我的弥天大谎,好像我其实是在快销品牌店里卖衣服的,而她早就猜到了。

"伯克利就在商场里。"

"哦。"

我要是能自己去就好了。我要先去尼曼百货或者萨克斯第五大道①挑一顶又时髦又好看的帽子,然后施施然地走进办公室,跟杰西卡还有理查德碰个头,问清员工评估的进展,纠正卡森对下一代咨询顾问做出的错误决定,或许再旁听一两个会议,然后再回来。

母亲说:"可是再过几分钟你就开始康复治疗了。"

"你不在也可以。"

"我得看看他们是怎么做的,然后才能帮你。"

"孩子们来看我之前,我得有一顶帽子,我不希望他们看到我现在的样子,而且一会儿可能会堵车。你可以明天再看我治疗。"

或者后天,大后天。

她问:"你确定吗?"

"确定,真的。"

她跟我确认了一遍:"博伊尔斯顿街800号。"

"没错。"

"等我回来以后,你得给我说说治疗的情况。"

"我全都告诉你。"

或者告诉一半。

母亲从钱包里翻出一张购物小票,把地址写在了上面,我又跟她确认了两遍地址,她这才走了。我放松下来,继续看艾伦。她正微笑着和一个叫金的嘉宾聊天,听声音像是金·凯瑞。我看了两分钟,突然意识到我应该能看到金·凯瑞才对,可是我看不到。我试了试,但还是看不到,我只能看见艾伦。如果我这辈子都看不到艾伦在和什么人聊天该怎么办?如果康复治疗没有效果怎么办?如果这种情况永远不会消失该怎么办?如果我这辈子都不能回去上班该怎么办?我不能这么活着。

---

① 尼曼百货(Neiman Marcus)、萨克斯第五大道(Saks Fifth Avenue),美国经营高端品牌的连锁百货商店。

我不想看艾伦了。我望向窗外，天气晴朗，阳光普照，在玻璃窗明晃晃的倒影中，我看到了自己丑陋的光头。我不想看自己了，但除了艾伦和我自己难看的光头，我能看的就只有监狱。艾伦的那位神秘嘉宾说了一句什么，逗得她哈哈大笑，而我闭上眼睛哭了。

"早啊，赛拉。"

椅子上没人，电视关上了。这个声音听着耳熟，可我一时想不起来了。

我说："你好？"

"我在这儿。"

我转过头，但只看到了监狱。

那个女人的声音说："没事，咱们慢慢来。"

这个女人突然出现在我母亲的椅子上，原来是海蒂，本的妈妈。这就有点奇怪了。我没想到她会抽空过来探望我。也许是查理在学校里有什么事，她是来通知我的。上帝啊，但愿不是查理有什么麻烦。

她微笑着说："哎，看来你只是在'上课铃前'看到我还不满足啊。"

我也对她露出了微笑，但我不知道我们有什么开心事。

"海蒂，非常谢谢你能过来看我。"

"不用谢我，这是董事会的安排。你是我的'十一点钟'。"

什么？我没懂。

"我是你的 OT。"

什么？我还是没懂。

"你的作业治疗师①。我就是做这一行的。"

"哦!"

原来如此。护士服,紫色洞洞鞋,还有脖子挂绳上带照片的证件。我一直猜她是护士来着,但我从来没问过她具体是做什么的,在哪儿工作。

她问:"你怎么样?"

"很好。"

她注视着我,等待着,就好像我是个问题少年,还一口咬定毒品不是我的。我受了创伤性脑损伤,剃光了头发,还不能走路,因为我根本不知道自己的左腿在哪儿,而她成了我的作业治疗师,我是她的"十一点钟"。"很好"和真正的答案差得远了。

"老实说,不怎么好。我不想待在这儿,我不想得这个病,我只想回家。"

"嘿,我也不愿意让你待在这儿,虽然我很高兴终于有机会能好好地认识你,不过我更希望那是在我家客厅里,咱们一边喝酒一边聊天。"

我笑了,海蒂的善良让我很感动,但感动只持续了一小会儿,因为我一心想着自己"不怎么好"的种种情况。

"我好久没去上班了,有很多重要的截止日期,要赶项目进度,我必须回去上班。还有几个孩子,查理在学校里很吃力,我想念露西,想哄她睡觉,还有莱纳斯。我真的好想回家啊。"

一说到露西的名字,我的声音就开始颤抖,等说到莱纳斯的时候,我终于放声大哭。眼泪不住地滑落,但我根本无心去抑制。海蒂递来了一张纸巾。

---

① 作业治疗师(occupational therapist,简称OT),具有执业资格,针对患者和残疾者的功能障碍进行作业评定和分析、制订治疗方案和操作实施的专业技术人员。

"我想回归我原来的生活。"

"我们会帮你回归的。你要保持乐观,我昨天在上课前看见查理和露西了,他们两个都很好。他们来看过你没有?"

"他们今天会过来,这是第一次。"

距离车祸已经过去两周半了,鲍勃说查理和露西都开始问:"妈妈什么时候下班回家?"我要是知道就好了。我也不想让他们到这儿来看我,不想让他们看到我现在的样子,顶着光头,行动不便,住在康复中心里,可我太想他们了。

"好。我刚才碰见你妈妈了,她人真好。她想帮你买帽子,问我在哪儿能买到。"

不用说也猜到了。

"你跟她说哪儿能买到?"

"我让她去保德信商场。"

"她问了地址吧?"

"对,她都弄清楚了。"

她可真了不起。

"好了,我们这就开始让你注意左侧的训练。准备好了吗?"

"准备好了。"

我长长地呼出一口气。

她问:"你能告诉我现在几点钟吗?"

"十一点钟。"

"你是怎么知道的?"

"因为你刚才说我是你的'十一点钟'。"

她哈哈大笑,然后说:"看来我在你面前得小心点。其实我今天迟到了一会儿,你能告诉我迟到了多久吗?"

"我没看到这儿哪里有钟。"

"喏,你戴着一块漂亮的手表。"

"哦，是啊。"

我的卡地亚手表，白金表壳，表冠镶着圆钻，表盘上是罗马数字。

"能告诉我上面显示的是几点钟吗？"

"我不知道表在哪儿。"

"你能感觉到表戴在手腕上吗？"

"感觉不到。"

"那你是怎么把表戴上的？"

"是我母亲帮我戴上的。"

"好吧，我们现在就帮你找到这块表。"

她站起来，好像离开了房间，但我没有听到开关门的声音。我等着她说话，但她一直没出声。

我说："你身上有一股咖啡味。"

"很好，你知道我还在房间里。"

"我现在好想喝咖啡啊。"

"大厅里有一家咖啡馆，要是你能说出现在是几点，我就去帮你买咖啡。"

我又闻了闻她身上的咖啡味，一想到手里拿着暖暖的超大塑料杯，里面盛着满满一杯香浓的香草拿铁，我就心跳加速。该死，我的手表究竟在哪儿？

"我现在坐在你左边。你能看见我吗？"

"看不见。"

"注意我说话的声音。继续，在电视另一边。"

"我看不见。"

电视另一边什么也没有。

"啊，咖啡可真香啊。"她朝我呼出一口气，用咖啡味挑逗我。

我努力把海蒂身上散发的咖啡味想象成一条看得见的痕迹。我是一只卡通老鼠，正循着气味寻找一大块瑞士奶酪。

"我看不到。"

"你可以。注意我说话的声音，来吧，往左看。"

"我感觉自己看到了房间里所有的东西，但是我知道你也在房间里，这就是说我没有看到所有的东西，就是这种感觉。"

我所看见的东西和我所知道的事实在脑袋里交战，打算拼个你死我活，弄得我头痛欲裂。不过头痛也可能是因为我想喝咖啡想得厉害。

"好吧，我们试着加入一些刺激。你能感觉到吗？"

"能。"

"是什么样的感觉？"

"轻轻的拍打。"

"很好。我在拍打什么？"

"我的手背。"

"哪只手的手背？"

我低头看了看右手。

"左手的？"

"很好。现在尝试着看看我拍打的地方。"

我低下头。真丢脸，我的小肚子完全遮住了腿。我本来在想，既然盘子里的食物我只吃一半，那我在这里至少能瘦掉几斤吧。虽然我在执行有史以来最古怪的减肥食谱，但我好像一点也没瘦。

"赛拉，你还在听我说话吗？看看我在拍打什么。"

"我现在感觉不到。"

"好吧，再换一个办法。现在呢？"

我看见房间的最边上有个东西在移动，但是太模糊，而且时有时无，我看不清楚。突然间，那个东西清晰起来了。

"我看见你的手了！"

"再看看。"

"我看见你的手在上下移动。"

"注意到手上有什么特别的东西吗？"

手上有什么特别的东西？我得再看看。能注意到手的位置，认出那是只手就已经够难的了，现在她还要让我找特别的东西。我竭力不让那只上下移动的手离开我的视野，强迫自己把注意力集中到房间最边缘的位置，这种感觉很难受，就像是要观察自己的后脑勺。我正准备放弃，这时候我突然注意到那只手上戴着祖母绿切割钻石戒指和卡地亚手表。

"上帝啊，是我的手！"

"做得很好，赛拉。"

"我看见了自己的左手！"

这句话听上去就像是露西在向所有人宣布她自己系上了鞋带。

"很好。那你的手表上显示的是几点？"

啊，对，这才是目标。我离喝到咖啡不远了，我甚至都能尝到咖啡的味道了。看时间。可是，我正庆祝自己看到了左手，兴奋地畅想着即将到手的奖励，这时可怕的事情发生了。我的左手消失了。我尝试着重复刚才的动作，但是不知道是不是因为没有遵循某项规定的步骤，总之，这次没有成功。我的左手像变魔术似的出现了，然后又消失了。

"我找不到手了。"

"没关系，这很正常，你的大脑很难持续地注意左侧，我们会帮你延长注意的时间。"

"我看我以后应该把表戴在右手了。"

"好吧，那你打算怎么戴上呢？"

我望着右手腕，意识到这是不可能的。

"让我母亲帮我？"

"我觉得你应该继续把表戴在左手上,这会是一个很好的练习。我知道你妈妈是来帮助你的,现在是没问题,不过长期来看,什么事都让她帮忙不是一个好办法。"

我完全同意。

但我还是说:"但我很想知道现在几点了。"

海蒂说:"用手机看怎么样?"

我也想用手机,可是自从车祸之后,我就一直没用过手机,因为鲍勃不肯给我。我每次都求他帮我拿手机,我的日程表和邮件都在手机里,所有的联系方式也在手机里。这些信息也都存在笔记本电脑里,不过笔记本和那辆车一起报废了。总之,我非常需要我的手机。

可是我每次提起来,鲍勃却总是敷衍我。"哦,我没找到。""哦,我忘了。""哦,我明天拿。"哦,他可真不会说谎。我知道,他不希望我住在康复中心的这段时间里想着工作,他觉得我应该抛开工作,把精力百分之百地投入康复治疗。他还觉得,哪怕我做一丁点儿工作,都只会给自己增加压力,而我现在不应该有任何额外的压力。

我不是完全不同意他的看法,我确实在尽力配合护士和康复治疗师完成所有的任务,但除此之外,我在康复中心还有很多时间都闲着。我每天有三个小时接受康复治疗,吃饭也可以算是学习的机会,比如说吧,玛莎总是把甜点藏在托盘左侧。我找不到的时候,我母亲,也就是我的得力小助手,总会把甜点拿给我。这样,要是算上吃饭的时间,大概又是两个小时,但也就这么多了。一天五个小时,此外就没事了。我完全可以处理一些邮件,再打几个电话,不会累着自己,况且每天打几个电话说不定还能帮我减轻压力呢。

"鲍勃不肯把电话给我。"我开始打鲍勃的小报告。

海蒂走到我母亲的椅子旁边。

她问:"是这个吗?"她手里拿着我的手机。

"对!你在哪儿找到的?"

"就在你左侧的桌子上。"

上帝啊,行行好吧。原来手机就在我身边的黑洞里,不知道放了多久了。我依稀看见鲍勃把手机放在那儿,心里想着:她想用手机,就看她能不能找到。

"给。"她说着,把我失散已久的朋友交到了我手里。"你没有看到时间,不过你看到了自己的手,还看到了手表,这持续了几秒钟。我这就去给你买咖啡。"

"真的吗?"

"是啊。你要什么咖啡?"

"香草拿铁,超大杯。太谢谢了。"

"不客气,我自己也想再来一杯。咱们就从在康复中心一起喝咖啡开始,目标是在我家客厅里共饮葡萄酒。一言为定?"

"一言为定。"

"好,我一会就回来。"

我听见了房门打开又关上的声音,现在房间里就剩下我自己了。母亲去了商场,海蒂出去买咖啡,我拿到了手机,还短暂地注意到了自己的左手。我不由得露出了微笑。我可能还算不上"很好",不过我敢说我已经比"不怎么好"强了一点。

那现在我该做点什么呢?我想应该先给杰西卡打个电话,问问我出事之后公司有什么情况,然后再给理查德打个电话,得商量一个办法,看我在这儿怎么工作最合适,之后还要给卡森打个电话。我迫不及待地想听到他们的声音了。我按下了开机按钮,可手机没有反应。我又按了几下,还是没反应——手机没电了。

可我完全不知道充电器在哪儿。

第 12 章

　　母亲去了好久，我想象不出她怎么会耽搁这么久。说来奇怪，我居然会盼着母亲回来。我在很久以前就不再抱有这种期望了，但现在，我坐在病床上和杰西卡还有理查德寒暄，尽力表现出一切正常的样子，心里却暗暗盼着母亲赶快回来。我需要那顶该死的帽子。

　　杰西卡送了一大盒沉甸甸的花生巧克力乳脂软糖给我，接着坐在访客椅上，问我怎么样。

　　我发挥出工作中的最佳状态，用不成问题又自信满满的语气回答说："很好，好多了。"接着又谢谢她送乳脂软糖给我。

　　我请他们也来一块，但他们两个都说："不用了，谢谢。"

　　我把手伸进盒子里，挑了一块最大的，整个塞进了嘴里。这是个严重错误。我嘴里含着巧克力和花生酱，根本没办法说话，而杰西卡和理查德也都没主动提起话头，只是默默地看着我嚼乳脂软糖，这种浓稠又尴尬的沉默比我嘴里那一大团乳脂软糖更甚。我只能快点嚼。

　　从杰西卡的表情来看，我的形象并不美观。切口疤痕、瘀伤还有剃光了头发的头皮，我就像是一部恐怖电影，她只想把脸埋在同伴的肩膀上。出于礼貌，她不好意思移开目光，可又无法掩饰对我这副模样的恐惧。这可不是我想展现的健康、能干、自信的形象。

母亲买帽子买到哪儿去了？我终于把巧克力咽了下去。

"非常感谢你们来看我，我本来想联系你们的，可是我找不到手机，笔记本电脑又在车祸中坏掉了。要是你们快递一个电脑给我，我完全可以在这儿工作。"

理查德说："赛拉，你不用担心工作，我们会处理好一切，直到你回来。"

杰西卡点点头，她勉强的微笑中不自觉地流露出厌恶和害怕。

"但是招聘的事我真得抓紧。现在是紧要关头，我的收件箱肯定塞爆了。"

理查德说："我们把你的邮件都转给了杰西卡和卡森，就让他们来应付这个紧要关头吧。"

杰西卡说："嗯，不用担心。"她的表情说明她担心得不得了。

当然了，他们不得不把我所有的邮件转发给别的同事。这也说得通，因为他们不知道我要离岗多久，而有些决定是不能耽误的。康复中心是一片石化森林，时间静止不动了；但在伯克利，时间就像湍急的河水，奔流不息。

"我知道我现在去不了办公室，不过我完全可以在这儿工作。"我在和理查德说话，但我注视着的人是杰西卡。

慢着。我在和理查德说话，可我注视着的人是杰西卡。我刚刚意识到我没有看见理查德。他一定是站在杰西卡的右侧，也就是我的左侧。棒极了。我在脑海里想象着理查德的样子：他身高大概有一米九，灰白头发，褐色眼珠，很瘦，有点憔悴，蓝西装、红领带、翼纹鞋①。他瘦下来是最近的事，我在稍微有些遥远的记忆中寻找，想起了理查德离婚之前的样子：比现在重大约五十斤，面颊红红的，有点儿胖，顶着中年人特有的西瓜肚，西装要大一些，红

---

① 翼纹鞋（wing tips），得名于鞋尖的翅膀形纹路。

领带倒是没变。我依稀看到了他那套单身公寓里的冰箱：六瓶啤酒、几个青柠、一升过期牛奶。我想象着他瘦削的面孔，不知道他脸上的表情是不是和杰西卡一样，都写着惊恐。

"赛拉，这些都有人在处理。"是理查德的声音。

"那年度评估呢？"

"卡森在负责。"

"包括亚洲的？"

"交给他了。"

"全部吗？包括印度？"

"没错。"

"这样啊，那好吧，要是他有什么问题，或者需要我做什么，跟他说可以给我打电话。"

"我会的。"

"我至少可以线上参加内部会议。杰西卡，你把日程表发给我，帮我接进电话会议，好吗？"

这时候响起了一阵手机铃声。上帝啊，我真想念我的手机铃声。

"喂？对。"是理查德的声音，"好的，跟他说我五分钟之后给他回话。"

应该是理查德给了提示，杰西卡把放在地上的包拿了起来，放在了腿上。

开始出片尾字幕了，电影演完了，她准备赶紧走人。

理查德说："抱歉，我们得提前走了，我得去回个电话。"

"好的，没关系，谢谢你们来看我。别担心，我很快就能出院了。"

"好的。"

"在我住院这段时间，杰西卡，你能不能寄一台笔记本电脑给我？还要提醒我开会的事。"

"赛拉，我们都很想你，"理查德说，"不过我们希望你能慢慢来，等你百分之百地康复了，再回来上班。你早点康复，我们就能早点把你扔回火坑。你就专心休息吧，不用担心工作上的事。一切都在掌控之中。"

杰西卡说："我会再给你带点乳脂软糖的。"这听起来就像是家长在哄小孩子，因为不能满足孩子的要求，只好拿一个蹩脚的东西代替。

理查德问："你还需要别的什么吗？"

一台电脑、一个手机充电器、我的日程表、回归工作的生命线。

"没有了，谢谢。"

"早日康复。我们都很想你。"杰西卡边说边往外走。

理查德出现在了我的视线里。他说："很高兴见到你，赛拉。"

他俯下身子，把脸凑近，准备在我脸上礼貌地亲吻一下。反正我是这么以为的，并且我也准备回吻一下，但这时，我吃惊地发现他的嘴唇正好对着我自己的嘴唇，我来不及细想就吻了上去，来了一个嘴对嘴的亲吻。

我肯定自己脸上的表情也和他的一样，都是吃惊地瞪大了眼睛，我尴尬极了，急忙暗暗寻找解释。他准是打算亲吻我的左脸，可我只是在理论上知道自己有左脸。这个神经学的答案让我心满意足，但看了理查德的表情，他好像是觉得我忘记了我们之间的关系，以为我疯了。

"好，那个，咳。"他清了清嗓子，"祝你早日康复。"

他们走了。

这下好了。我刚刚吓坏了我的助理，还"性骚扰"了我的老板。

我打开那盒乳脂软糖，又拿了一大块。他们希望我百分之百地康复了再回去上班。我一边咀嚼软糖，一边咀嚼这条消息。

　　如果我不能百分之百地康复呢？

　　我又往嘴里塞了一块软糖。

　　如果我不能百分之百地康复呢？

　　我又吃了一块。我不停地吃，吃得有些恶心了，但还是回答不出这个问题，可我又不断地追问，就这样把一整盒软糖都吃光了。盒子还是沉甸甸的。我晃了晃盒子，听见软糖碰在盒子上的声音，也感觉到了软糖的重量。盒子左侧还有软糖，是我意识不到的那一侧。我又晃了晃盒子，这次用了要把它弄死的力气。几块软糖晃了出来，我拿出来吃掉了。

　　如果我不能百分之百地康复呢？

第 13 章

"拜托,快告诉我还有别的。"我说。

母亲刚刚当起了模特,给我展示她在商场里给我买来的三顶帽子。她现在戴的是第三顶:大得夸张的维多利亚式草帽,帽子上装饰着一堆红玫瑰,帽子底下是母亲略微有些泄气的笑容。

"怎么了?这帽子有什么问题吗?"

"你好像米妮·珀尔[①]。"

"才不像呢。"

标价签都在帽檐边上垂着呢。

"好吧。你看起来像个疯子。"

"我就有一顶这样的帽子,我平常都戴着去参加红帽子协会[②]的活动。"

她摘下帽子,放在腿上转了一圈,从各个角度欣赏了一番,又

[①] 米妮·珀尔(Minnie Pearl),美国喜剧演员,经典形象为头戴一顶装饰着假花、悬挂着标价签的草帽。

[②] 红帽子协会(Red Hat Society),1998年在美国成立的社团组织,最初成员为50岁及以上的女性,后发展成为国际性的女性组织。该组织的名称来源于英国诗人珍妮·约瑟夫(Jenny Joseph)的作品《警告》(*Warning*),这首诗的第一句为"当我老了,我会穿紫色衣服,配一顶红帽子",因此成员在活动时会穿戴红帽紫衣。

闻了闻假花，然后重新戴上帽子，把帽檐略微歪了歪，对我露出了微笑，好像在问：这回怎么样？没错了，只有疯疯癫癫的女人才会戴这种帽子。

"你真的没买别的帽子？"

她没有回答，只是歉疚地耸耸肩，又举起了另外两顶帽子：一顶是棕色的皮质牛仔帽，还有一顶是亮粉色的羊毛滑雪帽。

"我当时觉得时间有点赶。这里总是很冷，所以我觉得羊毛帽会很合适，另外鲍勃车里有几张乡村音乐的光盘，所以我以为你可能会喜欢这个风格的。"

那选米妮·珀尔风格的又是为什么呢？因为她以为我喜欢的可能和她一样？我害怕听到这样的答案，所以没敢问。

"我要那顶粉的吧。"

抛开荧光笔一样鲜艳的颜色，我觉得羊毛滑雪帽至少像是我自己的选择。我和鲍勃都喜欢滑雪。鲍勃的家人在新罕布什尔州北康威村有一间公寓，以前，从十二月到四月的每个周末，他们一家都会在阿提塔什和克兰莫尔的滑雪场度过，鲍勃小时候最开心的事就是和几个哥哥比赛滑雪。我呢，从小到大都住在科德角，那里最高的山就是沙丘，家里人也从来没有去岛外度过假。我第一次滑雪，是去佛蒙特州的明德学院[①]上学之后的事，滑雪可以算是学院的基础活动了。

第一天滑雪，我吃尽了苦头，不仅又冷又累，还颜面扫地，而我第二天之所以鼓起勇气去继续忍受折磨，原因只有一个，那就是我买的是周末票，得滑够本才行。我并没有指望自己会有什么进步，更不要说享受了，但就在第二天，奇迹发生了。不知怎的，我笨拙的四肢突然知道了该怎么动、什么时候动，我能下坡了，是滑

---

① 明德学院（Middlebury College），美国私立文理学院，始建于1800年。

下去的,而不是摔下去的。从那以后,我就爱上了滑雪。

我和鲍勃在威尔蒙特买下房子之后第二年,我们又在佛蒙特州科特兰①买下了第二套房子。因为背着第二套房贷,我们一直没办法在威尔蒙特换一个更大的房子,好多一个房间请住家保姆,不过这种牺牲绝对是值得的。每到冬天,从家里到车里再到办公室里,到处都是热烘烘的、充满了流感病毒的循环空气,而周末去滑雪,就意味着整整两天都能在山间呼吸到清新健康的空气。每到冬天,从家里到车里再到办公室里,我们永远都是坐着的:坐着开车,坐着办公,坐着开会,在沙发上坐着看电脑。起床后的每个小时,我们都是坐着度过的,直到我们心力交瘁,多一秒钟都坐不住了。

到了佛蒙特州,我们蹬上雪鞋,卡进固定器,开始滑行。我们在傍晚的冰面上滑行,呼啸着冲下雪道,那种速度叫人兴奋不已。我们屈髋屈膝、收紧肌肉、伸展身体,直到筋疲力尽,但这和坐一整天的那种疲惫不一样,这样的疲惫反而让人精神振奋。

山间的空气加上锻炼像有一种魔力,能打断我脑子里那个反复循环、无休无止的声音。平常这个声音总在不断地念叨我要做的所有事情。就在出事之前,我的脑海里还在回响着一份恼人的事项清单,虽然和现在完全没有关系了,可我还是能听见:

你得在中午之前给哈佛商学院的负责人打电话,你得开始年终绩效评估,你得敲定科学助理的商学院培训计划,你得给庭园设计师打电话,你得给伦敦办公室的负责人发邮件,你得把逾期的书拿去图书馆还了,你得把查理穿着不合身的那条裤子拿去退了,你得给莱纳斯买配方奶,你得去干洗店取衣服,你得去取晚饭,你得替露西预约牙医,你得预约皮肤科医生检查一下你那颗痣,你得去银行,你得付账单,别忘了中午之前给哈佛商学院的负责人打电话,

---

① 虚构地名。

给伦敦办公室的负责人发邮件……

等我第二次或者第三次滑下雪道时,脑海中这个啰唆不停的声音就会停止,这段专横的一言堂到此为止,取而代之的是一片平和的感恩之情。就算有时候坡道上挤满了滑雪的人,就算我和鲍勃会坐在吊椅缆车上聊天,但在专注中安静地滑到尽头,那种感受实在是美妙无比。脑子里不再有事项清单,没有电视,没有广播,没有电话,没有邮件,只有山间的宁静。万籁俱静。要是我能把这样的宁静装进瓶子里就好了,我会把它带回威尔蒙特,每天都要回味很多次。

母亲把帽子递给了我,我想戴上,可是帽口总是往一处合,我怎么也戴不到头上。

"帽子不合适。"

母亲说:"来,我帮你戴吧。"

她撑开帽口,帮我把帽子套在了头上。帽子贴着我的皮肤,又软和又舒服,我不得不承认,戴着的感觉很不错。

"好了。你戴着真好看。"母亲笑容满面,好像她替我解决了最大的烦恼,"而且这个粉色露西会很喜欢的。"

听到母亲说起我的孩子的喜好,我有种异样的感觉。她知道露西最爱的颜色是粉色。当然了,发觉露西喜欢粉色,和注意到我没有头发差不多,不需要花多少时间,也不需要费多少心思。尽管如此,我还是觉得怪怪的。母亲了解露西,我的女儿,她的外孙女。

"嗯,她会喜欢的。谢谢,这顶帽子再好不过了。"

我摸了摸戴在头上的帽子,闭上眼睛,想象着自己滑了一天雪,和鲍勃回到家里,坐在熊熊燃烧的炉火前,裹着厚厚的羊毛毯子,在客厅的地板上吃着辣椒炖肉,喝着冰凉的啤酒。我们有时候会下双陆棋或者玩扑克牌,有时候也会早早地上床休息。有时候我们就在炉火前的羊毛毯子上亲热。我想起上一次我们在炉火前亲热的情形，忍不住微笑起来，但是，我只在这段温馨的回忆中停留了一秒钟，就急忙往前翻找，因为我不记得这样欢乐的日子是多久之前的事了。

上帝啊，我们好像有三年没见过那个壁炉了。真的有那么久了吗？我们每次打算去滑雪，就好像有一百万个小小的借口，让我们无暇收好行李，开车向北——工作，出差，怀孕，冬天每周六查理都要上空手道课，春天要学软式棒垒球①，家里有大大小小的活儿，露西耳朵感染了，我们太忙了，太累了。现在又出了这种情况。

我咬着牙，决心今年冬天一定要去痛痛快快地滑一场雪，然后和鲍勃在壁炉前享用美食美酒，快快乐乐，没有任何借口。脑袋里那个声音喋喋不休地念起了新的事项清单：

你得好起来，你得出院，你得回家，你得回去上班，你得去佛蒙特，你得好起来，你得出院，你得回家，你得回去上班……

内心的指令就要把我成功催眠了，但这时，我却越来越清晰地听见了另一个声音。这个声音轻得像耳语，语气诚恳而害怕。我听出来了，从我看了那期《艾伦秀》，从我见过理查德和杰西卡后，这个声音就对我纠缠不休，而我却一直不想理会。

如果我不能好起来呢？

我让母亲说说这趟商场之旅，想借着她的唠叨淹没这个声音。她兴致勃勃地讲起了这次出门的经历。

如果我不能好起来呢？

这个声音虽然轻得像耳语，想要盖住却难得出奇。

"妈妈！"露西大喊着，抢先冲了进来。

---

① 软式棒垒球（Tee-ball），一种面向儿童和青少年的垒球运动。

"到这边来。"母亲对她说。

"上来。"我说着,拍了拍床边空出来的地方。

露西翻过床档,坐到了我怀里。她穿着小美人鱼睡衣,外面套着厚外套,脚上穿着运动鞋,是每走一步鞋跟就会亮灯的那种,头上戴的是粉红色的羊毛帽。我张开双臂,给了她一个大大的拥抱,她也紧紧地抱住了我,两只小手环着我的脖子,小脸贴在我胸前。我幸福地叹了一口气,每次闻到烤面包的香气,或者吃下了感觉一块令人感觉罪恶的巧克力,我都会这样叹息一声。露西的拥抱就是这样美妙。接着她坐直了身子,距离我的脸只有几厘米,开始端详我。突然她眼神一亮。

"妈妈,咱们的帽子是亲子款!"她看到我那顶粉红色的滑雪帽,高兴极了——这和我母亲猜的一样。

我说:"我们好时髦啊。"

"嘿,亲爱的。"鲍勃说。

他们也都进来了。每个人都戴着帽子:鲍勃戴着红袜队的棒球帽,查理戴着藏青色的飞行员帽,莱纳斯戴着象牙色的针织包头帽,在婴儿提篮里睡着了,当然,还有我母亲,"疯帽子"太太。这个主意太妙了,这下孩子们不会那么注意我的脑袋了。我对鲍勃露出了感激的笑容。

"你的头发呢?"露西又担心又疑惑地问我。

看来这个理论也就是那么一回事。

我说:"我必须把头发剪得特别短。"

"为什么呢?"

"因为头发太长了呀。"

"哦。我喜欢长头发。"

"我也是。头发会长回来的。"我向她保证。

不知道左侧什么时候会"长回来"。我真希望我对这件事也同样这么自信。

"你以后就住在这儿吗?"露西还是又疑惑又担心。

"不是的,宝贝,我和你们一起住在家里,我只是在这儿住几天,参加一个特别的项目,学一些新的东西。就像是上学。"

"因为你开车的时候把头撞了?"

我抬头看着鲍勃。我不知道他具体跟孩子们说了多少。他点了点头。

"对。嘿,指甲真好看,是谁给你涂的呀?"

"是艾比,"她说着,开始欣赏自己粉红色的指甲,"她还给我涂了脚指甲。想看吗?"

"好啊。"

露西开始解鞋带,我把目光投向了查理,准备迎接更加复杂的询问。对于露西这种不堪一击的提问和我那些政治候选人式的回答,查理通常都能一眼看穿其中的漏洞,并开始全力以赴地审问我。他会撕开我剪头发的蹩脚故事,宛如一只饥肠辘辘的比特犬撕开一块鲜美的牛排。奇怪的是,查理就站在鲍勃面前盯着地面,不肯抬头看我。

我说:"嘿,查理。"

"嗨,妈妈。"他交叉着胳膊,还是低着头。

"学校里好吗?"

"挺好的。"

"有什么新鲜事吗?"

"没。"

"到这儿来。"我伸出一只手臂,想让他也过来坐在一起。

查理慢吞吞地向前迈了两小步后就不走了。他和我之间的距离勉强可以算是"这儿"。我把他拉到怀里,但他还是低着头,我只好吻了吻他的帽子顶。

"查理，看着我。"

他乖乖地照做了。那双眼睛圆圆的，天真的目光里写着担心和不安，眼睛周围是一圈浓密的黑睫毛。真不公平，露西竟然没有他这样的睫毛。

"宝贝，妈妈没事，别担心，好吗？"

查理眨了眨眼睛，但是目光中的担心和不安一点儿也没有减少。我在说谎，而他并不买账。我忘了是哪个儿童专家说过，还是我在什么地方读到过，说父母无论如何也不应该对孩子说谎。真是滑稽。这个所谓的专家家里肯定没有像查理这么好奇的孩子，仔细想想，这位"专家"估计根本就没有孩子。有时候，还没到吃早餐，我就不得不打岔、编故事甚至赤裸裸地说谎不下十次。"什么是大规模杀伤性武器？你和爸爸为什么吵架？小宝宝是怎么来的？这（卫生棉条）是什么？"真相往往太可怕，太复杂，太……成人化了，不适合告诉小孩子。

而谎言往往是我所拥有的最好的育儿工具。我后脑勺上长着眼睛。你这样做的话，脸会冻住的。不疼的。蜘蛛侠最爱吃西兰花了。喏，这个装满了水的喷壶能杀掉柜子里的怪物。等一会儿……

还有善意的谎言，是为了鼓励和保护童心，让他们相信那些奇妙而充满魔力的东西，比如圣诞老人、复活节兔子、牙仙①、迪士尼公主、哈利·波特。要是一个家长对自己七岁的孩子说这些东西都是骗人的，那我可要离这个人远一点儿。

真相是世界上没有圣诞老人，没有巫师，枕头下的零钱是父母给的，仙尘是从商店里买来的闪粉，卫生棉条是我来月经的时候用来吸收经血的。对孩子们来说，这些冷酷无情的真相需要拿温暖柔滑的谎言毯子裹起来。或者像这一次，要用一顶亮粉色的羊毛滑雪

---

① 西方民间传说，牙仙会取走小孩子放在枕头底下的乳牙，并留下一点零钱。

帽裹起来。

"真的，查理，我没事。"

"快看！"露西说着，像芭蕾舞演员似的把脚伸到半空中，她的脚指甲涂上了叛逆的金属蓝。

"真可爱。"我说了个谎，"莱纳斯呢？"

"他在我旁边，放在地板上了。"鲍勃说。

"能把提篮举起来让我看看他吗？"

我等待着，但他没动。

"鲍勃，你能把提篮举起来吗？"

"我举了。"鲍勃语气平静。

他的语调说明是我"忽略"了。

我说："露西小白鹅，你能先下去一会儿吗？"

露西爬到了床脚，这就够了。鲍勃把婴儿提篮放到我身边空出来的地方。莱纳斯睡得正香，他张着嘴巴，呼吸深长，安抚奶嘴支在上颚，就那么含在嘴边，只要他一张嘴就能裹住。感谢上帝，他已经对安抚奶嘴的使用技巧很熟悉了。

莱纳斯的小脸蛋圆鼓鼓、粉嫩嫩的，像鲜美的桃子，好像等着人去捏一捏，而他睡着的时候，脸蛋就垂到了下巴底下，我真是太爱看他这个模样了。我爱看他攥成拳头的小手，手背上看不到关节，只有浅浅的肉窝，胖乎乎的手腕上是一圈一圈的肉褶。我爱听他呼吸的声音。上帝啊，这个节目我能看一晚上。

我说："我想抱抱他。"

鲍勃提醒说："当心会吵醒他。"

"我知道，你说得对。我就是好想抱抱他啊。"

露西说："妈咪，我想坐在你旁边。"

"好啊。"

鲍勃把婴儿提篮拿开了，露西又坐回我怀里。

她问:"给我念书好不好?"

"好的,宝贝。我这几天总想着给你讲睡前故事。"

鲍勃带了床头书过来,一本《朱尼·B. 琼斯》[1],这是露西近来最喜欢的一套书。

我把书翻到第一页第一章。

"第一章,叫人不理解的东西。"

这个题目再确切不过了,因为这一页的文字根本读不通:"B 代表我岁了。就要上去年夏天,妈妈就带我去大人用的词,报名让我去。"[2] 我反复看了几遍,就像一个攀岩者被困在了悬崖上,想寻找下一个落脚点,却一个也找不到。

"快念啊,妈妈。'我叫朱尼·B. 琼斯,B 代表比阿特丽斯,可是我不喜欢比阿特丽斯,我喜欢 B,就是这样。'"

《朱尼·B. 琼斯》系列的开篇都是这一句,我和露西都背熟了。我知道这一页上有哪些字,可是我看不到,我看到的只有"B 代表我岁了"。我回想着车祸之后自己还读过什么。只有医院的菜单和 CNN 的滚动字幕,读起来都没问题。诚然,菜单上能点的似乎很有限,而滚动字幕是从右下角一个字一个字地出现的。我抬头看着鲍勃,他知道我终于发觉自己不能读书认字了。

"查理?上帝啊,查理呢?"我转移了内心的恐惧,我以为他出了房间,在医院里乱跑。

"别紧张,他在这儿呢。"鲍勃说,"查理,回到这边来。"

---

[1]《朱尼·B. 琼斯》(Junie B. Jones),美国作家芭芭拉·帕克(Barbara Park)创作的系列童书。

[2] 全文应为"我叫朱尼·B. 琼斯,B 代表比阿特丽斯,可是我不喜欢比阿特丽斯,我喜欢 B,就是这样。我快六岁了,快六岁就要上学了,所以去年夏天,妈妈就带我去了学校办公室,帮我登记了下午的幼儿园。登记是大人用的词,意思就是帮我报名让我去"。

查理却没有出现。

"妈妈,给我念书!"露西催促。

"小白鹅,是这样的,妈妈今天晚上太累了,不能给你念书了。"

我听见浴室里响起了水声。

鲍勃说:"小伙子,你在做什么呢?过来。"

"我去叫他。"说话的是母亲。我吓了一跳,因为我忘了她也在屋里了。

查理以最快的速度跑到一把椅子前,踩在上面,用两只手使劲拍打窗户。

鲍勃制止说:"嘿,嘿,够了。"

查理停了几秒钟,但他要么马上忘了鲍勃叫他停下的话,要么就是身体里有种不可抗拒的力量让他必须拍打窗户,总之,他又开始拍打窗户了。

"嘿!"鲍勃提高了嗓门。

我说:"嘿,查理,你知道外面是什么吗?是一座监狱。"

他立刻不拍了。

他问:"真的吗?"

"是啊。"

"是真正的监狱?"

"是真正的监狱。"

"里面有真正的坏人吗?"

"对啊,里面全都是坏人。"

他说:"酷啊。"我敢发誓,我能听见他想象力的盒子"啪嗒"一声打开了。

他把鼻子贴在玻璃上,问:"是什么样的坏人?"

"我也不知道。"

"他们做过什么？"

"我说不好。"

"他们是怎么被抓住的？是被谁抓住的？"

"我不——"

"你住在坏人旁边吗？"露西说着，把脸埋在我胸前，两只手抓着我的衬衫。

我说："我不住在那儿，小白鹅。"

查理又问："他们会越狱吗？谁去抓他们？"

他每问一个问题，声音就跟着提高一截，现在差不多是在大喊大叫了。莱纳斯呜咽了一声，叼住了安抚奶嘴。

"嘘——"我示意查理。

"嘘——"鲍勃安慰莱纳斯。

"我带查理和露西去大厅甜品店转转怎么样？"母亲问。

查理该上床睡觉的时候最爱这个：甜品。

鲍勃说："那太好了。"

"甜甜圈！"查理和露西异口同声地大喊，莱纳斯又呜咽了一声。

"嘘——"我对三个孩子说。

查理和露西麻利地一个跳下椅子，一个跳下床，跟着母亲出了房间，像两只老鼠紧紧地跟着花衣魔笛手[①]。房门关上了，但我还能听见查理一直缠着母亲，一个劲儿地问罪犯的问题，从走廊一直问到电梯口。之后，一切又恢复了平静。

"工作怎么样？"我避重就轻，没有提起失去阅读能力的可怕话题。

[①] 来自欧洲古老的民间传说，相传老鼠会在魔笛手的笛声指引下跳入河中。——编者注

"小命还在。"

"那就好,孩子们也都挺好?"

"嗯,有艾比和你母亲照顾着,他们一切照常。"

"好。"

鲍勃在走下坡路的公司里支撑着,孩子们没有我在身边也应付得来,我受了创伤性脑损伤,正在康复。我们都撑下来了。很好。可是我想要的远不止这些,远远不止。我们想要的全都不止这些。

你得好起来,你得出院,你得回家……

"我想去滑雪。"

"好。"鲍勃想都没想就答应了,好像我说的是我想喝杯水,想要一张纸巾。

我又说:"就在这个雪季。"

"好。"

"可要是我去不了呢?"

"你行的。"

"可要是我的病没好呢?"

"不会的。"

"我说不好,我没觉得有什么好转。要是这种情况持续一辈子呢?"话一出口,我就吃了一惊,我竟然让这个问题跳出了羊毛帽下面的脑袋。

我不知道我应该期待鲍勃回答什么,但我忍不住哭了起来,因为我突然害怕一个简单诚实的回答会从此改变我们的生活。

"让我躺上来。"他说。

他挤在我和床档之间,侧着身子,面对着我。我喜欢他靠在身边的感觉。

"你的大脑有可能痊愈,左侧忽略有可能消失,是不是?"

"是有可能。"我边哭边回答,"但也有可能……"

"那你就能好起来，赛拉，既然一件事有可能，不管是什么事，我都完全相信你做得到。"

我应该感谢自己足够幸运，才能遇到鲍勃，我应该告诉他我爱他，因为他这样无条件地信任我，可是我却选择了跟他争论。

"是，可是我不知道这件事该怎么做。这不像每一科都拿 A，得到我心仪的工作，或者赶在截止日期前完成某个项目。这不是'做好这十件事，你的大脑就会恢复正常'。"

接受的治疗越多，我就越明白，这不是数学公式。谁也不会跟我保证什么。我的情况也许会好转，也许不会；治疗也许有帮助，也许没有。我可以全力以赴，像我从前对待每一件事那样，但也许最终的效果可能和我躺在床上祈祷差不多。我两样都做了。

"我知道，我知道这次有很多情况都是你控制不了的，但有一些情况是可以控制的。接受治疗，保持乐观。拿出我最欣赏的那种不服输的精神。想想看，有的人康复了，你会甘心输给他们吗？没门。"

好吧，他这番话是精准打击。我擦掉眼泪，目标不是好起来，而是要赢！我知道怎么赢。我和鲍勃都是极其争强好胜的性格，在这一点上可以说是如出一辙。我敢发誓，不愿屈居人后刻在了我们两人的基因里。生活中，我们两个可以说在方方面面都喜欢找机会一较高下。我们第一次真正意义上的暧昧，是打赌谁的金融课成绩更好。他赢了，之后就约了我出去。我们还竞争过"哈佛商学院毕业后的薪酬冠军"称号，那次是我赢了。查理和露西都坐安全座椅的时候，我们就比赛谁先扣好安全带。每次玩投接球，我们可不只是把球扔来扔去，而是要计分的。在山上滑雪的时候，比滑到终点更美妙的事，就是跟鲍勃比赛谁先到终点。

赢了有什么奖励？赢了就是冠军。这样一番鼓舞士气的话，对我来说恰到好处。

"我相信你,赛拉,你会好起来,你会回家,你会回去工作,而且今年冬天我们会一起去滑雪。"

他的声音就像是我脑海中朗读事项清单的那个声音,只不过听起来顺耳多了。

"谢谢你,鲍勃。我一定能做到,我会获胜的。"

"这就对了。"

"谢谢,这对我很重要。"

"随时效劳。"他说着,吻了吻我。

我说:"我不能没有你。"

"我也不能没有你。"他说着,又吻了吻我。

我们两个一起躺在病床上,等着孩子们买了睡前吃的甜甜圈回来,我心里充满了乐观的情绪。我一定会战胜这一切。可等我想象着我的对手是损伤的神经元、炎症、看不见的左侧,还有其他争夺冠军位置的单侧忽略患者……我唯一能够看得清的,却只有我自己。

第 14 章

到了十二月的第一周，距离车祸已经过去四周了，我还是没有出院回家，也没有回去上班。我错过了伯克利招聘季最重要的阶段，也错过了感恩节。好吧，感恩节是鲍勃和母亲带孩子们来康复中心过的，我们在自助食堂里吃了从家里带来的感恩节大餐，所以严格来说我没有错过感恩节。家里的饭菜十分可口，其他病人面前的塑料托盘上放着灰扑扑的火鸡、土豆泥和肉汤，看起来远远不如我们的好吃。可是，虽然我们一家人聚在一起，我却感受不到感恩节的气氛，而是觉得感伤和怪异。

我现在坐在所谓的健身房里。每次到这儿来，我都忍不住暗暗自嘲，想着"竟然要用这个法子才能让我来健身房"。不过和我从不光顾的那家健身房不同，这不是普通的健身房，里面没有跑步机、力量训练器或者椭圆机。倒是有一台机器，像是诺德士①牌的健身器材，它比鲍勃还高，上面有滑轮，还有一只大型钢铁手臂一样的东西，垂下来一条安全带。我可不想和这东西扯上关系。

除了这台"中世纪刑具"，墙边还摆着两张长桌，一张桌子上放着一叠整齐的纸，估计是为了纸笔测试准备的，另一张桌子上放的是各种各样类似魔方的玩具。除此之外，还有几个健身踏板和几

---

① 诺德士（Nautilus），美国知名健身器材品牌。

个蓝色的健身球，我估计真正的健身房里应该也有这些东西。还有就是辅助走路用的平行杠和镶在墙上的一面大镜子。就这些了。

那张放玩具的桌子上方的墙面上贴了一张海报，我看得入了迷。海报上是一张拳头的黑白图案，上面印着红色的粗体字"态度"。字的含义和图片的内容似乎不太相符，但我越是细看、越是琢磨，就越觉得备受鼓舞。拳头代表了力量、坚强、决心、斗争，还有态度，乐观的态度。我要以乐观的态度投入这场斗争，找回我原来的生活。我模仿着照片里的拳头，也攥起了手。我很坚强，我是个战士，我一定做得到。

我坐在那面大镜子的正前方。我每天要花很多时间坐在这面镜子前，寻找我左侧的身体。我也的确时不时地找到了身体的某个部位，比如说左眼、左脚运动鞋的鞋带、左手，但都只是片刻的工夫。我要付出漫长而艰苦的努力，才能获得这短暂且微小的回报。我发现左手比左侧的其他部位要好找，因为我可以找钻戒。我以前把这枚戒指当成一个美丽的象征，它代表了我对鲍勃的承诺，而现在，戒指成了一个美丽、浮夸、两克拉的目标。我跟鲍勃说，多戴些珠宝应该有助于我康复——左手腕上戴一条钻石手链啦，左耳朵上戴一串钻石耳坠啦，还有钻石脚链、钻石脚戒之类的。鲍勃被我逗笑了，可我并不是纯粹在开玩笑。

玛莎迟到了，母亲在卫生间，健身房里实在没什么可看的，就只剩下镜子里的自己，我只好重新把自己打量了一番。这并不是什么赏心悦目的画面。因为健身房里总是很热，我就没戴那顶羊毛帽。头发又长出来了，不过现在的长度刚好是根根直竖，所以我看起来就像是个草头娃娃。我没化妆，不过只是这会儿还没有化妆。化妆八成是今天在健身房里要完成的任务，玛莎会让我化妆，我会照做，而母亲通常会在后面逡巡，根据当天的情况，她要么会笑个不停，要么会连声惊呼，接着玛莎会告诉我说我左半边脸上根本没化妆，左边的嘴唇没有擦口红，左眼没有涂睫毛膏、画眼线、眼影，左脸没有打腮红。

之后，我会审视镜子中的自己，想知道我在她们眼中是什么样，可我看见的自己妆容完整，除了草头娃娃的发型，总体看起来很不错。某一个瞬间，我会突然意识到她们所看到的和我自己所看到的不一样，意识到自己看不到很多东西，这时我会觉得诡异，有时候还会觉得尴尬。我错过的东西太多，但我毫无察觉。我没有意识到自己注意不到左脸，注意不到玛莎的左侧，注意不到《朱尼·B.琼斯》的左侧书页。对我来说，我并没有漏掉什么。

康复的第一步，就是要意识到自己这种意识不到的状态，要不断地、反复地提醒自己，我的大脑以为它什么都注意到了，但其实注意的只有右侧的东西，左侧的一切都被忽视了。我好像每时每刻都会忘记这一点。正常情况下负责注意左侧的那部分大脑放大假去了，我不得不找另一部分大脑来当个临时保姆，负责照看我的一举一动，在我每次需要提醒的时候知会一声。

嘿，赛拉，你以为你看到了自己的整张脸，可实际上你只注意到了右半张脸。还有一半你没看到，那一半叫左脸。我对上帝发誓，我说的都是真的。

嘿，赛拉，你在看书呢？你只读到了右半张纸上的字，而且有时候读的只是字的右半边。真的，还有左半边呢。你觉得读不懂，这就是原因。相信我吧。

可惜我这个临时保姆到现在为止还不怎么靠得住，甚至大半时间里都不来上班，就像一个心思古怪的少女，一心想着她的男朋友。也许我该把她打发了，再物色一个新的。

等我意识到自己意识不到的状态，就到了第二步，也就是把这个消息传给左侧，让注意力和想象力从右侧跨过去，跨过像地球边缘一样的界限，找到另一侧。曾经看到完整无缺的世界都是无意识的，不假思索的，而现在我却需要费尽心思，刻意为之，好把断开的左侧接到意识里。往左看，往左扫视，往左去。听上去是挺简单的，可是这个地方在我大脑里并不存在，我要怎么往那里看、往那里扫视、往那边走呢？

鲍勃一直说，以我的脑袋，只要肯用心，就没什么是我做不到的。可那是我从前的脑袋，我现在的脑袋坏掉了，并且毫不在乎左侧，也不在乎从前百战百胜的名声。

态度、拳头。斗争。我能行。

我每天坐在这面大镜子前，觉得最奇怪的就是看见自己坐了轮椅。我是残疾人了。我不觉得自己有残疾，可我毕竟坐了轮椅。感谢上帝，我不是瘫痪了，我的左腿还能动，肌肉、肌腱、韧带、神经都紧密关联，随时待命，只等一声令下，就像查理玩的游戏机中的角色，只等他按下手柄上的 A 键。来吧，赛拉，按 A 键。

玛莎走进了健身房，站在我身后。

"早，赛拉。"她对着镜子里的我说。

"早。"

"你今天是自己过来的吗？"

这就开始了。这是我和玛莎每天早上的例行对话，我知道她会这么问，也知道她知道我的答案，但我还是要把戏演完。这是我们俩的小节目。

"我不是自己过来的。"我好像证人席上的证人。

"那你是怎么过来的？"

我指了指镜子里母亲心虚的身影：她现在站到了玛莎身后。

"你有没有试着自己过来？"

"我觉得没有必要浪费时间去学习怎么用轮椅，我会走着出院的。"

态度、拳头。斗争。

"咱们究竟还要讨论多少次？你应该利用一切机会练习使用左侧的身体。"

我还没来得及反驳，她就抓住了轮椅靠背，转了半圈，把我推出了健身房。我听见母亲快步跟了过来。我们穿过长长的走廊，经过了我的房间，一直来到电梯口才停下。玛莎又推着我转了半圈。

"好了，赛拉，你自己去健身房吧，我们看着。"

"我不想用这个玩意儿。"

"那你今天就坐在走廊里吧，不用复健了。"

"好啊，我喜欢这个地方。"

玛莎居高临下地注视着我，她双手叉在宽宽的髋骨上方，嘴巴闭得紧紧的。我咬着牙，免得自己朝她吐舌头。这个女人总让我无法展示自己最好的一面。

"海伦，她要是改变主意了，你就告诉我。"她说着就迈着步子离开了。

"等一下。"我叫住了她，"为什么不让我走着去健身房？走路也可以练习使用左侧身体啊。"

"以后会的，但首先要练这个。"她停下脚步，判断要不要离开。态度、拳头。斗争。行。

"行。"

玛莎走回到我面前，她每走一步，那双藏青色的洞洞鞋就得意洋洋地蹦跶一下。她把我的左手放在轮子上，轻轻拍了两下。

她问我："感觉到你的手了吗？"

"感觉到了。"

"感觉到轮子了吗？"

"感觉到了。"

"那好，开始吧。顺着走廊，沿着直线走。"

走廊地面上画了一条笔直的黄色标线，大概是给残障病人指路用的，比如说我。我转动轮圈，转动轮圈，转动轮圈——我撞到了墙上。虽然这个情况经常发生，但我还是吓了一跳。我没有发觉自己已经偏离了黄线，在撞上去之前也根本没看见那里有堵墙。

"你得用左手，不然就走不了直线。"玛莎说。

"我知道。"我说话的语气就像青春期少女在闹脾气。

当然，我是明白的。我知道轮椅的基本使用方法和物理原理，问题不在这里。问题在于我无法一直把注意力集中在左手、左轮子还有离我越来越近的左侧墙面上。起初我是能注意到的，左手转动左轮子，这没问题，可每当我用右手转动右轮子时，左侧的一切就都消失了。"噗"的一声，看不见了，没有特效烟雾，没有告别，也没有号角齐鸣。用右手转动轮椅的时候，我不仅意识不到自己停下了左手的动作，而且根本意识不到我有左手。这就像一个无解的问题，是一道我根本不想翻看的作业题。我不想学怎么使用轮椅。

玛莎走过来，帮我摆正了方向。

她说："咱们再试一次。"

她又一次把我的左手放在轮子上，轻轻拍了两下。

"感觉到手放在轮子上了吗？"

"感觉到了。"

"很好，始终保持这种感觉，始终想着你的左手，沿着直线走。"

我闭上眼睛，想着自己的左手，手上戴着闪闪发光的钻戒，手下面是橡胶轮圈。我思索着想对左手说的话。

亲爱的左手啊，请你推着这只轮子往前走。

我没有直接盼咐这只戴着珠宝的手这么做，而是在脑海里想象着将这个客气的请求变成一股汇聚着能量的暖流，让它通过神经流到左手。我想象着这股暖融融的力量从脑袋流向脖子，再流到左肩，又顺着胳膊流到每个指尖。

"很好，赛拉，继续保持。"玛莎说。

看来是暖流的魔法起作用了。我又念了一遍咒语，把能量传给左胳膊。

"你做到了！"母亲的声调里透着惊讶和兴奋。

我睁开了眼睛。我已经离开了电梯口，也没有撞到墙上。这是确确实实的进步。母亲曲着膝盖跳了两下，又鼓了鼓掌。要是有谁递给她一对手摇花，我看她就要开始喊加油了。

"就是这样。"玛莎说，"再来。"

我看着地上的黄线，现在还有一段很长的距离。母亲才鼓完掌，双手还握在一起，看起来就像在祈祷。

好了，赛拉，再来。

我再次向左手注入了一股魔药汁。

一定是我没有遵照之前的配方，这一次出了差错。我偏离了黄线，我觉得很疼，但是说不出是哪里疼。我抬头看了看母亲，她满脸紧张的表情说明，不管是什么情况，这厉害的疼痛一定是真实的。这时我突然意识到，疼的一定是我的左手。

"停下，停下。你的手卷进轮子里了。别动。"玛莎说。

玛莎蹲下身子，一边让轮椅慢慢地倒退，一边把我的左手从轮子中间取了出来。

"我去拿冰袋，海伦，你带她去健身房，咱们在那儿见好吗？一会儿我们练习一下辅助走路。"

"好。"我母亲说。

母亲推着我穿过走廊，进了健身房，让我停在那面大镜子前，也就是我一开始坐着的位置。手指疼得要命，但我却面露微笑。我成功地用了左手，而且不用再练习使用这把轮椅了。要是我能走路，我每走一步也会得意洋洋地蹦跶一下。

第 15 章

我坐在轮椅上,我不肯承认这是"我的"轮椅,对着房间里的全身镜穿裤子。我已经穿了好一会儿了,不过我也说不准究竟穿了多久,因为我没戴手表。日常铁人三项中的这个穿戴环节要排在我艰难地穿上衬衫之后,不过这也要看我那时候还有没有力气了。

不知道为什么,穿下身的衣服比穿上身的衣服容易得多,不过就算是要穿好腰部以下的衣服也没那么容易。我现在可以自己穿好两只脚的袜子,我左脚的脚趾涂了妖艳的红色指甲油,这是母亲在西维斯能找到的最鲜艳的颜色了,而我右脚就只涂了透明的指甲油。我知道这样看起来很奇怪,不过反正短期内我又不会穿露趾鞋。红色的脚指甲就像一面鲜红的旗子,和钻戒的作用一样,能帮我注意到左脚。等我看到了左脚,就可以用右手又拉又拽又扭,把袜子套上去了。

我两只脚上的袜子也不是一对,道理和艳红色的指甲油一样。几个康复治疗师都想方设法要让我左侧的一切都尽可能有趣,尽可能引人注意,这也包括我身体的左侧。我右脚的袜子一般都是普通的白色短袜,左脚的袜子则是彩虹色条纹、波点或者菱形花纹的。今天穿的这只袜子是绿色的,上面绣满了驯鹿图案。我倒希望每只驯鹿都是鲁道夫[1],鼻子还会发光。

---

[1] 为圣诞老人拉雪橇的驯鹿,长着红鼻子。——编者注

我先把右脚伸进了右裤腿里，接着弯下腰，把胸口贴在大腿上，右手抓着牛仔裤的裤腰，准备一看到左脚就扑上去，就好像我正举着网兜捕捉一只稀有的蝴蝶。但问题是我好像要么只能看见绣满了驯鹿图案的袜子，要么只能用右手，总之是没办法同时做好这两件事，比如说我看见袜子了，可一等我伸出右手去抓，袜子就不见了。

我又一次看见了驯鹿袜子，决定全力出击。我屏住呼吸，把全部的意志力都倾注在拿裤子套脚上，可惜我没捉到袜子，又因为耗尽了全部的意志力，我一下子失去了平衡感，身子一栽，就要从轮椅上掉下去了。我身子倾斜，同时意识到控制不住自己，也意识到已经来不及伸手撑地了。右手依然在为左裤腿效力，至于左手，谁知道在哪里？

母亲尖叫着，急忙扶住了我，我的脑袋这才没撞在脏兮兮的油毡地板上。感谢上帝。我可不需要再受一次脑损伤，而且这一次还是因为穿裤子。

母亲扶着我靠在椅座靠背上，又抓住我的左脚一抬，好像在玩布娃娃。

我说："哎呀，我可没那么灵活。"

"对不起，你坐好了别动。"

"你不应该帮我的。"

"要是我不帮你，你就躺在地板上了。"

这话说得在理。

"好吧，那别抬那么高——就这么高就行，我能看见。"

我终于把绣满了驯鹿图案袜子的左脚连同左腿穿针似的穿进了裤腿，这时我已经出了一身汗，只想歇一会儿，可一看到镜子里的自己——牛仔裤提到膝盖处，腰部以上还没穿衣服，我也只好继续穿戴。

母亲把裤子提到我屁股的位置，这又花了几分钟。接着，她抓住裤腰的两边往中间拽。

"这条裤子不合适。"她说。

"我知道，把拉链拉上就行。"

她又试了一次，一边试还一边咕哝，证明她费了多大力气。

"不行。"她注视着我，好像我是一只塞得太满，根本合不上的行李箱。

"这回再试试。"我说。

我深吸一口气，努力让肚脐往脊柱上贴。

"你需要换大码的裤子。"母亲放弃了。

"我不需要换大码的裤子，我需要减肥。"

"你还想再给自己加一项节食的任务吗？你简直是疯了。我去帮你买一条大码的裤子吧。"

我感觉到她冰凉的手指触碰着我的腰，她是在翻看裤子标签。

"别弄了。"

"赛拉，你应该接受自己的样子。"

"这就是我的样子，这条裤子就是我的尺码。我不会穿大一码的裤子。"

"可你胖了啊。"

我又深吸一口气，伸手拉拉链，可是拉不上。

"你得学着接受现实。"她又说。

"哦，你指的是这条牛仔裤还是别的？"

她竟然也敢教育我要接受现实。她自己接受过现实吗？她接受过我吗？我一下子激动起来，连自己都吃了一惊。我对母亲那些复杂的感情一直没有被审视过、触碰过，就像阁楼桌子上落的厚厚的灰尘，三十年来都没人碰过，而她刚刚对着桌子吹了一口气，吹得每一粒委屈的尘埃都肆意飞舞起来。

"我指的只是你的裤子。"母亲察觉到我情绪激动,选择了退让。

"我不会穿大一码的。"我在逃跑还是战斗之间挣扎,但我无法选择逃跑。

"那好。"

"好。"

我望着镜子里母亲的身影,感情的龙卷风还在我心里风起云涌,我们共处一个房间,但我们还在回避那些我们始终回避的问题。我不知道这样的情况还能继续多久。母亲把我那双黑色的穆勒鞋递给我,这是我唯一一双没有鞋带也没有搭扣的橡胶底平跟鞋,借着镜子和圣诞袜的帮助,我把两只穆勒鞋分别蹬到两只脚上,没让母亲帮一点忙。成了,下身穿好了。驯鹿袜子、平跟鞋,还有没拉拉链、没扣扣子的紧身牛仔裤。

按照学龄前儿童的标准,虽然我能穿好裤子鞋袜,可一到上身的衣服,我就彻底没辙了。要是不能完全康复,我根本想象不出我一个人怎么才能穿上文胸。从十三岁起,我每天都是自己穿的。左胳膊穿过左侧肩带,左胸贴合左侧罩杯,更不要说扣上后背的钩扣了。一想到这些步骤,可怜我受了损伤的大脑就要扭成一团,就像马戏团里的柔术演员。其实不管是穿哪件衣服,我至少也该自己动手试一试,可一到文胸,我根本懒得费心,干脆让母亲帮我穿,我们也没告诉康复治疗师。

母亲拿起我那件白色的文胸,我闭上眼睛,任由她摆弄我的胸脯,不想看见这丢人的一幕。但即使闭着眼睛,我也能感觉到她冰凉的手指触碰着我赤裸的皮肤,脑海里不由自主地出现了画面,于是"丢人"就这样大摇大摆地进入我的脑海,一屁股坐下,还跷起了二郎腿。这段时间每天都是这样过来的。

穿好文胸之后,就该穿衬衫了。今天我挑的是白色的宽松男友风系扣衬衫,我先把右胳膊伸进右袖子,这一步比较轻松,接着我让母亲帮我套上左袖子。我的左手根本找不到左袖子,这种不可能,我无论如何也想不出恰如其分的形容。我最终只会把左手高高地举到半空中,就像是有问题要问老师,但左胳膊完全没有对上袖子。有时候我用右手抓住了左袖子,可等我要把袖子往左胳膊上套的时候,不知道为什么,最后却把衬衫直接套到了头上。就连"左手伸进左袖"的想法也会让大脑原地打转,弄得我一阵头晕,这真是疯了。

此刻,我坐在轮椅上,腰部以下穿戴整齐,衬衫敞开着,文胸和比萨面团一样的小肚子都露在外面。我暗暗害怕接下来的这一步。

系扣子。

因为单侧忽略,我只能用右手系好衬衫上的一排扣子,要完成这样一件复杂精细的任务,我需要屏息凝神,我估计拆炸弹就是这样的吧。总共有五粒扣子,我才系了三粒,就已经筋疲力尽了。我还没动手系第四粒,就在镜子里看见了海蒂的身影,我顿时松了一口气,呼出了系三粒扣子憋住的气息和紧张——三粒扣子就够了。

"干得漂亮。"海蒂用钦佩的语气说。

"谢谢。"我由衷地为自己感到骄傲。

"可是你为什么要穿这件衣服呢?"

"怎么了?"

"你为什么要穿系扣衬衫呢?"

"因为我应该利用一切机会调动左侧身体?"我搬出了玛莎的话,因为我以为她是在考验我。

"是在合理的范围内。我们也应该实际一点。"

"那我不应该穿这件衣服?"

"如果是我,我就不会穿。我会把所有的系扣衬衫都收起来,只穿套头的衣服。"

我想着家里那一柜子系扣衬衫，都是我上班穿的。

"那要持续多久？"

"暂时。"

我在脑海里数了数挂在衣柜里的衬衫，多种品牌、多种风格，都是系扣的，而且我应该还没算上衣柜左侧的那些。

海蒂看出我不愿意接纳她这套哲学，于是说："本出生之后，胃食管反流很严重，一连几个月，我肩膀、后背、胸前都被他吐得到处都是，弄得我很难受。将近一年的时间里，我只好把所有只能干洗的衬衫和毛衣都收了起来，不然洗衣服就要花一大笔钱，更不用说往返干洗店要浪费的时间了。那段时间我就只穿可以机洗的棉质衣服，不过这只是我生活中的一个阶段而已。对你来说，现在不是穿系扣衬衫的阶段。"

我们一齐望着镜子中的我。

她接着说："其实呢，现在也不是穿拉链裤的阶段。"

我这才反应过来，她不仅是建议我告别所有好看的职场衬衫、所有的牛仔裤和西装裤，还建议我换一套衣服。我得脱掉衬衫和牛仔裤，这就是说我还得脱掉鞋子后再换上另一套衣裤。光是这个建议就让我接受不了，我忍不住哭了。

"没关系的。喏，你每天过得已经够辛苦了，是吧？"

我一边点头一边哭。

"对啊，所以我们得尽量做一些简单的调整，比如说换成套头衬衫，还有松紧腰的裤子。"

我们两个人的目光都瞥向了我母亲，她腿上穿的是一条合成纤维面料的黑色松紧腰裤子，上身是一件松松垮垮的白色套头毛衣。我哭得更厉害了。

"我知道，我知道你一直是潇洒干练的打扮，不过我觉得，相比时尚，还是应该选择独立。时尚杂志想找你拍封面照，也只好等一等了。"

我笑不出来。

"你觉得我喜欢洞洞鞋吗？"她一边说着，一边抬起脚，展示那只紫色的橡胶鞋，"相信我，我更喜欢高跟鞋，可是我上班穿太不实用了。"

海蒂递了一张纸巾给我。

"可是我既然要百分之百地康复，难道不该练习去做出事之前能做的那些事吗？"

"赛拉，我希望如此，我希望你能百分之百地康复，但是你也可能不会康复。与其只想着康复，倒不如也想想怎么更好地适应这样的生活。"

我在玛莎那儿已经听惯了这种颓丧又消极的说辞，也一向置之不理，可我没想到竟然会从海蒂口中听到一样的话。她和我可是一条战线的，她是我的朋友。

"我知道，这样的事的确很难接受，不过要是你能接受，这对你会大有裨益的。"

又来了，接受现实。她跟我母亲都喝了同一碗迷魂汤吗？接受、适应。在我听来，这两个词一点也不动听。其实，我一想到这两个词，就很难不联想到放弃、失败、不及格。接受和适应。放弃、失败、不及格。

那张海报是怎么展示的？态度、拳头、斗争。我握紧了拳头，吸了吸鼻子。

"所以你的意思是让我从头开始？"我问的是穿衣服的事。

"不是，我当然不是这个意思，不过从明天开始，我们就挑一套好穿的衣服，好吗，海伦？"

"好。"我母亲回答。

"还有什么要穿戴的吗？"海蒂问。

"手表。"我回答说。

母亲把我的卡地亚手表递给海蒂，海蒂又递给了我。我没有立即开始戴手表这个漫长的过程，而是把自己的表和海蒂手腕上的表比较了一番。海蒂戴着一块粉红色的塑料运动手表，时间用数字显示，也没有表扣。手表的形状就像是字母 C，看起来往手腕上一套就行了，就像一块马蹄铁卡在柱子上。我突然生出一个念头。

我问她："你想跟我换手表吗？"语气好像我们都是小学生，我想用自己的金枪鱼三明治换她的花生酱和果酱三明治。

"不行，赛拉，你那块表——"

"太难戴了。"我说。

"很贵的。"她说。

"这块表每天都让我烦恼不已。要想扣上表扣，我还缺一个麻省理工学院的学位。"

"我不能跟你换。"她虽然这么说，但我看得出，她有点动心了，"我这块表也就三十美元，可以让你母亲或者鲍勃帮你买一块。"

"是啊，可我现在就想戴。你刚才说什么来着？接受和适应。我认为现在就是我的粉红塑料手表阶段。"

她的目光中透出一丝狡黠的笑意。

"好吧，不过等你想换回来的时候就跟我说。"

"一言为定。"

海蒂接过我的钻石白金卡地亚手表，把她的粉红色塑料手表给了我。我用右手握着表带的边缘，找到了左手上的钻戒，感谢幸运的眷顾，我只试了一次，就把她的手表套在了左手手腕上。我甚至还看了时间：十一点十二分。母亲鼓起了掌。

"哇，赛拉，这块表太漂亮了。"海蒂欣赏着她的升级款手表，"你确定要换？"

我想了想刚才为自己省下来的几分钟,原本每天都是痛苦的几分钟。

接受和适应。

你要放弃了。你要失败了。你要不及格了。

态度、拳头、斗争。

"确定。不过我不管你说什么,也不管我要付出多少辛劳,总之我无论如何也不要你的洞洞鞋。"

她哈哈大笑。

"一言为定。"

别担心,我没有放弃。

我这么告诉自己矛盾的内心。有的时候,我只是累得没力气斗争了。

第 16 章

康复训练的清单里又加上了一个冥想。这些训练可能会帮我回归从前的生活，也可能帮不上。于是我就开始冥想。唉，其实是试着冥想。我对冥想从来不感兴趣，不仅如此，说实话，我想象不出为什么会有人感兴趣。对我来说，冥想听起来就等于无所事事。我不是无所事事的人，每一天的每一秒都被我排满了任务。有五分钟时间？正好发一封邮件，看学校的通知，洗一桶脏衣服，和莱纳斯玩躲猫猫。有十分钟时间？可以回一通电话，列一份会议日程，读一份绩效评估，给露西念一本书。坐在那闭着眼睛专注呼吸，没有任何计划、组织、目标？我看还是算了。

要是让我想象一个练习冥想的人，这个人可绝对不像我。我通常会想到的画面是一个光头老和尚，在某个古老的寺庙里，他笔直地坐在竹席上，闭着眼睛，面容睿智而安详，好像掌握了心如止水的秘密。我杜撰出来的这位高僧能够达到无欲无求的境界，我虽然很佩服，但我敢用我的右侧身体打赌，他不用带三个孩子，还两笔房贷，也不用管理四千个咨询顾问。

可现在没有需要我去处理的邮件、电话、学校通知或者脏衣服，不用洗衣服是住进康复中心的为数不多的好处之一。孩子们也不在身边。康复中心虽然不是寺庙，我倒也算是剃了度，而且有大把的时间。还有，我有点担心看多了日间电视节目会损害其余的那部分大脑。总之，我决定尝试一下冥想。

海蒂说冥想能帮我提高注意力，而我绝对需要集中注意力。在出事之前，我能同时处理至少五件事，我是个一心多用的天才，有充足的注意力可以分散利用。如果说事故发生之前我同时处理五件事需要二十升的大脑燃料，也就是每件事需要四升，那么如今，单单意识到左侧就需要十六升燃料，剩下的四升就只够我集中注意力做一件事了。然后我就彻底没燃料了。总之，我的确需要提高注意力。冥想说不定还能降低血压和焦虑情绪，我这两项指标分别超过了身体和心理的健康标准。

那就开始吧。我闭上了眼睛。

吸气，呼气。专注于呼吸。呼吸，放空，集中注意力。呼吸。啊，我得记着跟母亲说一声，让她在莱纳斯的婴儿床床垫一头垫几张毯子，好帮他呼吸。鲍勃说莱纳斯得了重伤风，我最讨厌孩子生病了，而且他们还不会擤鼻涕。另外两个孩子是多大的时候学会自己擤鼻涕的？

莱纳斯真可怜啊，从现在起到明年五月份，他很可能要接二连三地生病。我发誓，每年一把冬天的衣服从衣柜里拿出来，家里就有人要生病，学校和日托中心里的孩子们打喷嚏、咳嗽，鼻涕唾沫乱飞，口水流到玩具上，用手擦完鼻涕后又去摸别人，张着嘴直接从自动饮水器里喝水，大家一起分享玩具、零食还有细菌。想想都恶心。

莱纳斯真可怜啊。我还应该跟母亲说一声，让她把淋浴器水龙头的温度开到最高，好让莱纳斯在蒸汽里呼吸。这个办法很管用。我真想念家里的淋浴器啊，这儿的淋浴器水压太低，而且水很快就不热了。

我也想念家里的浴巾，那是厚实、柔软、奢侈的土耳其棉，气味也叫人沉醉，特别是刚从烘干机里拿出来的时候。这儿的浴巾又薄又硬，闻起来还有强烈的工业漂白水味。我应该叫鲍勃给我带一条浴巾来。

慢着。我在干什么？别想什么浴巾了，什么都别想。安静。呼吸。观察你的呼吸，冥想。我做起来很困难，我现在做什么都很困难。付出这么多的努力却没有成功，我想我还从来没有过这样的经历。我没有成功，我失败了，我没有做到接受和适应。我真的失败了，但我不能让鲍勃看到，也不能让公司的人看到。要是我不能恢复到之前的状态，鲍勃和公司的人还怎么容忍我？我一定得康复。除非我康复了，否则公司的人是不会重新接受我的。我倒也不怪他们，换成是我，我也不答应。

那鲍勃呢？他会重新接受我吗？他当然会接受的，要是他抛下脑损伤的妻子，谁都会骂他是个十足的混蛋。可是他没有义务和一个脑损伤的妻子一起生活，他娶的是人生伴侣，而不是一个需要他帮着穿衣服，并且要养活、照顾一辈子的人。他当初没有做过这样的承诺。我会成为他的负担，他会怨恨我的。他要被迫照顾一个脑损伤的妻子，他会痛苦、疲惫、孤独，他会出轨，而我不会怪他。

慢着，我这样还能和他亲热吗？我觉得可以。应该可以。那些必要的部位都在身体中间。可是鲍勃还会愿意吗？有时候我的左侧嘴角会流口水，而我毫无察觉。这可真够有魅力的。还有，我没法刮腋毛，也没法刮左腿的汗毛。我是个流着口水、不会走路、身体毛茸茸的草头娃娃。出车祸之前，我和鲍勃就基本不怎么亲热了，以后会怎么样？如果他是出于义务留在我身边，我们再也不会亲热了，那该怎么办？

赛拉，快别想了，别再继续这些消极的想法了，这样没有任何帮助。要保持乐观：也许一般人不能康复，甚至大多数人都不能康复，可还是有人能康复啊。你能行。要记住，态度、斗争，你会好起来的。希望还是有的，不要放弃。呼吸，专注，清空思绪。

没错。呼吸,专注,呼吸。我这是骗谁呢?我离"好起来"可差得远了。"好起来"是隐藏在亚马孙雨林深处的小村子,地图上根本没有,要想找到只能靠运气。我现在哪儿都去不了,因为我甚至连走路都不行。连莱纳斯都比我厉害,鲍勃说他已经能绕着咖啡桌转悠了。而我呢,还只能听从玛莎的指挥,借助平行杠艰难地移动步子。莱纳斯要比我先学会走路了,他迈出第一步的时候,我却不会在家里见证这一幕。倒不是说我在家里见证了查理和露西迈出第一步——我当时在上班。即便如此,我就是想回家。

别想了!你是在冥想。你现在不能回家,你无处可去,也无事可做。要关注当下,呼吸,放空大脑。让大脑变成空白的墙面。想象你面前是空白的墙面,呼吸。你以前不是总畅想着腾出时间来好好放松,喘一口气吗?

是啊,可是通过脑损伤来获得在大白天里坐下来清空思绪的机会,这我可没想过。为了暂时的休养与恢复,这个代价未免太大了,你说呢?我完全可以趁周末去泡泡温泉啊。

赛拉,你又走神了。你的思绪已经漫无边际了。

查理就是这样的感觉吗?我敢说就是这样的。昨天鲍勃一个人带查理去看医生了。我没在他身边,这让我心里很不是滋味。我还是不敢相信他可能有注意缺陷障碍。希望他别真的有注意缺陷障碍啊。可我又忍不住希望他的确有这种障碍,因为这至少可以解释他为什么那么难以管教了。要是他真的有注意缺陷障碍,那我们还有别的办法,不用总是对他大喊大叫了。是啊,可所谓别的办法就是给他吃药。我们要对查理进行药物控制,好让他能集中注意力。我根本不敢去想这个问题。

喂!别想这件事了!你什么事都不该想。放空大脑。

对不起。

不用对不起,安静,把思绪关掉。想象着把开关关上。

没错，什么都不想，专注呼吸。吸气，呼气。很好。吸气，呼气。很好。我做到了。继续下去。

很好，不过别再给自己加油了。你又不是你母亲。

感谢上帝。她还要在这儿待多久？她为什么要过来？她在科德角难道就没有自己的生活吗？估计是没有。自从纳特六岁那年在邻居家的游泳池里淹死了，她就告别了自己的生活。那她为什么突然想融入我的生活呢？这么多年了，她不会突然决定要做一个好母亲，还要关心我。以前我需要她的时候她在哪儿呢？对，我曾经需要她，但她错过了当母亲的机会。可我现在的确需要她。那也不行，等我好起来之后，我就不再需要她了，那时候她就可以回科德角，回到属于她的地方，而我也会回归自己的生活，回到属于我的地方，这样我们都能回归从前的生活，再不需要对方。这样对所有人都好。

我睁开眼睛，叹了口气，接着抓起遥控器，打开了电视。不知道《艾伦秀》今天的嘉宾是谁呢。

第 17 章

上午十点刚过，我的心情就已经糟透了。几分钟前我给鲍勃打过电话，可他没接，不知道他有没有看到未接来电。

我坐在健身房里，面前是那张放着玩具的桌子，我的任务是用左手拿勺子，从右侧的白色麦片碗里舀出红色的塑料珠子，再放到左侧看不见的麦片碗里。我的右胳膊肘弯曲着，用悬臂带包着固定在胸前，这种强制性诱导疗法[①]据说能帮我克服使用右手的冲动，因为消灭了"竞争对手"，我就会更加自然地选择使用左手了。但说实话，这个疗法只会让我觉得自己根本没有胳膊。

在被迫接受强制性诱导疗法之前，我已经心烦意乱、斗志全无了。就在今天上午，我的医疗团队在我不知情的情况下开会决定，我将在三天之后出院回家。其实这也不是医疗团队的决定，他们只是郑重其事地盖了个章。早在我出事之前，我的保险公司就做好了成本效益分析，这和伯克利的许多咨询顾问用表格给各大公司做的分析没什么两样，结论是我三天之后出院回家。这个分析结果是

[①] 强制性诱导疗法（Constraint-induced therapy），通过固定患者健肢，迫使其使用患肢，以促进患肢功能恢复的康复方法。

基于对计费代码①和我的医疗状况代码的综合评估。至于我康复了多少，或者有没有康复，基本上不在考虑范围内。不管是千篇一律的官僚主义作怪，还是神秘力量捣乱，抑或是因为金星在天蝎座逆行，总之，这就是我的命运：三天之后出院回家。

我的医疗团队用格外欢快的语气，带着观看社区剧院演出的微笑，向我宣布了这个好消息，而我默默地坐在那儿听着，错愕不已，面无表情。我坐在康复中心的康复病床上，每天都在康复训练中努力练习，因为我以为自己会一直在这儿住下去，直到康复为止。事实证明情况绝非如此，而且是我自己闹了笑话。

以下就是我今天上午学到的知识。在康复中心，要是一个病人的情况不断恶化，那么他就要继续住院，因为大家都认为，我们必须救治他。相反地，要是这个病人的情况大幅改善，他也要继续住院，因为大家都觉得，我们有办法救治他。无论病情发展是走上坡路还是下坡路，都意味着病人要继续接受康复治疗。但如果病人的病情始终原地踏步，眼前又是一望无际的平原，那么她就要出院回家了，因为大家一致同意，别浪费时间了，她没救了。如果康复之路没什么变化，那么保险公司就不会再负责医疗费用。对了，我的治疗费用也在一路攀升。

我应该兴奋，毕竟还有三天我就要回家了，我可以在家里庆祝结婚纪念日和圣诞节。我要回家了。我早就盼着这一天了。我应该感到胜利的喜悦，可是我却觉得惴惴不安，胃部抽得紧紧的，有点想吐。医院要对我撒手不管了，保险公司认为我在这里做康复不再是明智的投资。我没救了。

怎么可能呢，我明明还有很多方面可以进步的。我现在可以自

---

① 计费代码，美国大部分医疗机构通用的五位数代码，用于向医生、保险公司和其他机构报告相应的医疗和诊断服务内容，这将决定报销额度。

己走路——虽然走得很勉强,而且必须借助他们给我的拐杖。这是一根医用的不锈钢老人拐杖,下面有四个橡胶脚垫。上帝呀,我的拐杖穿了洞洞鞋,这可不酷。这根四脚拐杖完全不懂含蓄,根本就是在大叫大嚷:"当心,我受了严重的脑损伤!"我讨厌这根拐杖,所以想练习不用拐杖走路。

我现在还是不能自然而然地看到书页的左侧,必须要有人不断地提醒、鼓励、纠正,借助那个 L 形的红色书签。

往左扫视,找到左侧的页边,再继续往左看,找红色书签。

我依旧不能自己穿衣服,刷牙、洗澡也都需要人帮忙。我要怎么照顾几个孩子、打理家务?我要怎么工作?要是没有专业指导,我甚至没办法放下握在左手中的勺子。我真想让那个替我决定住院时间的保险分析员现在就到这儿来,我要让他看看我的眼睛,还要用勺子指着他的脑袋质问他:"你看我这样像是康复了吗?"

玛莎对我解释说,我可以在家里继续练习在这儿学到的康复方法。海蒂也向我保证说,我可以作为门诊病人约见其他的康复治疗师,继续同样的治疗。负责我康复治疗的纳尔逊医生说:"大脑是很有意思的,谁也说不好。"他去医学院念书,就得出了这么一句至理名言。

他们说的这些听起来都不像是好消息,都有点含糊冷淡,他们不怎么认真,也不太相信我的康复会有进展,就好像我已经离开了康复之路,拐上了一条又长又破的死胡同,尽头是一栋用木板封起来的废弃建筑。大家都已经放弃我了。

胃里又是一阵抽搐。我一分神,把勺子里的红色珠子弄洒了,珠子蹦蹦跳跳地散落在桌子上,又从桌面滚落到地面上。我听着珠子掉在油毡地板上的声音,想着要不要再重新舀一勺时,抽搐感化成了怒火,在胃里烧出了一个洞,渗进了我的每一寸皮肤,我甚至感觉左手也烧了起来。我想一把扔掉勺子,可又松不开自己的擒拿手，最后只能用力攥紧了勺子。我感觉到指甲抠着柔软的掌心，很疼，我觉得自己可能流血了，可我没办法松手去查看。

"我不练了，我想回房间。"

"没关系，你可以再舀一勺，你做得很好。"玛莎说。

可是有什么意义呢？这个可笑的练习能改变什么吗？为什么不干脆让我今天就出院回家？让我在这座监狱里多关三天有什么好处吗？没有。他们已经下了结论：她没救了。

我的脸涨得通红，头上全是汗，热泪涌上眼眶，弄得眼睛里一阵刺痛。我想擦掉眼泪，可惜右手固定着，至于左手，只怕会攥着勺子戳中眼睛，这还是最好的结果。

"我想回房间。"我的声音有些颤抖。

"加油，先把这个练完。你可以的。"

"我不想练了，我不舒服。"

"她脸色不太好。"我母亲说。

"哪儿不舒服吗？"玛莎问我。

"胃疼。"

玛莎看了看手表，说："快吃午餐了。你觉得吃点东西会好吗？"

不会，我觉得吃了难吃的食堂午餐也不会好。

但我没说话，只耸了耸肩。

她又看了看手表，说："好吧，还剩一点时间，不如让你母亲陪着，借助拐杖走回房间去。我去帮你买午餐，咱们在房间里见。"

好极了。我要用接下来的二十分钟来走一段三十秒就能走完的路。

"海伦，你帮她把悬臂带解开，然后指引她走回房间，好吗？"

"好。"我母亲回答。

玛莎看了看我的手，勺子依然攥在我的手里。

她说:"我再给你带一份汤吧。"

母亲帮我的右胳膊摆脱了束缚,又把老人拐杖递给我,接着我们就开始了返回房间的旅程。我丧失了乐观的态度,丧失了拳头,也丧失了斗争的信念。我没有兴趣去接受,去迁就。我的脑损伤还没痊愈,并且谁也不敢保证我会痊愈。我曾经过着充实而成功的生活,可现在还剩下什么?只有一只手里的老人拐杖和另一只手里的勺子。

以及三天时间。

"赛拉,我不明白出了什么问题。"母亲说。

我们回到了房间,母亲坐在她的椅子上,我躺在床上。

"我很好。"我说。

"这是好消息啊,这就是说你的身体没有危险了。"

"我知道。"

"而且你在家里会恢复得更好的。"

"嗯。"

我迫不及待地想告别这个地方。还有三天,到时候我在这儿就住满五周了,而我连多待一秒钟都不愿意。我不会怀念这张睡着不舒服的床、水流很小的淋浴器、粗糙的毛巾、淡而无味的食物、无处不在的免洗手消毒液和消毒水味、健身房、惨淡的监狱风景,还有玛莎。我尤其不会怀念夜里那些令人毛骨悚然的动静,每天晚上我都会被惊醒,然后睁大眼睛,心神不宁地躺在床上——有人痛不欲生地呻吟;有人惨叫着从噩梦中醒来,也许是梦见了住院前发生的可怕事故;一位失去了言语能力和新生宝宝的年轻母亲,发出狼般的哀嚎;还有呼叫器里传来的紧急呼救代码,无言地传递着令人不寒而栗的消息——有人刚刚去世了,也许就是住在隔壁的病人,也许是像我一样的脑损伤病人。不错，我一点儿也不会怀念这里。

可是，我没想到自己这就要出院了。这几周里，我在脑海里上演的一直是另一幅出院场景：每个人的眼睛里都含着喜悦的泪水，我会拥抱并感谢医疗团队里的每一个成员，感谢他们帮助我完全康复，并答应和他们保持联系。接着，伴着《烈火战车》的主题曲①，我挥动左手和大家告别，迈着自信的步伐，不需要拐杖，独自穿过医院大厅。大厅里挤满了来为我送行的康复治疗师、医生和病人，他们纷纷为我鼓掌。医护人员为我骄傲，病人看到了希望，我的故事激励着每一个人。在大厅尽头，自动门应声而开，我迈向了阳光明媚的一天，重新拥抱自由和从前的生活。

我兴之所至，忘了我的那辆车已经送进了废车场，甚至还畅想自己开着车回家。还有三天就要出院了，此时此刻，我坐在房间里等着玛莎买午餐和汤回来，我的左手不由自主地抓着勺子，叫我难堪的是，短短的一段路，我却要借着拐杖跋涉，还累得筋疲力尽。我竟然敢抱着那么不可思议的幻想，还信以为真，这真是可笑至极。

"我也会继续帮你接受治疗的。"我母亲说。

这句话既不是提议，也不是问题，而是计划，是已经确定的事。我瞪着她，想看穿她的想法。她下身穿着黑色的松紧腰裤子，裤脚塞进了黑色的雪地靴里，上身穿的是白色的绞花毛衣，鼻梁上架着黑框眼镜，耳朵上是一对红色的圣诞装饰耳坠，口红也是红色的。在这副打扮和脸上呈现的岁月之下，我依然能看见她年轻时的样子，可我并不知道她这些年来是什么样子的。

我还记得她雀斑点点的颧骨上涂的桃红色腮红，她最喜欢的绿

---

① 作曲家范吉利斯（Vangelis）为英国体育题材电影《烈火战车》（Chariots of Fire）创作的主题曲，获1982年奥斯卡最佳配乐奖。

色眼影，鬓角处不肯乖乖地扎进马尾辫里的几缕发丝，大笑的时候微颤的鼻孔，神采奕奕的淡蓝色眼睛，还有她亲我之后在我嘴巴上萦绕的香烟和口香糖混合的气味。

我记得很清楚，自从纳特溺水之后，她就再也不化妆，再也不打理头发了。我再也没有见过她颤动鼻孔的大笑，也没有闻过亲吻后的气味。但她在1982年之后的样子和变化，我却没有清晰的记忆。她什么时候长出了鱼尾纹？一个人从来不笑，也从来不出门，也会长鱼尾纹吗？她什么时候有了白头发，又是什么时候把头发剪成了齐下巴的长度？她什么时候开始戴眼镜了？她什么时候把烟戒了？她什么时候又开始涂口红了？

至于我自己在1982年之后的样子和变化，她也不可能会有什么清晰的记忆。这一个多月来，我们一起度过了乏味的几万分钟，可她从来没有回忆过我的童年琐事，哪怕一分钟也没有。因为在1982年之后的大部分时间里，她根本没有参与我的童年。

唯一的儿子下葬之后，母亲就把自己埋进了卧室，而父亲从消防站下班回来，只会埋头搞建筑。母亲一直沉浸在失去纳特的痛苦之中，父亲没有了喜怒哀乐。纳特还在的时候，父亲就是个不苟言笑、情感淡漠的人；纳特去世之后，他的一切感情都一去不返了。尽管如此，他最终还是重新承担起了家长的角色，他修剪草坪，倒垃圾，洗衣服，买东西，为我支付课外活动的费用。我没有饿过肚子，也没有无家可归。而母亲呢，她再也没有恢复以前的样子，可我最需要的始终都是母亲。

她不会注意到我去上学的时候穿了脏衣服，或者身上的衣服小了两个号。她不会去看我的足球比赛，也不会去参加家长会。在我疯狂迷恋里奇·霍夫曼的那一年半里，她没有开导我，没有安慰我。她没有跟我讲过什么生理健康知识，什么是美好的亲密关系。她忘了我的生日。她不会称赞我完美的成绩单，不会庆祝我考上了明德学院和哈佛大学。我二十岁那年，父亲去世了，那之后，她宁愿一个人待着。我二十八岁那年，鲍勃加入了我们这个可怜的小家庭，她也没有来道贺。

我和纳特的外貌相似之处，想必足以让母亲时时刻刻想起那段不可磨灭的伤痛吧。如今我自己也身为人母，也更能理解那种刻骨铭心、让人一蹶不振的丧子之痛。可她不只有一个孩子啊。她有两个孩子，而我还活着。

纳特死后，我的童年过得并不轻松，但这也让我长成了今天的样子：坚强，极为独立，追求成功，一心想着要出人头地。我已经放下了那段过去，可现在那段过去又坐在我面前的椅子上，母亲说她会留在我身边。母亲察觉到我在审视她，红嘴唇上浮现出紧张的微笑，我真想把这个微笑抹掉。

"不用，到此为止了。我要回家了，所以你也可以回家了。我们各自回家。"

"不，我要留下来，我要留下来帮你。"

"我不需要你帮我，我不需要任何人帮我。"

玛莎这时候站到了我面前，她手里举着托盘，对我挑起了眉毛。

"我要是需要什么，我会找鲍勃的。"

"鲍勃让我留下来帮忙照顾你。"母亲说。

我瞪着她，一时说不出话来，一股怒气正在捶打我的胸膛，想要出来发泄。玛莎和海蒂今天早上背着我开了个会，决定让我三天后出院；谁知道鲍勃和我母亲什么时候也背着我碰了头，决定我需要照顾，并且由我母亲来负责照顾我。背叛和无助发疯般地乱蹬乱叫，坠入了黑暗的内心深处，虽然它们曾在这里住过许多年，却丝毫不觉得自在，也不记得该怎么出去。

"你什么时候开始关心起我来了？自从纳特去世之后，你就没有关心过我。"

母亲一下子面无血色，只有嘴唇还是那么红。她坐在椅子上，一动不动地绷紧了身子，好像兔子感觉到了危险，正准备逃命。

"不是这样的。"她说。

我通常会到此为止，因为我们从来不会说起纳特，不会说起我的童年，也不会说起我和她的事。我通常会转移话题，然后开始喝汤，就像个乖巧的女儿那样，她会继续当她的慈母，替我擦掉必然会从左侧嘴角滴下来的汤汁，我也继续当我的乖女儿，微笑着对她说谢谢。可我今天受够了这出自欺欺人的戏码，真的受够了。

"你从来就没帮过我，做作业、交男朋友、上大学、筹划婚礼，通通都没有。你什么事都没帮过我。"

我顿了一顿，我还有一千个例证，要是她敢篡改历史，搬出另一套说辞来，我绝不会手下留情。

"我现在来了。"她说。

"哼，我现在不需要你了。"

"可是赛拉，你——"

"你不必留下来。"

"你需要有人帮你。"

"那我就去找别人，我一向就是这么做的。我不需要你。"

我对她怒目而视，就等着她来反驳，不过这一仗已经结束了。她哭了。玛莎递给她一盒纸巾，母亲一边擤鼻子、擦眼泪，一边继续落泪，我坐在床上看着，用毫无悔意的沉默刺激她。很好，我很高兴看见她哭了，我一点也不可怜她，也不觉得对不起她。她应该哭，应该觉得对不起我。

可是，我虽然想看着她游街示众，但这种狠心无情的态度只持续了一两分钟，接着我就忍不住可怜起她来。这五周以来，她的确帮了我。她每天都会过来，帮我走路、吃饭、洗澡、换衣服、上厕所。我曾经需要她，而她现在就在我身边。

可是，她故意没有出现在我大部分的生活中，我无法放下她三十年来弃我于不顾的事实，假装这些都没发生过。我不忍心继续看着她哭，可我死也不会跟她道歉，或者默许她留下来。一切到此为止，我要回家，回去过我的生活，她也一样。我用右手抓住老人拐杖，撑住了身体，接着把两条腿挪到床边。

玛莎问："你要去哪儿？"

"我要去卫生间。"我说着，两只脚都踩在了地板上。

玛莎走到我身边，表示辅助员就位。

"不用帮我，我不需要任何人帮我。"

她没说话，又对我挑起了眉毛，接着退开两步，把路让开了。我知道，玛莎一定当我是被宠坏的孩子，是令人发指的女儿，不过我现在压根不在乎这里的人怎么看我。好吧，我在乎海蒂怎么看我，不过此刻她不在这儿。此刻，我就是被宠坏的孩子和不懂事的女儿，并且铁了心要自己去卫生间，不用任何人帮忙。

长着一条忽隐忽现的左腿，走起路来叫人沮丧得不得了，也复杂得不得了。就算是向前迈出右脚，也需要有意识地坚持相信左腿的存在，因为在右脚抬起来的一瞬间，我就只能靠左腿来站着了。左腿和左脚要适当地激活，在屈与伸之间做出妥协，既要负责平衡身体，又要负责让我站稳。对于这个完全不肯效忠于我的肢体来说，这个要求实在过分了。

我有时候想，最容易的办法应该是用右脚跳着走路，不过我一直不敢尝试。按理说，跳着走路应该没问题，但我莫名地有种预感，觉得这么做最终只会让我摔倒在地板上。其实对此有所预料也不妨碍我去试一试，毕竟我大部分时间里都会摔倒在地板上。我现在浑身上下都是大片大片的瘀伤，红黄青紫都有，真不敢相信我居然没髋骨骨折、膝盖脱臼。感谢上帝给了我结实的骨头和灵活的关节。我之所以没有跳着走,大概是因为我意识到长期来看这不是实用的解决办法吧。

所以,我需要借助老人拐杖。在我迈脚之前,我先把右手中的拐杖往前挪一步,以此来稳定身体和心神。接着,我尽量把身体的重心移到右侧,为不可信赖的左腿减轻负担,然后再迈出右脚,跟上拐杖。

此时,我的左腿就在后面的某个位置,诀窍是首先要记住我有左腿,还要相信左腿就在后面的某个位置。接着,我需要找到左腿,把它弄到身边来。当然了,最自然的办法就是抬起左腿,往前迈一步,可惜我做不到这一点,这也让我的自尊心备受打击。要让我抬起左腿,试着像正常人那么走路,尽管是个挂着老人拐杖的正常人,前提是我踩在健身房的垫子上,并且有辅助员在旁边。要是我把左腿抬离地面,一眨眼的工夫,我就忘了它在哪儿,也无法预料左腿什么时候会落到地面上,我估算得不是太早就是太晚,因而就会做出些古怪扭曲的动作,最终的结果就是摔倒在地板上。

于是,我选择拖着我的左腿走,这样就安全多了。而且左脚一直贴着地面,往前移动的概率也跟着显著地增加。我知道这样看起来很悲惨,可这算什么?我可是穿戴着像母亲那样的黑色松紧腰裤子、亮粉色的羊毛帽还有不配对的袜子的素颜女人。我觉得可以这么说,美已经不是我最关注的问题了。况且此刻我不能冒险,要是我摔倒了,玛莎和我母亲就会一起冲过来扶我,而我不想让任何人帮忙。

挪拐杖,迈一步,拖着走。缓口气。
挪拐杖,迈一步,拖着走。缓口气。
我能感觉到她们俩都在看着我。
赛拉,别理会她们,你不能分心。你要走去卫生间,你要走去卫生间。

挪拐杖，迈一步，拖着走。缓口气。

母亲在擤鼻子。她休想跟我一起回家。她以为自己这么一出现，尽了母亲的义务就行了吗？不可能。远远不够，为时已晚。别想了，别理会她，你要走去卫生间。

挪拐杖，迈一步，拖着走。缓口气。

我不敢相信鲍勃事先没跟我商量就跟我母亲说好了。我不敢相信鲍勃找母亲做了这个决定，而没有找我做出完全相反的决定。他究竟是怎么想的？

这会儿别想了，过后再问他。你要走去卫生间。

挪拐杖，迈一步，拖着走。缓口气。

缓口气。

我走到了卫生间，我真想大声欢呼："我做到了！"还有"看吧，你们俩我谁都不需要！"不过现在庆祝还不是时候，沾沾自喜大概更是不明智。我还没有完成真正的任务，我还要进行好多个步骤才能小便。

我深吸一口气，准备松开老人拐杖，抓住坐便器旁边的不锈钢安全扶手。从拐杖过渡到扶手的那一刻让我心惊肉跳，我感觉自己像在表演空中飞人，此刻刚从一根横杆上荡开，要去抓另外一根，身子高高地悬在半空中，稍有不慎就会酿成令全场哗然的灾难。好在我成功了。

缓口气。

下一步：

亲爱的左手啊，我需要你找到外裤腰和内裤腰，然后往下拉。我知道这件事很麻烦，其实我也不愿意打扰你，可是我的右手正忙着避免我摔倒，我也不想求别人帮忙。总之，我真的需要你。求你了。

没反应。见鬼，我的左手呢？肯定就在附近啊。我找到了钻戒，随即找到了我的手。糟糕，手里还拿着那只该死的勺子呢。

亲爱的左手啊，求你把勺子放下吧，你把勺子放下，这样才能找到外裤腰和内裤腰，然后往下拉，好让我能小便。求你把勺子放下吧。

还是没反应。

放下，松开，张开手，展开手指，放松。求你了！

依然没反应。我要发火了，我感觉自己正在劝说一个昏昏欲睡、不听话又任性的小孩，让他明白事理，乖乖配合。我想大喊：

听我说，你这只手，给我马上照办，不然你一整天都不准出去玩！

我急着上厕所，又很难憋尿，可我还是不肯求助。我能行，我可是哈佛商学院毕业的，我知道怎么解决问题。我能解决这个问题。

好吧，就拿着勺子吧，也可以，咱们就用勺子。

亲爱的左手啊，找到外裤腰和内裤腰，然后用勺子往下挑。

不可思议的是，这个办法居然成功了。我试了几次，加上耐心的劝诱，终于用勺子把裤腰挑到了大腿的位置。我很庆幸这里没有人看到这个过程。差不多了。我用右手死死地抓着扶手，坐到了坐便器上。

终于解脱了，痛快。

剩下的就相对容易了。我用右手拿纸擦拭，又用右手提上裤子，接着抓着扶手，站直身子，又从扶手过渡回老人拐杖。我转过身子，一小步一小步地走到洗手池前，把骨盆靠在上面后松开了拐杖。

像我每天在康复训练中练习的那样，我先顺着水龙头往左扫视，找到出热水的把手后用右手打开，把右手洗干净。左手我就懒得去洗了。我在裤子上抹了两下，把手擦干，接着抓紧拐杖，走出了卫生间。

挪拐杖，迈一步，拖着走。缓口气。

差不多了。

看到没有？你不需要玛莎，你不需要留在康复中心接受训练，你更是绝对不需要你母亲。

我听见玛莎在哈哈大笑。我明知道不应该，但还是忍不住把目光从拐杖和脚上移开了。我抬起头，看出玛莎是在笑我，而我母亲正使劲憋着笑。

"什么事这么好笑？"我问她。

"你应该再考虑一下让你母亲帮你的事。"玛莎说。

话音一落，母亲也憋不住了，这会儿她们两个一起放声大笑。

"怎么了？"我莫名其妙。

母亲用手捂着嘴，好像是想憋住，但她和玛莎目光相接，结果笑得更厉害了。

"你的左手在哪儿？"玛莎说着，用手背擦了擦眼睛，她已经笑出了眼泪。

我不知道。我开始寻找左手，同时觉得浑身火辣辣的，知道一定是自己丢人丢到家了。左手呢？我完全不知道。我不去理会她们的大笑，也不顾自己正心不在焉地站在房间中央，努力寻找我的钻戒。哪儿都没有。

算了，别理她们。我正准备走回床边，这时突然感觉到大腿上凉凉的，像是贴着光滑的金属。直接贴在大腿皮肤上……勺子……我低下头，往左扫视。

我的左手还在裤子里。

第 18 章

我坐在健身房的一张长桌前面,临摹一只猫。画完了,我放下铅笔,对这幅作品感到很满意。海蒂看完之后说:"你画得真好。"

"我画的猫是完整的?"

"不是,不过你的画工比我好太多啦。"

"我哪些地方没画?"

"左耳朵,左边的胡子,还有左边的爪子。"

我对比着两张纸,一张是原画,另一张是我自己画的猫。在我看来,两只猫一模一样。

"哦。"我的声音沉了下去。

"不过你画了两只眼睛、完整的鼻子和嘴,还有大部分左侧的身体。赛拉,你真的很棒,你能临摹出来的东西已经比刚来的时候多多了。"她一边说,一边翻看我上午临摹的几张画。

我的确有进步,不过说"画得真好"是真的夸张。连查理和露西都能画出完整的猫咪,可我还是不能,而且今天已经是我在康复中心的最后一天了。

海蒂又拿出一张画放在桌子上,画面上是一处城市广场,有建筑、汽车、人、喷泉、鸽子,画得非常细致,比我之前临摹过的任何一幅画都复杂。我拿起铅笔,却僵住了,因为我不知道该从哪儿落笔。我要找到图画的左半边,然后把忽隐忽现的景物一一画出来，包括每一个景物忽隐忽现的左侧，这些都让我抓狂。不仅如此，我还要找到图画右侧的每一处景物的左侧，包括每辆汽车、每只鸽子、每个人，还有喷泉的左侧。我看见喷泉右侧有一个人在遛狗，紧接着又看到这个人右侧有一个人拿着一束红气球，我的注意力被不由自主地吸引了过去，于是那个遛狗的人就不见了。我究竟要怎么着手啊？要是我已经完全康复了，那么我大概能在出院的前一天把这幅画临摹出来。这是某本康复教材最后几页内容，而我仍然毫无希望地陷在几百页之前的内容。

"怎么了？"海蒂问我。

"我画不出来。"我强忍着内心翻涌的恐惧感。

"你可以的，你可以先画那些建筑。"

"不，不行，我画不了，我连一只猫都画不好。"

"你的猫画得很棒啊，一样一样地慢慢来。"

"不行。海蒂，我不能这个样子回家。我究竟该怎么应付一切？"

"冷静，你会没事的。"

"我不是没事，不是。我连一只猫都画不好。"

"你画出了大半只——"

"我是哈佛大学毕业的，可我现在就是个连猫都画不好的弱智。"我哽咽着说。

在出车祸之前，我能迅速看懂一张纸上的内容，不管是复杂的成本分析、组织结构图还是决策树。可现在呢，查理那本《沃尔多在哪里？》[1]中的随便一页都能让我跪地求饶。我重新望着面前的

---

[1]《沃尔多在哪里？》(Where's Waldo?)，原名《威利在哪里？》(Where's Wally?)，英国插画家马丁·汉德福德（Martin Handford）创作的系列趣味绘本，读者需要从细节丰富的图画中找到隐藏其间的沃尔多或者他丢失的物品。

图画，寻找那个拿红气球的人，可是沃尔多不见了。

"你稍等一下。"海蒂说。

她收起了桌子上的城市广场图画后跑了出去，大概是怕我进一步崩溃。我努力地克制情绪，等着她回来，似乎崩溃这一幕要有观众才有效果。她这是去哪了？也许是去找一个简单一点的，能让我应付自如、感觉良好的测试，这样我的最后一次治疗就能圆满结束了。也许她是跑去找纳尔逊医生，恳求他改变主意，不让我出院。"她连一只猫都画不好啊！"

"好了。"不久后，海蒂拿着一个帆布包回到我旁边坐下了，"看看这张画。"

她把一张白纸摆在桌子中央，我看见纸上画着两座简单的房子，一座在纸的上半部分，另一座在下半部分。这两座房子各有两扇窗户和一扇门，完全是一模一样的。

海蒂问："这两座房子你愿意住哪一座？"

这么简陋的小房子，住哪座我都不愿意。

我说："这两座房子都一样。"

"好吧，不过要是非要让你选一座，你会选哪座？"

"都无所谓。"

"那就随便选一座。"

我最后又观察了一遍，寻找之前可能漏掉的细微差别，比如说某扇窗户上多了一块玻璃，某个房顶上少了一片瓦。可是什么区别都没有，这两座房子就是一样的。

"好吧。"我说着，指了指上面的房子。

海蒂面露微笑，不知道为什么，她对我选中的假想居所很满意。她拿出我那个 L 形的红书签，放在画上。

"好了，往左扫视，找到红书签的边缘。"

我的目光慢慢地往白纸左侧移动，直到看见红书签，接着又把目光向红书签的右侧移动。画面上的图案让我大吃一惊，它是那么清晰，那么明显。我看到的两座简单的房子，完全是一模一样的，唯一的区别是下面那座房子的左侧被火焰吞噬了。

"上帝啊。"我感叹。

"你看见了？"海蒂问。

"下面的房子着火了。"

"对！而你选择了上面的房子！"

"那又怎么样？就是一半一半的概率。"

"这不是概率，你的大脑看见了全貌，只是你有时候意识不到自己看到了左侧的东西，但你的直觉让你选择了上面的房子。你要相信直觉。赛拉，你不是弱智，你的智商完好无损。"

应该是吧。可就算我的大脑看到了全貌，但是它不肯分享，那么我还是意识不到，所以这对我有什么用？

"你是幸运的，这里有很多人不能再思考，不记得任何人，不能说话，也不能动。想想看，要是你不能和鲍勃还有你的孩子说话，要是你不记得他们，或者不能拥抱他们，那是什么滋味？"

这一个多月里，我一次次见识了不可想象的灾难如何摧残人的身体和精神。在食堂、走廊、电梯、大厅里，我会突然看见有的人失去了胳膊、腿，有的人头上少了一块头皮，有的人脸部被伤得面目全非，有的人失去了记忆，有的人说不出话，有的人只能靠管子和机器维持营养和呼吸。我每次都强迫自己移开目光，并暗暗告诉自己，盯着看不礼貌，其实真正的原因是我不希望看到别人的情况比我糟糕，因为我丝毫也不想从海蒂的这个视角去看待问题——我是幸运的。

"赛拉，你能保住性命已经很不容易了，事故、手术、术后并发症都可能要了你的命。你可能撞上另一辆车，害死别人。还有，要是当时你的孩子也在车里该怎么办？你是幸运的。"

我注视着她的眼睛。她说得对，我一直沉湎于自己痛苦和可怕的遭遇，不肯承认积极的一面，就好像"积极"一直静静地坐在左侧的最边缘，被我完完全全地忽略了。我的确画不出完整的猫，但我还认得出、说得出那是猫，我知道猫的叫声和触感，而且我能画出猫的大部分身体，无论谁看到，都知道我画的是一只猫。我是幸运的。

"谢谢你，海蒂，谢谢你点醒了我。"

"不客气。你会没事的，我知道。还有……"

她弯下腰，把手伸进帆布包，拿出了一瓶系着红丝带的白葡萄酒。

"变！下次再见，不是在我家，就是在你家。"

"谢谢你，"我笑着说，"我等不及了。"

她把酒放在桌子上，正好压住了那座着火的房子，接着给了我一个拥抱。

"相信你的直觉，直觉会指引你的。"她拥抱着我。

"谢谢你，海蒂，谢谢你为我做的一切。"我用右胳膊使劲地抱住她。

她的手机震动了一下。她松开手，看了看短信。

"我得去回个电话，一会儿就回来，然后咱们准备一下，该送你回家了。"

"好的。"

健身房里只剩下我一个人，这是我最后一次来这里了。我环顾四周。再见了，平行杠；再见了，镜子；再见了，海报；再见了，游戏和玩具；再见了，碗和珠子；再见——慢着。

我再次望向了那张海报。有什么地方不一样了，我意识到海报不一样了，但一开始又看不到具体哪里不一样，但很快我就看到了，那么清晰，那么明显，就像那座着火的房子。

海报上的那张图片呈现的不是一只手，而是两只，而且两只手不是攥成了两只拳头，准备要决斗的意思。这两只手是紧握在一起的，是手握着手。握手图片上面的红字也不是"态度"，而是"感恩的态度"。

我忍不住哭了，因为我爱上了这张一直被我误解的海报。我想到了海蒂、鲍勃、我的孩子们，甚至还有玛莎和我母亲，想到了这些天来所有给过我帮助和爱的人，想到了我所拥有的一切。我想到我的大脑一开始就看懂了这张海报，并且一直在吸引我去注意，想让我看到。一部分没有言语、没有意识但完好无缺的自己始终知道这张海报的含义。谢谢你与我分享。

我今天就要回家了。我画不出完整的猫咪，但看到了完整的海报，心里充满了感恩。

서

我再次观察着自己画的画,只能注意到缺失的那一半。没有一样是对的:遗漏、瑕疵、忽略,脑损伤。它到底好在哪里?

第 19 章

鲍勃开着车，我们要回家了。家！他开的是我母亲那辆两门的大众甲壳虫汽车，虽然我从来没坐过，但也有了家的感觉。我又能坐车了！那是科学博物馆！上93号公路了！上马萨公路了！查尔斯河！每看见一个熟悉的地标，我都要打一声招呼，就像遇见了一个亲密的老朋友。这种越来越兴奋的感觉，就像我每次结束漫长的出差，在从洛根国际机场开车回家的路上。而今天，我更是感到十倍的兴奋。就快到了，就快到家了！

我的一切感受都放大了。车窗外，午后的光线显得格外明亮绚丽，我一下子明白了摄影师为什么都更喜欢自然光。在康复中心的这一个多月来，我看惯了室内荧光灯的光线，而现在，一切都显得更加鲜活，更加立体，也更有生命力。吸引我的不只是那种强烈的美。阳光透过挡风玻璃照在脸上，暖洋洋的，舒服极了。啊！荧光灯可没有这种效果，两者根本无法相提并论。

康复中心的空气总是不流通、不新鲜，我想再次呼吸一下真正的空气，享受那种清冽的感觉（虽然有点儿被尾气污染了），还有流动的感觉。我把车窗"摇"下一条缝，寒冷的空气顿时灌了进来，吹乱了我的短发。我用鼻子呼吸，让新鲜空气充盈着肺叶。我幸福地叹了口气。

"嘿，太冷了。"鲍勃说着，用主控开关把窗户关上了。

我透过紧闭的车窗欣赏外面的风景，才过了几秒钟，我就忍不住想再感受一次。我按了一下车窗按钮，但车窗没有反应。我于是又按了几下。

"嘿，这扇窗户卡住了。"我不高兴地又埋怨又责怪。我意识到一定是鲍勃按了车窗锁止键，他替车里的所有人做了决定：一律不许开窗户。我开车的时候也这么做过，现在我终于明白孩子们的感受了。

鲍勃没理会我的抱怨，而是说："听着，在到家之前，我想先说说你母亲的事。她会和我们多住一段时间。"

"我知道，她跟我说了。"我说。

"哦。那就好。"他说。

"不对，这不好。我不想让她留下来，我们不需要她。我会没事的。"

鲍勃没吭声，也许是在考虑。也许他很高兴终于知道了我对这件事的坚定态度（他早就该问我了），并且百分之百地同意我的意见。也许他正微笑着点头。我不知道他在做什么，想什么。我沉醉于欣赏窗外的景色，无法将注意力转到左侧，因此不知道他不吭声是什么意思。他坐在驾驶座上，说话的时候，他只是车里的一个声音；不说话的时候，他就成了一个我看不见的司机。

"赛拉，你现在还不能一个人留在家里，这样不安全。"

"我没事，我应付得了。"

"你现在的情况还不能一个人留在家里，医生和康复治疗师都说了。"

"那可以再雇一个人。"

"我们真的负担不起。你的病假和带薪假都用完了，伤残保险金还不到你之前收入的一半，而我现在离失业就差一点了。雇人要花很多钱，而你母亲来了，她又不要工钱。"

好吧，母亲虽然不按小时收费，但我保证，要是她留下来，我就要付出一笔昂贵的代价。一定还有别的办法。我清楚，现在家里的财务状况叫人担心，我赚得比鲍勃多，现在我的收入缩水，而且我也没办法确定什么时候才能恢复正常。也许永远也恢复不了的念头常常在我烦乱的思绪中划过，像一个华尔兹舞者，展示着跳跃回旋的骄人舞姿，久久地占据舞台中央，再退到侧台[①]——每天至少一次。我需要恢复从前的薪水，必须如此。就算鲍勃能保住工作，经济也开始好转，可要是我的收入少了，我们也负担不起现在的生活。

坦白地说，我一直祈祷着鲍勃会失业。更确切地说，我一直祈祷鲍勃会失业，并且在四个月里找不到新工作。我知道这无异于玩火，而且估计上帝是不会理会这样的祈祷的。尽管如此，我还是每天都会频繁地陷入这样的想法当中，不能自拔。要是鲍勃现在被裁员了，他就会拿到四个月的离职补偿金；要是他不能立刻入职新的单位，那他就能留在家里陪我了；要是他能留在家里陪我，那我们就不需要母亲留下来帮忙，她也就可以跳上她的大众甲壳虫汽车，一路开回科德角去了。四个月之后，鲍勃说不定有了稳定的新工作，甚至比以前挣得还多，而我不仅可以一个人留在家里，而且也准备好回伯克利上班了。可惜的是，到目前为止，我希望的这些情况全都没有发生。如果上帝听见了我的祈祷，那他一定是另有计划。

我说："艾比呢？说不定艾比可以多帮衬一阵子。"

鲍勃还是没吭声。我望着车窗外，树梢上、田野里都覆盖着厚厚的积雪，在夕阳下闪闪发光。我在市区没有看到积雪，现在车子开到了城市西面的郊区，在这里，雪花可以安稳地落在树木、高尔

[①] 也称副台，一般是存放和变更布景的空间。——编者注

夫球场和空地上，不会被扫到一边或者清理干净。

"圣诞节一过，艾比就要去纽约开始教学实习了。"

"什么？"

"我知道，时间太不巧了。"

"简直糟糕得要命！"

"我知道，她特别犹豫，但我跟她说应该去。我说你也会支持她的。"

"你疯了吗？你怎么能跟她说出这种话？"

"赛拉——"

"你之前为什么没有告诉我？"

"因为我知道你听了会不高兴。"

"胡说！"我彻底不高兴了。

"好吧。总之，艾比要走了，我们来不及找别人，再加上你母亲话里话外总说自己不急着回去，所以我就请她留下来了。赛拉，我们需要她。"

我继续望着车窗外。风景呼啸而过，家越来越近了。就快要到家了。一个有母亲但很快见不到艾比的家。此时，夕阳悬在眼睛的高度，光线刚好直射到遮阳板下面的位置，很刺眼。阳光穿过挡风玻璃照在我脸上，刚坐上车的时候，我还觉得暖洋洋的，十分惬意，可这会儿突然觉得热得难受，我感觉自己像是放大镜下面的蚂蚁，就要烧成灰了。

"你至少可以让我自己控制车窗吧？"

我按住车窗按钮没松手，一直把窗户"摇"到底。寒冷的空气嗖嗖地吹进车里，一开始还觉得很舒服，但过了几秒钟就觉得太冷了，而且风也太猛，可我没有关上车窗，因为我打定主意，总得有一件事得是我说了算的。

鲍勃把车驶入我们家的出口，接着右转，上了威尔蒙特的主

第 19 章

街。圣诞节要到了，镇中心已经装点一新，路灯挂上了花环，店铺的橱窗装饰着藤条花卉和白灯，市政厅前那棵挺拔蓊郁的、耸立了两百年的云杉从上到下都点缀着彩灯，不过这个时候还没亮起来。夕阳低低地挂在天边，已经失去了刺眼的光芒，天马上就快黑了，主街马上就要变得五光十色，像圣诞明信片上的那样，洋溢着欢乐的节日气息。一年里白昼最短的一天就快到了，从白天变成黑夜只要一眨眼的工夫，这让我想到，稍不留意，也许一切就都变了。

鲍勃把车拐上了梧桐街，我们开上山坡，盘过弯道，上了朝圣道。汽车停在了我们门口的车道。这就到了。

回家了。

第 20 章

　　我还记得生完查理回家时的情景。当时我迈进前门，走到门厅，看着厨房和客厅，感觉一切都变了。当然了，厨房里的桌椅，棕色长沙发和配套的双人沙发，咖啡桌和桌上的蜡烛，地上的鞋子，墙上的照片，壁炉旁的那摞报纸，一切都和两天前我们离开的时候一模一样，就连厨房台面上那只水果碗里的香蕉也还是我离开时的样子。唯一变了的只有我。四十八小时前离开家门的时候，我是一个挺着大肚子的孕妇，而此刻回来的，是一个只瘦了一点点的母亲。但不知道为什么，这个住了快一年的地方却让我觉得有些陌生，就好像是很早就熟识的两个人，第一次正式认识彼此。

　　今天也是这样的感觉，但这一次，变了的不只是我。鲍勃在左侧指引着，我右手拄着老人拐杖，慢慢地走过门厅，我心里涌起一种强烈的感觉，只知道有什么东西不一样了，但又说不出具体是什么。很快，这些不一样的地方就一个接一个地呈现在我眼前了。

　　最先引起我注意的是橙色。厨房里到处都溅着亮橙色的污渍，墙壁、门框、桌子、柜子、地板，全都是亮橙色的涂鸦，好像杰克逊·波洛克[1]的幽灵曾登门拜访，还灵感迸发。其实还有一个可能，

---

[1] 杰克逊·波洛克（Jackson Pollock, 1912—1956），美国抽象表现主义绘画大师，常用"滴画法"。

就是不知道谁给了查理一管橙色的颜料,还一个下午没理会他。我刚要喊他们赶快拿纸巾和清洁剂时,突然恍然大悟:这些橙色的污渍不是颜料,也不是杂乱无章的。门框左侧贴的是亮橙色的胶带,柜子左侧边缘、冰箱左侧,还有通向后院那扇门的把手也贴着橙色胶带。至于我注意不到的那些地方,谁知道还有多少橙色胶带?应该有很多很多。

接着,我又注意到楼梯靠墙的那一侧安了不锈钢扶手,就像康复中心的安全扶手,和另一侧高雅的橡木栏杆扶手完全不搭配。大概这也是不得已吧。右侧高雅的橡木扶手是上楼用的,但下楼的时候,右侧就成了左侧,扶手对我来说也就不存在了。楼梯底下的婴儿安全门换成了新的,更像那种工厂用的,楼梯顶上也装了一扇。我最初以为这是给正在学走路的莱纳斯准备的,但随即又想,也许这也是给我准备的。没有大人的监督,我们母子俩都不能独自上下楼梯。我的房子不仅做了婴儿防护,也做了"赛拉防护"。

我的老人拐杖和右脚往客厅迈了几步,我站在地板上,感觉和之前完全不一样了。

"地毯呢?"我问。

"在阁楼里。"鲍勃说。

"哦,对。"我想起来了,海蒂说过,我们得把地毯都收起来。

三张昂贵的东方手工地毯有绊倒我的隐患,因此被卷起来收走了。硬木地板倒是保持得不错,事实上,地板闪着光,整洁如新。我扫视着房间,除非所有的东西都集中散落在我左侧,地板上完全见不到火柴盒汽车玩具、头饰、拼图片、小球、乐高、蜡笔、燕麦圈、饼干、鸭嘴杯、安抚奶嘴。

我问:"孩子们还住这儿吗?"

"啊?"

"他们的东西都哪去了?"

"哦，你母亲把家里收拾得特别整洁，他们的东西要么收在房间里，要么就放在楼下的游戏室里。我们怕你被玩具绊倒。"

"哦。"

"我扶你在沙发上坐下吧。"

鲍勃用小臂代替了我的老人拐杖，接着把另一只手放在我腋下，这就是康复中心的那些康复治疗师所说的中度上肢接触的帮助。我深深地陷在长毛绒靠垫里，呼出一口气。从车道走到客厅花了差不多十五分钟，我已经筋疲力尽了。我努力地不去回想从前。从前，我进屋总是不用费力、不用细想，十五分钟里，我不知道已经完成了多少事。通常这时我已经打开了笔记本电脑，听完了电话留言，看完了邮件，打开了电视，煮上了咖啡，并且至少有一个孩子依偎在我身边或者坐在我怀里。

我问："人都去哪了？"

"艾比去接查理下篮球课，莱纳斯和露西应该是跟你母亲在一块儿。我跟你母亲说先别让他们留在客厅里，等我把你安顿好了再进来。我去叫他们。"

我这时候正对着门口，因此客厅的另一侧和尽头的日光室出现在了眼前。进来的时候，这些地方都藏在左侧的阴影里。圣诞树已经就位，并且装饰完毕，彩灯闪闪烁烁，天使在树顶上旋转。今年的圣诞树很高，甚至比往年的还要高，至少有三米。因为客厅是拱顶的，少说也有六米高，因此我们每年都会挑最高大的圣诞树回来，不过我每年也都会犹豫着问鲍勃："你觉得这棵是不是太大了？"鲍勃总会回答："越大越好，宝贝。"

刚才进客厅的时候，我竟然没有注意到这棵圣诞树，这让我格外不安。看不到盘子左侧的鸡肉、印在书页左侧的文字是一回事，可我竟然会对一棵三米高的圣诞树视而不见，况且树上还挂满了绚烂的彩灯和闪亮的装饰，这就是另一回事了。我一向喜欢杉树的清香，可我虽然闻到了这种清新的香味，却还是没有察觉。每当我觉得自己这种病症可能很轻微，根本没什么大不了的时候，我就会遇到这种事，无可争辩的证据会提醒我：情况恰恰相反。我忽略左侧的程度总是比我想象的严重。

对不起，鲍勃，有时候并不是越大越好。

日光室的法式门是关着的，这倒是很反常。一般关门是因为里面有人。有时候孩子们闹得厉害，而我或者鲍勃因为工作上的事需要打电话时就会进去把门关上，其他时候门都是开着的。我喜欢周日早上穿着睡衣在日光室里享受一个人的时光，我坐在自己最喜欢的椅子上，用最深色的那只马克杯喝咖啡，读《纽约时报》，感受咖啡杯握在手中的温度和阳光洒在脸上的暖意。在我所幻想的生活中，我就这样在这个庇护所待上整整一上午，没人来打扰，我可以安安静静地喝完咖啡，看完报纸，接着在终极的梦想世界中，我闭上眼睛，再美美地睡上一觉。

这也仅仅是幻想。我一般只有十五分钟的平静时光，接着，不是莱纳斯哭了、露西尖叫，就是查理跑来问问题，再就是谁想吃东西、想做什么事，抑或是手机嗡嗡震动、电脑提示有新邮件，有什么东西碎了、洒了，而最能让我竖起耳朵的，莫过于周围突然安静得吓人。但无论如何，就算平静的时光只有十五分钟，也是幸福至极的事了。

我突然想到，现在我应该可以轻松地实现这个幻想了。从周一到周五，孩子们都在学校和日托中心，而我又不上班。这就是说，我每天有整整六个小时不受任何人或事打扰。虽然把周日的报纸逐字逐句地读下来就可能需要我从周一到周五每天奋战六个小时，不过我不在乎，反而还为这个挑战感到兴奋。今天是周四，明天我就要在日光室里开始第一天的静修了。

我坐在沙发上，透过法式门的玻璃窥看日光室，发现里面好像重新布置过。我最喜欢的那把阅读椅被转过去推到了墙边，咖啡桌也不知道放到哪儿去了。我看见有一盆绿植，看样子它得浇水了，要是这盆植物交给我来打理，那不出一周它就要死了，也不知道它是哪来的。还有，那是梳妆台吗？

"妈妈！"露西大喊着，奔向了楼梯口。

"慢点儿。"母亲抱着莱纳斯，跟在她身后。

我一时间喘不过气来，我敢发誓，我的心脏漏跳了一拍。听见我母亲像母亲一样地照顾露西，看见我的宝贝儿子被她抱在怀里，看见母亲在这里，住在我的房子里，生活在我的生活里，我一下子不知道该如何是好。

露西打开两扇门，跑下了楼梯，脚下几乎没有停顿，她连蹦带跳地冲进客厅，跳到了我怀里。

"轻点，小白鹅。"鲍勃说。

"没问题。"我说。

露西光着脚，笑容灿烂，兴奋得眼睛放光，在我腿上颠来颠去。她可不只是没问题。

"妈妈，你回家了！"她说。

"是啊！这是新买的衣服吗？"我看见她穿着一件迪士尼公主裙。

"嗯，是外婆给我买的。我是贝儿公主[①]。我好看吗？"

"好看极了。"

"莱纳斯是野兽。"

"啊，莱纳斯那么可爱，怎么会是野兽呢。我觉得他是英俊的王子。"

"不对，他就是野兽。"

[①] 贝儿（Belle）公主是《美女与野兽》中的女主角。——编者注

"欢迎你回家。"母亲说。

我内心里的叛逆少女冲动地跳出来,笨拙地跟我撒娇,求我假装没听见母亲说话。

我说了声:"谢谢。"声音轻得几乎听不见,因为我内心里的成年人妥协了。

"你觉得这棵树怎么样?"鲍勃笑容满面地问我。

"真大啊,我很喜欢。我没想到你今年会把树放在那儿,应该放在日光室里,免得莱纳斯搞破坏。"我想象着他们无时无刻不在守护那些让莱纳斯无法抗拒的玻璃和陶瓷装饰。

"里面摆了床,树就放不下了。"鲍勃说。

"床?"

"就是日式床垫,你母亲睡的。"

"哦。"

这倒是说得通。她得有睡觉的地方,而我们没有多余的卧室。要是有多余的卧室,我们就会请住家保姆,也就不需要母亲留下来了。不知道为什么,我一直觉得她会住在地下室的折叠床上,也许是因为只要地下室的门关着,我就可以假装她不在这儿了吧。而现在呢,就算日光室的门关着,透过玻璃还是能看见她。也许应该添点门帘。

可是,这下我要去哪儿看报纸、喝咖啡、小憩片刻?我的静修怎么办?内心的叛逆少女已经怒不可遏了。她霸占了你的快乐小窝!我真的不知道该如何是好了。

"妈妈,我跳舞给你看!"露西说。

她跳到地上,把两只胳膊举过头顶,开始转圈。母亲把莱纳斯送到了我怀里。他比我印象里的沉了。他扭过头,望着我的眼睛,摸了摸我的脸,然后笑了,对我说:"妈妈。"

"嗨,宝贝。"我用一只胳膊把他搂得更紧了一点。

"妈妈。"他又叫了一声,还用小手一下一下地拍打我的脸。

"嗨,亲爱的宝宝,妈妈回家啦。"

他依偎在我怀里,和我一起看露西跳舞。露西一会儿踢腿,一会儿扭屁股、转圈,兴高采烈地展示那条红金相间的蓬蓬裙。我们为她拍手叫好,请她再来一段。她一向爱表现,所以高高兴兴地来了一段返场表演。

我的目光越过露西的脑袋,穿过厨房,透过窗户,望着后院。外面的灯亮了。我看见秋千架和玩具屋都覆盖着积雪,一个雪人戴着鲍勃的厚帽子,插着胡萝卜鼻子,至少有五只树枝做的胳膊。我还看见小土坡顶上放着一个红色的滑雪盘,下面是一串乱七八糟的脚印和雪道。

四下都没有监狱。

在某些方面,我的生活发生了翻天覆地的变化,但在别的方面,我的生活还是和从前一模一样。冬天后院里的欢乐,露西的舞蹈,莱纳斯贴在我脸上的手指,鲍勃的笑声,还有圣诞节杉树的清香,对这些,我知道如何面对。我全心全意地沉浸其中。

第 21 章

说到家里最大的变化，其实既不是房子里贴了橙色胶带，也不是母亲睡在日光室里，而是查理有多动症——注意缺陷障碍。回家当晚，鲍勃就把这件事告诉了我，他说医生对此很肯定，查理的症状很典型，不过不严重。我在鲍勃怀里默默地落泪，他一直安慰我说查理会没事的，直到我睡着。

查理需要吃专注达[①]。查理需要每天早上吃一粒。我们跟他说那是维生素，免得他觉得自己病了，残疾了，或者坏掉了。到目前为止，他还没有出现头疼或者食欲不振的情况。加文小姐说他最近在学校里的表现出现了积极的变化。

我们也进行了很多"生活方式"的调整，希望能帮助他，包括改变饮食习惯，不再给他吃含糖麦片、鲨鱼形状的软糖、含有大量色素的冰棒、汽水和快餐。对于这个变化，他就没那么兴奋了。我不怪他，毕竟连我自己也爱吃鲨鱼形状的软糖。他早晚各有一份"任务清单"，整整齐齐地打印在格线纸上，贴在卧室的布告板，这样他每天上学和睡觉前就能清楚地看到自己需要做什么，并逐项完成。我们还把"查理的行为准则"写了出来，用磁铁吸在冰箱上。

[①] 专注达（Concerta），盐酸哌甲酯控释片，治疗注意缺陷障碍的常用药物，持续作用十二小时，副作用包括头痛、胃痛、食欲下降等。

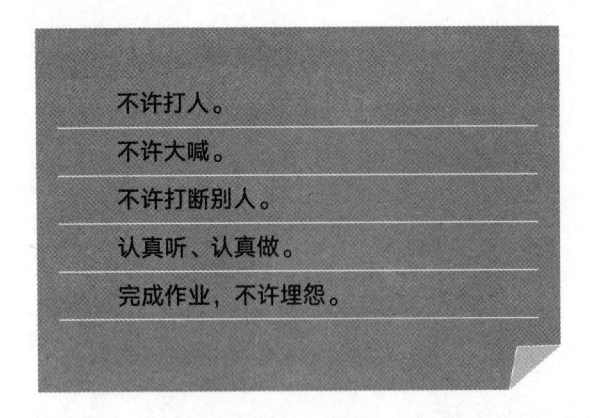

> 不许打人。
>
> 不许大喊。
>
> 不许打断别人。
>
> 认真听、认真做。
>
> 完成作业，不许埋怨。

  我和鲍勃还在加文小姐的指导下制定了一个奖惩方案——弹珠计分。查理每天有六颗弹珠，它们放在一个咖啡杯里，每颗弹珠代表查理可以看十分钟电视或玩十分钟电子游戏。要是他一天下来都没有犯规，那么到了五点钟，他就可以看一个小时的电视或玩一个小时电子游戏，但每一项"罪行"都会让他少一颗弹珠。

  今天就是典型的一天。四点了，查理已经被罚掉了一半弹珠。一次是因为他抢走了露西手里的音乐播放器，露西想抢回去，被他用播放器打了脑袋。第二次是母亲让他把扔在地上的衣服捡起来，挂到门厅的衣钩上，总共说了三遍。第三次是我正在和门诊部的作业治疗师打电话，他却像机枪发射子弹一样冲着我喊"妈妈、妈妈、妈妈、妈妈、妈妈、妈妈"。其实每一句"妈妈"都该罚一颗弹珠，但他迫不及待地想玩电子游戏，况且我也知道，在做作业之前可绝不能把弹珠罚光。

  我们坐在餐桌前，他面前摆着他的家庭作业，而我面前摆着我的门诊治疗作业，我们两个都宁愿去干点别的。我知道他在祈祷，不想被罚掉剩下的弹珠，我又何尝不是呢？鲍勃在上班，母亲带着莱纳斯去送露西上跳舞课了。电视关着，家里静悄悄的，桌子也收拾干净了。

"好了,查理,咱们开始吧。谁先来呢?"

"你先。"他说。

我打量着摆在面前的托盘。托盘中央竖着贴了一条橙色胶带,上面没有放东西。

"好了,开始吧。"我说。

查理要从五个小柑橘大小的红色橡胶球里挑出几个,扔到托盘左侧,而我的第一个任务是确定一共有几个球。

"好了。"他说。

我先用右手顺着托盘底边向左挪动,直到摸到左下角的直角形状。每当右手越过身体中线,进入未知的左侧国度时,我总会忐忑不安。这让我想起了伯克利拓展活动的一个信任练习。我闭着眼睛站着,要向后倒下去,并且相信同事们会接住我。我看不到也控制不了自己倒下去的姿势和方向,但我又不想因为这个愚蠢的练习把脑袋撞在坚硬的地面上。就在向后倒之前的一瞬间,常识和原始的本能突然警告我说:别这么做。但在内心深处,我还是按下了超控键。当然了,同事们接住了我。右手越过橙色胶带的时候,我再一次产生了这样的感受:本能的恐惧,内心的勇气,还有盲目的信念。

接着,我扫视右手的右侧,这一步自然而轻松,而我看到的是托盘的左侧。

"四个。"我说。

"对!妈妈,干得漂亮!"查理说,"击掌!"

确定小球的数量其实是最简单的一步,并不值得庆祝,但我不想扫他的兴,于是笑着在他手上拍了一下。

"用左手跟我击掌。"查理说。

他喜欢陪我练习。不管怎么样,训练的下一步都需要我找到左手,所以我决定迁就他。我开始寻找左手。我发现左手垂在身体一侧,并努力举了起来,但接着我就说不准左手具体在哪了。查理还在等着,他一直举着手。作为我的目标,可惜他举的是右手,正好在我的左侧,因此要我一直看到他的手就没那么容易了。查理大概是我目前遇到的最严格的作业治疗师了。我毫无信心地挥动手臂,果然没有拍到他的手,而是一掌拍在了他胸口。

"妈妈!"他哈哈大笑。

"对不起,宝贝。"

他像摆弄手办似的按着我的胳膊肘,把我的手臂向上弯曲,又把我的五根手指分开,然后伸手拍了一下,"啪"的一声,又响亮又满足。

"谢了。好了,下一步。"我急着完成作业。

我要用左手拿起一个红球,还要捏一下。刚才被查理拍了一下,左手手掌现在还有点儿麻,这倒是意外的运气,因为这种感觉能帮我继续注意左手,于是我很轻松地就把手伸到了托盘上。我四下摸索,抓住了旁边的红球,然后有气无力地捏了一下。

"好,妈妈!可以放回去了。"

但我偏偏卡在了这一步。我没办法松手,我会带着这个小球上床睡觉,像是根本意识不到多了一个搭便车的乘客。说不定第二天早上醒来时,这个小球依然握在我固执的左手里,除非有人及时发现,好心地帮我把手指掰开。

"我做不到,我松不开手。"

我晃了晃胳膊,想让小球掉下去,可惜我抓得太紧了。我想让手放松,但怎么做都不行。我的大脑总是喜欢抓住,而不是放手。

"查理,你来帮我吧。"

查理从我僵硬的手指里把球抠了出去,扔到托盘上,然后把托盘推到了桌子一边。现在轮到他了。

"我喜欢你的家庭作业,你的作业真简单。"他说。

第 21 章

"对我来说可不简单。"我说。

他把我那枚红色书签放在作业的最左边,方便我看着他做题。我们都开始读题了,但才过了几秒钟,他最突出的表现既不是读题,也不是写字,而是在动来动去。他在椅子上动个不停,一会前后晃动身体,一会跪在椅子上面,一会又放下腿荡来摆去。在我出事之前,每次我开始辅导查理做作业的时候,他已经磨蹭了几个小时,被折磨得没精神了,所以总是无精打采地瘫在那儿,而我现在看到的他,完全是另一副精力充沛、不受管束的样子。

"你快从椅子上掉下去了。坐好了别动。"

"对不起。"

他身体里的永动机安静了一分钟,紧接着,什么东西抽动了一下,所有的齿轮又开始全力运转起来。

"查理,你又乱动了。"

"对不起。"他又说了一遍,然后抬头看着我,用那双漂亮的眼睛问我是不是又要被罚掉一颗弹珠了。

我看得出来,他并不是故意要调皮捣蛋或者跟我作对,我也不会因为他坐不住椅子就惩罚他。但很明显,他过剩的精力在身体里乱窜,让他没办法集中精神做题。

"把椅子挪开怎么样?你站着做作业可以吗?"我问。

他把椅子往后一推,站了起来,我马上注意到了他的变化。他的一只脚在地上打拍子,好像是在按秒表计时,但除此之外,他的身子不再乱动了。他开始回答问题了。

"做完了!"他说着,把铅笔一扔,"现在我能去玩游戏了吗?"

"等一会儿,等一会儿。"我才读到第三题。

"简在第一场比赛中进了两个球,在第二场比赛中进了四个球。请问她总共进了几个球?"

我把他的答案检查了一遍,说:"查理,你前面三道题都答错了。重做一遍。"

他呻吟一声，还跺了跺脚。

他说："看吧，我很笨。"

"你不笨，不许这么说。你觉得妈妈笨吗？"

"不笨。"

"对，我们都不笨，只不过我们的大脑和大部分人都不一样，所以咱们需要弄清楚怎么让大脑工作。但我们并不笨，知道了吗？"

"知道了。"他嘴里这么说，但心里可能并不怎么相信我的话。

"好了。你刚才为什么那么快就做完了？"

"我不知道。"

"你想玩游戏，时间很充裕，不用着急。咱们放慢速度，一起把每道题再看一遍。先看第一题吧。"

我自己也重读了一遍。"比利的左口袋里有两个便士，右口袋里有五个便士，请问比利一共有几个便士？"我扭头看了看查理，本来我以为他也会扭头看我，等着我的下一个指示，结果发现他还在读题，而且他的目光似乎集中在作业四分之三的位置。

"查理，一页纸上的问题太多了，所以你很难集中精神看一道题，是不是？"

"是。"

"那好，我有一个主意。你去把剪刀拿来。"

我拿起他的铅笔，在每道题下面都画了一条横线。他拿着剪刀回来了，这正是我给他的任务，因此这本身就是一个重大的胜利。

"沿着我画的线，把每道题分别剪下来。"

他照做了。

"把题目像扑克牌那样摞起来，然后给我。"

我先把第七题递给了他。他一边用脚打拍子，一边读题。

"是八吗?"他说。

"答对了!"

他满眼放光。我想跟他击掌庆祝,但又怕让他分了心,或者没了动力。我又递给他一道题。他一边读,一边用手指在桌子上点着计算,嘴里还小声地数着。

"是六吗?"

"答对了!"

因为没有其他的句子吸引他的注意力,他一次只看一个问题,不会和其他的信息混淆在一起。我把十张"问题卡"分别递给他,他十道题都做对了。完成作业花了大概十五分钟,创造了朝圣道上的纪录。

"成了,查理,没有卡片了,你全都做完了。"

"我做完了?"

"没错,你干得太棒了。"

他脸上的每一寸肌肤都洋溢着喜悦和骄傲。我突然发现他很像我。

"我能去玩游戏了吗?"

"去吧。知道吗,你做得太棒了,我觉得应该奖给你三颗弹珠。"

"真的吗?"

"没错,你可以玩一个小时。"

"哇!谢谢妈妈!"

他飞快地跑出厨房,接着又飞快地跑了回来。

"妈妈,你可不可以把问题卡和站着做作业的事告诉加文小姐?我想一直这么做作业。"

"当然可以,宝贝。"

"谢谢!"

查理又一次来去匆匆,我听见他"咚咚"地冲向地下室的楼梯,像敲鼓似的。

我低头看着加文小姐那张被剪成一条条的家庭作业,希望她能理解。要是她觉得不妥,我也可以用胶带粘起来。我们的大脑和别人的不一样,所以需要弄清楚怎么让大脑工作。

耳边传来电子游戏熟悉的音乐声,我依稀看见查理露出了少有的心满意足的表情。我坐在餐桌前,静静地等着母亲带着两个孩子回家,也觉得心满意足。我感觉自己是个超级妈妈。

第 22 章

今天是我和鲍勃的结婚纪念日，晚上我们要去双鱼餐厅庆祝，这是我们在威尔蒙特最喜欢的餐厅了。我兴奋极了。那里上菜不会用塑料托盘，菜也不会盛在泡沫塑料盘子里。菜单上没有奶酪通心粉或者鸡块，餐厅里没有孩子哭闹撒娇，也没有家长哄着他们吃奶酪通心粉和鸡块。每张桌子上都放着盐瓶和酒单。我很久没有在一个文明的环境下享受一顿文明的晚餐了。我已经馋涎欲滴了。

鲍勃说："今天晚上所有人都出来了。"我们在主街上一点一点地挪动，想赶快找一个停车位，一看见哪个人像是要离开就贴过去，把后面的司机气得要命。

我们经过了一个空着的残疾人停车位，实在很想停过去，不过我们并没有残疾人停车证，而且我也不想申请。我们把查理的专注达叫维生素，其实也是同样的道理。我不希望车牌、贴纸或者什么证明上印上轮椅小人的图案，因为我不是轮椅小人。鲍勃也支持这个想法，他还为我健康的自我形象鼓掌，但此时此刻，我真希望能停在那个车位。快到餐厅了，鲍勃放慢了速度，接着把车并排停在餐厅门口。

他说："要不你先下车，我再绕几圈看看吧？"

"行啊，我马上跳下车跑过去。"我嘴里说着，但没动弹。

"哦，是啊。"鲍勃这才想起来，我现在没办法跳下车跑去什么地方了,"他们真应该弄一个停车服务。"

我们最后把车停在了四个街区以外的奶酪店门口。四个长长的街区。

"现在几点了?"我问。

"六点四十五分。"

我们预定了七点的位子,这也就是说,我们要在十五分钟里走四个街区。时间有点紧。我低头望着两只脚。我本来想穿高跟鞋的,但鲍勃和母亲都极力反对,最终我只好穿了这双一脚蹬运动鞋。这双鞋配我的裙子显得很滑稽,不过感谢上帝没让我得逞,不然我穿着八厘米高的鞋子是绝不可能走四个街区的。

鲍勃帮我打开车门,解开安全带(要是让我自己解,那我们的座位肯定要被人占了),两只手放在我腋下,抱着我下了车,让我站在人行道上,我的老人拐杖已经立正站好,正等着我。我抓住了拐杖,鲍勃抓住了我的左胳膊。

"准备好了吗,夫人?"他问我。

"走吧。"

我们迈开步子,像一对急着去吃晚餐的海龟。我以前从来不会慢悠悠地走路,不会边走边逛,只会迈开脚步,直奔目标。我这么做也毫不稀奇,我觉得大多数波士顿人都是脚步匆匆,目标明确的模样。我们有事要做,是很重要的事,并且有很多事,所以要赶时间。我们没工夫磨磨蹭蹭,闲聊几句,或者停下来嗅一嗅玫瑰的芬芳。虽然听起来有点自大、无礼甚至浅薄,但情况并不是这样的,我们只是更加实际、更有责任感,想跟上步伐,尽好本分罢了。何况从十一月到次年五月,玫瑰也不开花。现在天寒地冻,我们以最快的速度赶路,想快点走到有暖气的地方。

今天晚上气温降到了零下二十几摄氏度,主街上呼啸而过的寒风简直把魂都冻透了。不幸的是,我的羊毛外套只扣了最上面的两粒扣子，我当时不想费力气扣下面的扣子，于是安慰自己说，我们在外面顶多待一秒。要是我没有单侧忽略，我很乐意一路跑过去，可惜我得了单侧忽略，所以我们只能艰难地跋涉。挪拐杖，迈一步，拖着走，缓口气。

砖砌的人行道高低不平，并且每个交叉路口都是一段下坡再连着一段上坡，比起康复中心画着黄色标线的走廊和家里没铺地毯的客厅，这段路实在太难走了。我每迈一步、每拖一步，都要感谢上帝把拐杖和鲍勃赐给了我。我知道，无论缺了哪一样，我都会摔倒在冰冷坚硬的地面上，不仅丢人现眼，也赶不上晚餐了。

还有一周就是圣诞节了，人行道就像是高速移动的消费者传送带，比平时更甚。迎面而来的消费者和我们擦肩而过，步子快得叫人羡慕，而我们身后却交通拥堵，大家不耐烦地跟在后面，直到对面的路上出现了一点空隙，他们才得以穿梭着超过我们。这些是典型的波士顿人：女人新做了美甲和头发，一只胳膊上挂着精品店的购物袋，另一只挂着花哨而昂贵的手袋；少男少女们三五成群，拿着音乐播放器和手机，吸着摩卡星冰乐。每个人都在痛快地消费。

我时不时地壮着胆子偷看一眼迎面走来的人，发现并没有一个人直接望向我。从我们身边经过的路人，要么都是管状视野，只能看到正前方很狭小的空间，要么就只顾低头望着地面。尴尬而自卑的感觉在我心里不断膨胀，接着又慌张地想藏起来。我应该面对现实了。虽然我额头上没有印着轮椅小人儿的图案，但我就是残疾人。这些人不看我，是因为我的样子太笨拙，让他们不忍直视。我真想跟鲍勃说我想回家了，但一转念，我又提醒自己说，在威尔蒙特市中心，大部分行人（包括我自己）都不会和别人有目光接触，特别是在这么冷的晚上，在这么拥挤的人行道上，每个人都是行色匆匆的。他们并没有针对谁。心里的尴尬和自卑说了一声抱歉，借故离开了，只剩下刺骨的寒意和越来越强烈的饥饿感。现在，餐厅就在一个街区之外诱惑我。

鲍勃帮我脱下外套，扶着我在椅子上稳稳地坐好，然后坐在了我对面。我们两个都呼出一口气，相视而笑，庆幸自己完好无损，终于暖和了起来，并且要大饱口福了。我摘下粉红色的羊毛帽，把它挂在老人拐杖的手柄上，又顺手撸了两下头发，动作就像揉狗狗的肚子。我的头发现在算不上长，不过倒像是故意留成的发型，看不出是因为紧急神经手术剃光了之后又长出来的。在家的时候，我看见镜子里那个酷似安妮·蓝妮克丝[①]的形象，一瞬间，脑海里还是会闪过这样的念头：这人是谁啊？不过怔住和失神的时候越来越少了。就像这一个月来发生在我身上的所有变化一样，我渐渐地习惯了，"正常"有了新的定义。让我高兴的是，现在我不用把头发吹干、拉直、喷摩丝。不需要任何打理，我就能有一个不错的发型。只要洗完头发，用毛巾擦干，像揉狗狗的肚子那样弄两下，就全部搞定了。我后悔没早点剪短发。

周六晚上，双鱼餐厅一如既往地坐满了人，好像完全不受经济衰退的影响。从我所在的位置，我正好能看见一对约会的年轻情侣，一桌身穿正装、正襟危坐的男女，还有几个笑语喧哗的女人围着一张大桌子——是闺蜜聚会。再就是我和鲍勃了。

"结婚纪念日快乐，亲爱的。"鲍勃说着，递给我一个白色的小盒子。

"天啊，亲爱的，我没有给你准备礼物。"

[①] 安妮·蓝妮克丝（Annie Lennox），英国歌手，在二十世纪八十年代风靡一时，梳着"精灵头"发型。

"你回家了,我不需要别的礼物。"

我心里暖暖的。其实我也没给他准备圣诞礼物,不过既然已经送了"回家"这份大礼给他,那我还是马上看礼物吧。打开之前,我先研究了一下这个白色的盒子,我很感激他没有打包装,这要么是出于富有同情心的先见之明,要么是因为来不及了。盒子里是一条纯银手链,手链上还挂着三个小圆片吊坠,上面分别刻着查理、露西和莱纳斯的名字。

"谢谢你,亲爱的。我很喜欢。你帮我戴上吧?"

鲍勃探过身子,隔着我们中间的小桌,抬起了我的左手腕。

"别,我想戴在右手腕上,这让我就能一直看见了。"

"这条手链就是要戴在左手上,吊坠叮叮当当的声音能帮你找到左手。"

"哦。好吧。"

看来这不仅仅是一份贴心的结婚纪念日礼物,一件承载着感情的首饰,也是一项治疗手段。雪茄从来都不只是雪茄。[1]鲍勃帮我扣好手链,露出了微笑。我扭了扭右肩膀,这样就自然而然地带动了左肩膀,果不其然,我听见手腕叮叮当当地响了。我就像是挂着铃铛的羊。

"知道吗,要是你想帮我找到左手,钻石可比银饰更容易引起注意哦。"我不怎么隐晦地暗示他哪些是我喜欢的康复性饰品。

"嗯,不过钻石不会发出动静,而且以后我们还可以在上面加上更多的吊坠。"

我见过有的女人在手腕上挂满了各种形状的、丁零当啷的饰品——心、小狗、马蹄铁、天使、蝴蝶还有代表每个孩子的东西。我没有收藏的爱好,什么瓷娃娃、摇头娃娃、猫王纪念品、硬币、

---

[1] 据称弗洛伊德曾说过"有时,雪茄就只是雪茄"。

邮票，我通通都没有。我看着鲍勃欣喜的神情，知道我要开始收集银手链吊坠了。不知道安妮·蓝妮克丝戴不戴这些。

"谢谢你。"

鲍勃放在桌子的手机一阵嗡嗡响，他拿起来查看。

"工作上的事。"他一边解释一边看短信，脸上的表情表明他担心的程度正不断加深。

"不好，哎，不好。哎，天啊。"他不住地哀叹。

他用手指点着键盘回复，按得过于用力，表情也变得狰狞起来。他不再打字了，这会儿开始点一点、滑两下，八成是在看邮件，看表情他还在想着刚才那条短信里的坏消息。他又开始打字了。

鲍勃平常一直留着平头，由于很久没剪了，现在额头上翘着一绺不服帖的长发，鬓角和后颈的头发也都长得打卷了。他还留起了胡子，我一直不喜欢他留胡子，因为胡子不仅遮住了他英俊的脸庞，在他亲吻孩子们的时候，还会扎到他们柔嫩的皮肤。他看起来很累，虽然我肯定他确实睡得不好，但这不是原因。这种累是因为厌倦。可怜的鲍勃。

我把他的表情仔细研究了一番，见他还没忙完手头的事，于是我决定去观察周围的人。我们旁边的那对年轻情侣正在喝香槟，不知道他们是在庆祝什么。那个年轻女人"咯咯"笑了两声，是那种挑逗的、很有感染力的笑。年轻男人隔着桌子探过身子，吻了吻她，她摸了摸男人的脸，接着又爆发出一阵大笑。

我被这种浪漫的情绪所感染，也禁不住露出了微笑。我转头望着鲍勃，想让他也看看，但发现他正全神贯注，像被催眠了似的，雷打不动。他彻底"消失"了。虽然他就坐在我对面，但这个鲍勃被外星人附体了，是全息影像，是鲍勃的一个虚拟形象。我笑不出来了。我等啊等，工作打扰到生活的情况其实屡见不鲜，但我以前从来不觉得有问题。哎，要是以前在这儿吃饭，我们两个都会低着头入迷地看手机，像两个虚拟人物在吃饭。可我现在没有短信要回，没有邮件要看，也没有电话要打，于是越发觉得孤独、不自在又无聊。旁边那对年轻情侣又爆发出一阵放肆的笑声，我差点大喝一声，让他们别吵。

女侍者过来了，鲍勃一下子回过神来，这才避免了我的失态。女侍者介绍了自己和今天的特色菜，接着问我们要不要点酒。

我说："来一杯红酒。"

鲍勃问："你确定？"

我耸了耸肩膀，笑了一下，不知道他会不会逼我喝姜汁啤酒。我并不是必须滴酒不沾，不过我敢肯定，玛莎是不会同意我喝的。我也知道，吃完晚餐还要走四个街区才能回到车上，拄拐杖不应该喝酒，不过我就喝一杯，没什么大不了的。我想和我丈夫吃一顿正常的晚餐，通常情况下我都会点一杯红酒。其实通常情况下我们会点一整瓶酒，现在我只点了一杯，所以也不算把谨慎和洗澡水一起倒了①——我也忘了是不是这么说的。我想庆祝一下，喝杯酒能让我放松放松。我也该放松一下了。现在我无论做什么都是"往左看、往左扫视、往左去"，而我不过是想用右手拿起一杯美味可口的红酒，和我可爱的丈夫一起为结婚纪念日举杯，虽然他头发胡子都有点长，还有点没礼貌，而我只想享受佳肴美酒，高高兴兴，像旁边那对年轻情侣那样。

鲍勃说："我也来一杯。我们差不多可以点餐了。"

我们已经把菜单熟记于心，这在今天晚上尤其方便，因为这样我就不用吃力地看菜单左面那页和右面那页的左半边，也不用让鲍勃念给我听了。我们点的和以前一样。

---

① 西方俗语，将谨慎抛到九霄云外，把婴儿和洗澡水一起倒了。

"回来了？"我冲着他的手机点了点头。

"嗯，对不起。看来又有一轮裁员了。老天爷，但愿这次能留我一条命。"

"那不是最糟糕的情况吧？"我说，"你能拿一笔离职金，不是吗？"

"不一定。"

"可是他们都拿到了三四个月的薪水啊。"

"是啊，不过资金用得差不多了，说不定已经没了。"

"不过要是你能拿到四个月的薪水，那倒也不赖。"

"也没那么好，赛拉。我为这家公司投入了太多的心血，不想就这么白白浪费。我一定得坚持下去。经济早晚会有起色的，这是必然的。我得坚持下去，熬过这一关。"

看来我祈祷着让鲍勃丢掉工作的时候，他一直在祈祷着能保住工作。我不知道上帝的数学好不好，不过我猜我们的愿望相互抵消了，就好像我把选票投给了民主党，而鲍勃投给了共和党。我理解也欣赏他这种追求成功、永不放弃的劲头，我也是天生的争强好胜，不过我的胜负欲像血压似的时高时低，而鲍勃的胜负欲却深入骨髓。

我不想再讨论鲍勃工作的事，于是转移话题，问："咱们去年的结婚纪念日是怎么庆祝的？"

"不记得了。"他说，"是在这儿吗？"

"我也想不起来了，可能是吧。"

九年前，我们在佛蒙特州科特兰结了婚，当时把日子选在了圣诞节之前的一周，因为那是科特兰一年里最喜庆、最神奇的时候，闪亮的彩灯、点点的篝火、圣诞颂歌还有喜庆的气氛，不仅在迎接即将到来的节日，似乎也在庆祝我们喜结良缘。蜜月是在雪场度过的，整整一周，我们尽情地享受着新落下的白雪和开阔的雪道，因

第 22 章

为其他人要过了圣诞节才带着孩子来滑雪。

不过，选择在这个时节结婚也有坏处。我们总是忙着准备给孩子们过圣诞节，纪念日也就被淡忘了。不仅如此，这段时间我还要做年终评估，忙得不可开交，比往常更甚，也就更没有心思想着庆祝了。总而言之，对我们来说，结婚纪念日一直不是特别重要。

我们不再为坏记性而挣扎，转而说起了孩子们的事。我还说起了门诊治疗的情况，并且小心翼翼地避开了伯克利和母亲的话题。这期间，鲍勃每隔几秒钟就要低头看一眼手机。手机就明晃晃地摆在他面前，静悄悄地求他把自己拿起来。他看起来很痛苦，就像一个戒酒成功的人望着他最爱的马天尼。我正要让他要么看手机，要么就收起来时，菜上来了。

我点的是烤牛柳配辣根土豆泥和烤芦笋，鲍勃要的是楠塔基特岛海湾扇贝配冬南瓜烩饭，每样东西都色香俱全。我饿极了，正准备大快朵颐时却愣住了。我尴尬地发现自己点菜的时候没考虑仔细。

我说："亲爱的，我没办法吃。"

"怎么了，菜有什么问题吗？"

"不是，是我有问题。"

他看了看我，又看了看我面前没动一下的牛柳，琢磨我这句话的意思。他可能用上了处理优先工作项目的分析思维，但还是看不出所以然。接着，他突然明白了。

他说："啊，我知道了。咱们俩先换一下。"

他把我们的盘子调换了一下，我吃了几口他的扇贝和烩饭，等着他帮我切肉。我看着他把一整块牛柳切成均匀的、刚好入口的小块，好像我是个没有自理能力的孩子，感觉自己傻乎乎的。旁边那对年轻情侣又爆发出一阵大笑。因为内心缺乏安全感，我觉得他们一定是在笑我，一个连牛肉都不会切的三十七岁女人，于是忍不住扭头偷瞄了一眼。那个年轻女人还没笑完，她正边笑边伸手擦眼泪，那个年轻男人则咧嘴笑着，举起了香槟。我想不出是什么事这么好笑，不过他们显然不是笑我。他们正沉浸在二人世界里，大概根本没注意到我和鲍勃。我得收敛心神，不能再胡思乱想了。

"好了。"鲍勃说着，把盘子换了回来。

"谢谢。"我还是有点不好意思。

我用叉子叉了一块切好的牛柳，送进嘴里。鲍勃也吃了一块扇贝肉。

"怎么样？"他问我。

"好吃极了。"

我们吃完了晚餐，因为吃得太饱，所以没有要甜点，就直接结了账。选择那杯红酒果然不是好主意，这不是说我喝得晕晕乎乎，虽然我的确有点儿晕晕乎乎，而是因为我现在想去卫生间。我无论如何也坚持不到回家，可我又确实不想用公共洗手间。我试着转移注意力，让自己想点别的事。

我真的很想快点去佛蒙特州。我真的很想回去上班。我真的很想回家，很想去卫生间。

根本没用。我绝对坚持不了走四个街区外加一段车程的时间。要是我刚才觉得一个三十七岁的女人需要丈夫替她切牛肉惹人笑话，那不妨再想想一个三十七岁的女人在餐厅里当众尿裤子的情景吧——旁边那对年轻情侣绝对要笑破肚皮了。

"鲍勃？我想去洗手间。"

"呃，好，我带你去。"

我们绕过那对年轻情侣（我发誓，他们还是没注意到我们），在迷宫般的桌子中穿梭，在一个很狭窄的地方挡住了一个女侍者（对方端着满满一托盘的菜，勉强掩饰着不耐烦的表情），最后慢慢地走到了没人的走廊。挪拐杖，迈一步，拖着走，缓口气。憋住。

我们走到了女士卫生间门口。

鲍勃问:"你可以自己进去吧?"

"你不跟我进来吗?"

"进女士卫生间?我怎么能进去。"

"当然能,没人会在意的。"

"那好,那去男士卫生间吧,也一样。"

"不行。好吧,那要是我需要你帮忙怎么办?"

"那你就叫我。"

"我叫你,你就进去吗?"

"你叫我,我就进去。"

"你就在门口等着?"

"我就在这儿等着。"

"好,那我进去了。"

鲍勃帮我开了门,我小心地走了进去。洗手池在我正前方,并且是在右手边,也就是说隔间在左侧的某个地方。那还用说。往左看,往左扫视,往左去。找到了,一共有三个普通隔间,还有一个残疾人卫生间。残疾人卫生间很宽敞,足够我走进去再转身,我的每一个康复治疗师都会建议我用,不过那儿也是离我最远的,而我真的真的很想上厕所。何况我也不是残疾人。

我走向了第一个隔间,把老人拐杖向前一伸,推开了隔间门,可惜门又晃了回来,撞到了拐杖上。我一点一点地往前挪动,来到了坐便器前,到这儿就再也动不了了。有生以来,我第一次觉得自己要是男人就好了。

我不是男人,所以只能艰难地转身,准备坐下。每到这样的时刻,康复中心的安全扶手还有家里装的浴室扶手总会神奇地出现在恰当的地点,刚好让我死死地抓住。公共卫生间里可没有这种体贴的扶手设施。隔间门上没有把手,只有一个劣质的金属门闩。卷纸盒在左侧的某个地方，也就是说我根本用不上。

经过一番撞来撞去、咕咕哝哝和自言自语，我终于转过身子，又脱掉了内裤和连裤袜。我听见旁边的隔间里传来卷纸转动的声音。好极了，我敢肯定，里面的人绝对想象不到我在干什么。

别理会她。你就快成功了。

我思来想去，觉得要想坐到坐便器上，最好的办法就是抓着老人拐杖，手慢慢地、小心地往下滑，就像消防员顺着滑竿滑下去那样。奇迹发生了，我竟然不偏不斜地坐了上去。

等解决完毕，我又惊恐地发现，自己被困在里面了。刚才坐下的时候，我一定是无意间把拐杖往前推了一下，现在拐杖正斜靠在隔间门上，我根本够不着。没有拐杖，没有扶手，没有训练有素的康复治疗师给予中度上肢接触的帮助，也没有鲍勃，我在脑海里想象着怎么才能靠自己站起来，可最终看到的画面不是我一头撞在金属隔间门上，就是又跌坐在坐便器上。

"鲍勃？"我大声喊。

"呃，不是，我叫宝拉。"旁边隔间里的女人应了一句。

宝拉按了冲水。

"鲍——勃？！"

我听见宝拉那扇隔间门打开了，她朝洗手池走了过去。

"嗨，你好，你的裙子很好看。"鲍勃的声音说。

"呃，我，呃。"宝拉结结巴巴。

"抱歉，今天是我们的结婚纪念日，我们俩一刻也不能分开。"鲍勃说。

我忍不住笑了，我听见宝拉"噔噔噔"地冲出了洗手间。隔间门轻轻地推开了，拐杖被推回我身边，我伸手抓住了。鲍勃站在我面前，正咧着嘴笑。

"你叫我？"

"求你把我弄出去吧。"

"准备好了？"

他把手伸到我腋下，把我提了起来，又把我拖出了隔间。

他说："你是没看见那个女人脸上的表情。"

我们都忍不住哈哈大笑。

我说："她就恨自己跑得不够快。"

我们笑得更厉害了。

卫生间的门开了，进来的是坐在我们旁边的那个年轻女人。她一眼看见鲍勃两只手卡在我腋下，接着她朝我脚下看了一眼，立刻倒吸一口凉气，鞋跟一转，冲了出去。

我和鲍勃也低下头，原来我的内裤和连裤袜都堆在脚踝那儿。我们顿时笑疯了。我靠在鲍勃怀里，肆无忌惮地笑个没完。我已经很久没有和鲍勃一起开怀大笑了。

"好啦，亲爱的，我看今年的结婚纪念日是一辈子也忘不掉了。"鲍勃说。

是啊，一辈子也忘不掉。

第 23 章

"来嘛。"鲍勃说。

他穿着蓝色的北面滑雪服和雪裤,护目镜用一条黑绳拴着挂在脖子上,一副兴高采烈、跃跃欲试的表情。他举着我的新雪板,这副双板线条流畅,闪闪发光,纤尘不染的纯白底色上绘着锈橙色的漩涡图案,是鲍勃送给我的圣诞大礼。板子美极了,要是在平时,我一看到崭新的雪板一定会兴奋不已,想象着滑雪的体验,迫不及待地想一大早就上坡去试一试,可现在的我只觉得有压力。

"我还没准备好。"我说。

今天是圣诞节后的第三天,我们来佛蒙特州滑雪了。莱纳斯睡着了,查理和露西在门厅穿衣服,准备去上滑雪课,而我还穿着睡衣坐在餐桌前,面对着上周日的《纽约时报》。鲍勃过完周末就要回去上班了,孩子们有一周的假期,我和母亲会和他们在这儿住一周。鲍勃不太希望让我一个人在这儿住一周,毕竟这里没有专业的"赛拉防护",不过我跟他说,在佛蒙特州住上一周对我有好处。在佛蒙特州住上一周一向对我有好处。

"是你说要来的。"鲍勃说。

"我可没说过我想滑雪。"

"你要是不想滑雪,那我们干吗要到这儿来?"他问我。

"我喜欢这儿的环境。"

"来嘛，我觉得你怎么也该试一试。"鲍勃说。

"你让我怎么滑啊？我连走路都走不好。"

"说不定滑雪比走路容易呢。"

"怎么可能？"

"不知道，不过要找回左侧的感觉，也许办法不是从托盘上捡小球，而是做你喜欢的事。"

也许吧。也许滑雪能唤醒大脑中那个沉睡的部分，毕竟捡红球好像一点效果也没有。也许我可以踩着新雪板轻松地滑下科特兰山，左右两侧的肢体能自然而然地配合起来，让我安全地滑到山脚。但还有另一个更大的可能：我摔倒了，腿部骨折，膝盖韧带撕裂，或者冲出雪道，撞到了树上。红球疗法可能的确不是康复的灵丹妙药，但至少不会害得我坐轮椅，让我愈发依赖母亲。

"再坏还能坏到哪去？"鲍勃问我。

两条腿骨折，又一次脑损伤，或者一命呜呼。鲍勃比谁都清楚，他不该问出这么一个容易一语成谶的问题。我把头一歪，挑起了眉毛。鲍勃明白自己用错了招数。

"在哪里摔下马背，就得在哪里再跳上去。"他说。

老掉牙的牛仔俗语。我摇摇头，又叹了口气。

"来嘛，就试一次。咱们可以慢慢地滑，就在初级'兔子坡'上，跟孩子们一块儿。我会拉住你，一直陪着你的。"

"鲍勃，她还没准备好去滑雪，她可能会摔到骨折。"母亲发话了。

她站在我身后的厨房里，正在收拾早餐的碗碟。她早上做了酪乳松饼和香肠。母亲为一家人做早餐，这让我觉得怪怪的。她为我说话，支持我的看法，也让我觉得怪怪的。不过我得承认，她做的松饼太好吃了，而且她这句担忧的话也让我有了一个再好不过的借口，我可以穿着睡衣留在家里了。对不起了，我妈不让我去。

"你不会摔成骨折的。我保证，我会一直保护你。"鲍勃说。

"还不是时候，不要给我压力。"我说。

"你需要一点压力。来吧，我觉得这对你有好处。"

滑雪对我有好处。可就算抛开一命呜呼和严重摔伤的可能性，在我的想象中，我只看到两条腿和两只雪板纠缠在一起，看到自己每次丢人地摔倒时雪板飞了出去，看到自己站在滑坡上，右脚往固定器里钻，左脚却根本维持不了平衡。同样，不大灵敏的左脚脚尖伸进左板的固定器时，右脚也根本无法维持平衡。没有一秒会让我觉得有趣，而且那根本也不能叫滑雪。

"我不想去。"

"还记得吗，是你自己说你今年想来滑雪的。"鲍勃提醒我说。

"不是今年，是这个雪季。"我纠正他说，"我是想滑雪，我会去的，但不是今天。"

鲍勃双手叉在腰上望着我，想了一会。

"好吧，不过你总不能永远躲在屋里。"他说着，还意味深长地看了我母亲一眼，"你早晚要回归你从前习惯的生活——工作，还有滑雪。赛拉，这个雪季你一定要上山。"

"好。"我知道他是出于好意，但总觉得这句话给我的威胁多于激励。

鲍勃把我的新雪板斜靠在餐桌旁，估计是要让我能看见，好反思自己错过了什么，以及做这个决定的后果是什么。我吻别了鲍勃和两个孩子，祝他们玩得开心，嘱咐他们注意安全，接着就听见他们穿着尼龙面料的裤子嗖嗖地跑出门，沉沉的靴子踩得砰砰响。

我听见车子开出了车道，叹了口气，准备安安静静地看报纸。我接着之前的地方往下看，刚读了几个字，就忍不住望向那副闪闪发光的新雪板。别看了，今天又不去。我又读了几个字。母亲正"叮叮当当"地洗碗碟。我没办法集中精神，我想喝咖啡。

我给鲍勃的圣诞礼物是一台咖啡机。是优中选优、顶级的可以做卡布奇诺、摩卡拿铁、拿铁玛奇朵的咖啡机。虽然贵得离谱，而且根据我们目前的财务状况来看，买下它并不是明智的选择，可我就是无法抗拒。只要在抛光不锈钢触摸屏上按一个按钮，它就能磨豆、打奶泡、煮咖啡，温度、奶沫量、浓度都可以设置，而且这台咖啡机还能自动清洗，据称是目前噪声最小的咖啡机，放在厨房台面上也赏心悦目。它就像是一个十全十美的孩子——样貌好、有教养还听话，不用叮嘱就乖乖做家务，带给我们的全都是喜悦。

昨天我和鲍勃喝了个痛快，我至少去了十次卫生间，在来科特兰的路上，为了上厕所就停了三次车（鲍勃都想让我穿纸尿裤了）。夜里，在我应该熟睡的时候，我却怎么也睡不着，咖啡因还在血管里流淌，脑子里思绪乱哄哄的，几个小时都停不下来。不过这也值了。

我们都不舍得和这个新宝贝分开，于是在来佛蒙特州的时候也带上了。不幸的是，我们居然忘了带咖啡豆。要想喝上一杯勉强能和这台机器做出的咖啡媲美的咖啡，就要往南面开三十公里左右，跑一趟圣约翰斯伯里。我虽然很想再来一杯完美无缺的拿铁玛奇朵，让屋子里飘满那种让人沉醉的浓香，但要想尽快喝上咖啡（因为咖啡因戒断反应，我现在头疼得厉害，太阳穴突突地跳），最便捷的办法就是去一趟附近的咖啡馆。

"妈？"我向右扭过头，对着身后正在洗碗的母亲说，"你能不能去一趟附近的咖啡馆，帮我买一杯大杯的低脂拿铁？"

她昨天晚上是开着自己那辆大众牌轿车过来的，因为鲍勃下周要回去，我们得有一辆车方便出门。

"是在村子里吗？"

"对。"

不管什么都在村子里。科特兰只有一个红绿灯，几条小路要么通向村子，要么通向雪场，再就是通向高速路。至于村子本身也就是主街的一小段，基本上都是很有年头的夫妻店，卖的不外乎是密绔被、切达奶酪、乳脂软糖还有枫糖。村子里还有一家体育用品商店、一个加油站、一座教堂、一家图书馆、市政厅、几家餐馆、一家画廊，还有咖啡馆。母亲到这儿还不到一天，不过看样子已经熟悉了地形，就算没有鲍勃的导航也不成问题——其实就连五岁的孩子也不成问题。要命，就算是一个三十七岁的单侧忽略患者大概也能顺利地去村子里绕一圈再回来。

母亲问："我不在，你能行吗？"

"我没事，就几分钟而已。"

她不信。

"我看报纸，莱纳斯在睡觉，我没事。"

"那好吧。"她说，"我一会儿就回来。"

我听见她关门的声音，接着听见车子驶出了车道。想到再过几分钟就能喝到一杯热气缭绕的咖啡，我不由得露出了微笑。在这几分钟里，查理和露西应该开始上课了，鲍勃则正坐着吊椅缆车上山。我惊讶地发觉自己心里没有一丝孤单或是嫉妒之感。从科特兰山顶眺望，积雪的树冠、壮阔的山脉、冰川湖、起伏的山谷，景色美不胜收。山顶的一切都沐浴在柔和的晨光中，感觉是那么宁静、祥和，让人神往。我一定会上去的，一定。

此时此刻，莱纳斯睡着了，他们都走了，这里也是一片宁静祥和。我透过后院的玻璃拉门向远处张望——辽阔的草地一直延伸到林木葱郁的保护地。大地盖上了一条光洁如新的雪被，唯一的足迹就是几道弯弯曲曲的蹄印。应该是鹿吧。这里没有栅栏阻止野生动物走近或者把孩子们围在里面，只有连绵不断的风景。要想看到最近的人家，只能到前门去，并且要等枫树全都掉光了叶子。这里的生活不受打扰，静谧而祥和，让人神往。

第23章

眼前的报纸我已经看了六天了，现在终于看到了财经部分，也就是最后一部分。实话实说吧，我并没有从头到尾把每一个字都读完，头版的文章我基本看了，为此我耗费了上周日一整天和周一的大半天。这些专栏文章内容艰深，很费脑筋，报道的一般都是国内外的痛苦、腐败、灾难和政治倾轧。读完那几页报纸，我感觉获得了很多信息，但未必会为之满足。

我把体育新闻全都跳过了，因为对NFL、NHL、NBA[①]——不管是N开头的什么新闻，我都统统不感兴趣。我以前就不感兴趣，也从来不看体育新闻，现在也不会因为A型人格作祟，非要证明自己能读完一整份报纸而看这些。我同样跳过了书评（光是新闻就够难对付的了）和时尚新闻（毕竟我现在只能穿松紧腰裤子和运动鞋了）。出事前的我会不以为然地摇着脑袋晃着食指训斥自己偷懒，出事后的我则语气坚定、不容置疑地告诉自己，放轻松，别说话。虽然生命不至于短暂到来不及读完周日的《纽约时报》，但一周的时间就是读不完，反正我是这样。跳过，跳过，跳过！

读到现在，财经版是我最喜欢的，不仅仅因为这是最后一部分。伯克利的咨询顾问几乎涉足每个发达国家的每个行业，所以财经专栏的大部分内容多少都和伯克利的项目有关系，不是过去、现在，还是未来。差不多每篇文章都散发着工作世界的气息，鲜美多汁、有苦有甜，那是我从前习惯并且热爱的世界。华尔街、对外贸易、汽车工业、大药厂、燃料电池技术、市场份额、兼并和收购、利润、损失、首次公开募股。财经版让我有种回家的感觉。

大概是因为我喜欢这些内容吧，所以我才觉得这部分读起来最轻松。啊！我又看了看那副闪闪发光的新雪板，也许鲍勃的"滑雪疗法"理论有几分道理——比起为了完成任务而忍受那些毫无意

[①] 分别指美国职业橄榄球大联盟、国家冰球联盟和职业篮球联赛。

义、毫无感情的练习，也许我应该全身心地投入自己喜欢的事情里，这样更有助于身体的康复和正常运作。

我对我的雪板说："我知道你们巴不得出去，可我还需要一点时间。"我发誓，雪板看上去失望极了。

我发现自己现在已经能完整地读到报纸上的每一个字了，而且这个叫人兴奋的进步不是仅限于财经版。我从康复中心带回来的那个红色书签是竖着放在书页左侧的，除此之外，我又在威尔蒙特书店找了一张普通的白卡当书签，我每次读到哪一行，就把这个书签横着放在下面，等读到一行末尾的时候，我先往左扫视，找左侧的红色书签，接着再把白色书签往下挪一行，然后开始读下一行。这总让我觉得自己像是老式打字机的回车滑架，每次返回左侧换行的时候，我甚至会在脑海里幻想着发出"叮"的一声。

要是没有这枚横放的书签，每次重新寻找左侧页边的时候，我就很难再找到刚才的位置了。我能找到红色的书签，但就好比一个筋疲力尽的人努力想在强劲的水流中游出一条直线，我的注意力总会上下漂浮，有时候甚至漏掉好几段。我知道自己错过了目标，因为我会发现一句话突然变得莫名其妙，像是疯狂填词游戏[①]。有了第二个书签，我就不用担心读错行了。说来很有意思，这个想法不是来自玛莎、海蒂、鲍勃，也不是来自门诊部的康复治疗师，而是查理，他就是这么阅读的。而现在，我们两个都这么阅读。

有了这个办法，我自认阅读的准确性以及理解力都恢复了正常。这可是天大的好消息，这么大的好消息，我真应该为之雀跃（当然了，这只是比喻的说法），并且打电话给理查德，告诉他我

[①] 疯狂填词游戏（Mad Lib），在一篇短文中留出一些空格，先不阅读文章，直接根据简单的提示（名词、动词、形容词等）将句子补充完整，最终呈现搭配混乱的效果。

已经康复了,也准备好回去上班了。但是,我还没有把这个天大的好消息告诉给任何人,连对鲍勃也没说。

我也不明白自己为什么一反常态,一直要把这件事当成秘密。也许是因为我知道自己还没有准备好吧。和之前相比,现在的阅读速度还是慢得太多了,而且我以前习惯略读,现在可不敢了。我必须逐字逐句地通读,虽然准确度很高,可效率就要大打折扣了。读一行,往左扫视,"叮",换行,再读一行。这个办法虽然管用,但也乏味得要命,而且按这个速度,我绝对跟不上伯克利每天的邮件和文件量。我每周的工时是七八十个小时,这已经是极限了,我没有放慢速度的余地。因此,现在宣布恢复正常还为时过早,一语不发才是明智的选择。

然而,要说我不愿意把情况公之于众的真正原因,总感觉并不是出于尽职尽责的谨慎态度,也不是因为怕自己跟不上进度。无论如何,这绝对不是因为谦虚,也不是因为想保护隐私。相反,对于自己的成功,我通常都会大言不惭地吹嘘一番,简直到了令人发指的地步,我尤其喜欢对鲍勃炫耀,因为他总是会引以为傲。总之,我不想告诉任何人,而在我准备好之前,我决定遵从直觉,把这个天大的好消息当成一个秘密。

我读完了财经版,接着合上了报纸。完成任务!好吧,不算体育、时尚和书评。嘘——这也没什么好庆祝的。嘘——你花了七天时间!明明一上午就能读完的。嘘,嘘!我把出事前的自己从脑海中赶了出去,一心一意地享受着这了不起的时刻。我身在佛蒙特州,屋外阳光明媚,屋里静悄悄的,我读完了周日的《纽约时报》。我冲着那副雪板露出了微笑,因为我想把这份成就和别人一起分享。我发誓,雪板也对我露出了微笑。此时此刻,只差一杯热乎乎的咖啡,就十全十美了。母亲到哪了?她应该回来了呀。

我感觉一分钟都不能多等了,必须来点咖啡因,加上阅读能力给我带来了信心,我决定去冰箱拿一罐健怡可乐。既然鲍勃认为我可以滑完六百多米高的雪道,那我走完几米的平地也不成问题,对吧?我抓起老人拐杖,蹒跚着从餐桌挪到了冰箱前面。冰箱门把手在左边,也没有贴着颜色鲜艳的胶带,但我还是找到了。到目前为止,一切顺利。我松开老人拐杖,伸手去拉门把手。抓住了。我拉开冰箱门,可惜我站到了冰箱正前面,所以开门的结果就是把自己撞了一下。我只好又关上门,把开门的空间先让出来。往左走,我把冰箱门把手当作安全扶手,往左边挪了几步,腾出了开门的地方,然后又一次拉开了冰箱门。

然而,医院的安全扶手和冰箱的门把手有一个重要的差别:安全扶手不会动而门把手会动。无论是我斜着身子左右摇晃,还是用尽全身的力量去推去拉,扶手都纹丝不动(很像鲍勃跟我理论的时候)。可是,冰箱门打开了之后,门把手可就不一样了。我意识到这是个显而易见的事实,只不过我以前从来没有身体力行地实践过,所以在拉开冰箱门之前,我对其中的深意并不了然。

冰箱门朝外打开了,我的胳膊和身体也跟着被甩了出去,上半身不由自主地向前扑去,可两只脚还杵在原地。我摆出了这么一个尴尬的姿势,胳膊还一直抻着,上面的每一块肌肉都在哆嗦。我望着地板,死死地抓着门把手,一边手上使劲,一边绞尽脑汁,想让自己重新站直身子。可这一次我又用力过猛,结果身子往后仰得太厉害,"砰"的一下又把门给关上了。我又试了一次,结果还是一样。我就这样试了一遍又一遍,总是歪歪斜斜地打开门,又摇摇晃晃地关上门,而每次歪歪斜斜地打开门,我都能看见顶层那几罐银色的健怡可乐在眼前挑逗般地一晃而过。接着,门又被我摇摇晃晃地关上了,可乐也无影无踪了。

我累得出了一身汗,气喘吁吁,于是决定歇一会,缓口气再说。虽然我对这个任务无比严肃,可还是忍不住扑哧一声,笑了出来。天啊,我怎么跟拉文·德法西奥①一样滑稽。行了,赛拉,加油,一定有办法的。

这一次,我在拉开冰箱门的同时,还迅速地往前迈了一步,并把左脚也拖了过去。我总算站稳了身子,不过结果就是我被夹在了冰箱门和架子之间。虽然不算理想,不过有进步。现在,五罐健怡可乐就摆在我面前。

我现在这么站着,要是松开握着门把手的右手,会不会摔倒在地板上?我说不准,现在家里没人,我也不想冒这个险。这样一来,我就只能用左手去拿,否则任务就失败了。冰冷的架子边缘硌着我的左肩膀、左胳膊肘和左手腕,感觉很难受,不过也幸好如此,因为感官刺激能帮我注意到左胳膊和左手。我向冰凉的左手发送信息:

亲爱的左手啊,拜托你抬起来,拿一罐健怡可乐。

可左手一动不动,就一直贴在架子上。我想让左手动一动,于是稍微松了松右手的力气,结果身子又开始歪歪斜斜,我顿时紧张起来,急忙又死死地抓住门把手。我左思右想,却什么办法也没有。我被夹在冰箱门里,动不了了。

干得漂亮,拉文。这回看你怎么脱身。

我瞪着可乐罐子,它们离我的鼻子只有几厘米。近在眼前,又远在天边。要么拿到可乐,要么离开冰箱(其实最好是能两全其美),我正冥思苦想,突然看到可乐后面有一个纸袋子。是那袋咖啡豆!原来我们的确带了咖啡豆!可是鲍勃怎么就没看到呢?

我快要气疯了。鲍勃每次要从冰箱里找东西都找不到。举个典型的例子吧(通常我都是在另一个房间里):

---

① 拉文·德法西奥(Laverne De Fazio),美国情景喜剧《拉文和雪莉》(*Laverne & Shirley*)中的主角。

"赛拉，家里还有番茄酱吗？"

"在最上面那层！"

"我没看见啊！"

"就在蛋黄酱旁边！"

"我没看见蛋黄酱啊！"

"在冰箱门那儿！"

"门这儿没有啊！"

"你挨个摸一遍！"

最后，冰箱门开得太久，报警器响了，我只好过去救他。我走到冰箱前面，此时他还在找来找去，而我只往顶层的架子看了一眼，伸出手，取出番茄酱（就在蛋黄酱旁边），交到他手上。我觉得他有"冰箱忽略"。今天早上他这么折腾我，我看他也应该去参加康复治疗。

等鲍勃回来，我一定要把他好好地教训一顿，嘲讽一番，我打好了腹稿，咧嘴笑了。我为自己感到兴奋和自豪。我找到咖啡豆了！我们可以用咖啡机了！

是，不过你还是一个被夹在冰箱门里的三十七岁的女人。

嘘！

我又一次被激起了斗志，现在的任务不是拿一罐破烂冰可乐，而是拿到咖啡界的圣杯——一杯热腾腾的现磨拿铁。赛拉，是时候加把劲了。加油，你可是哈佛商学院毕业的。想办法解决问题。

我把脑袋向前一伸，打算把那几罐无关紧要的可乐撞倒，就好像脑袋是保龄球，可乐罐子是球瓶。我只试了两次就击中了全部目标，这把二击全倒真叫人肃然起敬。接着，我竭力伸长了脖子，用牙咬住了那袋咖啡豆的袋口。抓到你了吧！

现在要想办法退出来，我决定倒着走。听起来很简单，可我其实没什么把握。发生事故之后，我还从来没有倒着走过，大概康复中心的作业治疗师和物理治疗师从来没想过这会是一项必备技能吧。显然他们从来没想过哪个病人会夹在冰箱门里，嘴里还叼着一袋咖啡豆。我得跟海蒂说一声，让他们在疗程中再加一项。

这就开始了。我右脚先往后迈了一步，可还没等我考虑接下来该怎么做，后退的动作就弄得我身子往后一仰，冰箱门猛地敞开了，握着门把手的右手一下子松脱了，我顿时向后一仰，后脑勺磕在了瓷砖地上，我大哭起来。

我已经摔过不知多少次了，现在摔倒对我来说根本不值一提，面对疼痛、磕碰、瘀伤、羞辱，我学会了抬起下巴，忍气吞声（这是事实，也是比喻）。这些都是得了单侧忽略的日常乐趣。总之，我哭，并不是因为自己摔倒了。

我哭，是因为摔倒的时候我把嘴张开了，结果那袋咖啡豆掉在地上，卷起来的袋口松了，那些宝贝咖啡豆洒得满地都是；我哭，是因为我连去冰箱拿健怡可乐都做不到；我哭，是因为我不能自己开车去咖啡店；我哭，是因为我后悔自己没跟鲍勃去滑雪；我哭，是因为我现在摔倒在地板上，只能等着有人来救我了。

我光顾着躺在地板上自怨自艾，竟忘了莱纳斯在睡觉。他被我悲惨的号哭吵醒了，开始跟着我一起号啕大哭。

"对不起，宝贝！"我冲着二楼大喊，"别哭了！什么事都没有！外婆马上就回来了！"

然而，莱纳斯想要的并不是妈妈在楼下假惺惺地安慰他。他想要妈妈，他想要妈妈走到楼上，把他抱在怀里。可我做不到，我又哭了起来。

"上帝啊，这是怎么回事？"是母亲的声音。

"我没事。"我抽泣着回答。

"你受伤了吗？"

母亲走到了我身边，她手里拿着一个泡沫塑料杯。

"没有，你去哄莱纳斯吧，我没事。"

"他可以稍等一会儿，你怎么回事？"

"我想喝咖啡。"

"我替你买到了。你怎么不等我？"

"你出去太久了。"

"哎，赛拉，你总是这么没耐心。"她说，"我先扶你起来吧。"

她拉住我的两只胳膊，先让我坐了起来，接着她伸手把旁边洒落的咖啡豆扫到一边，也坐了下来，然后把咖啡递给了我。

"这不是那家咖啡馆的咖啡。"我发现杯子上没有标签。

"那家关门了。"

"他们周六关门？"

"是撤店了。里面已经空了，窗户上还挂着'出租'的牌子。"

"那你是在哪儿买的？"我问。

"在加油站。"

我抿了一口咖啡。咖啡难喝死了。我又哭了起来。

"我想自己买咖啡。"我呜咽着说。

"我知道，我知道。"

"我不想自己这么无助。"我听到自己嘴里说出了"无助"这个词，忍不住哭得更厉害了。

"你不是无助，你只是需要有人帮帮你，这是不一样的。让我来帮你吧。"

"为什么？你为什么要帮我？"

"因为你需要啊。"

"可为什么是你？为什么现在来帮我？你为什么现在要来帮我？"

她拿过我手中的咖啡，握住了我的手，用力捏了一下，又注视着我的眼睛。她目光中露出的坚毅，是我从来没见过的。

"因为我想再次走进你的生活，我想做你的母亲。对不起，在你长大成人的时候，我没有陪伴在你身边，我知道，那时候我没有尽到做母亲的责任。我希望你能原谅我，让我现在留下来帮你。"

休想！她明明有过机会的，可她却选择抛下你不管。想想那些年你需要她的时候吧，她在哪儿？她那么自私，只想着自己。太迟了！别信她，她明明有过机会的。

嘘。

第 24 章

"来嘛,"我含着一嘴的牙膏说,"留下来。"

我和鲍勃在主卧浴室里,我倚着洗手台洗漱,准备睡觉。鲍勃站在我身后,准备开车回威尔蒙特。他也在监督我刷牙,就在几分钟之前,他刚看着查理和露西刷了牙。

可不能期盼着孩子们在没人看着的情况下会乖乖刷牙。查理进了浴室就忘了自己要干什么,他会拿起浴室蜡笔在墙上画画,会把整整一卷卫生纸扯成乱七八糟的一堆废纸,会对妹妹发动"第三次世界大战"。露西倒是不会忘了刷牙,不过她这个小鬼狡猾得很,会把牙刷用水蘸湿了再放回牙刷架上,而在接下来的二十分钟里,她就对着镜子摆各种各样的表情,还咕咕哝哝地自言自语。总之,要是由着他们自己进浴室去刷牙,就不能指望他们保持良好的口腔卫生。

我们会不断地进行口头提醒。"上面也要刷……要刷一圈……太快了,没刷好……"有时候我们还会在旁边唱"一闪一闪亮晶晶",让他们刷上一首歌的时间。刷完牙,鲍勃会帮他们用牙线再做一次清理。

现在轮到我了,因为也不能期盼着我在没人看着的情况下好好刷牙。时间还早,我其实并不准备睡觉,不过鲍勃想在离开之前帮我收拾好。

"我没办法留下来。"他说,"你没刷到左边。"

我注视着镜子中的自己,用牙刷在嘴巴里乱戳,希望这样能碰巧刷到左边。天知道,我绝不是故意不刷左侧牙齿的。除非我拼命地集中注意力,否则我根本意识不到自己还有左脸,而到了晚上,我已经很难再集中注意力做什么事了。

不论是早是晚,左脸不存在的结果都不甚理想。有时候我左侧的嘴角会流口水,而我毫无察觉,直到有人(也就是母亲)用餐巾纸或者莱纳斯的围嘴帮我擦掉。口水挂在下巴上,这样的画面放在莱纳斯身上固然有点可爱,但放在我身上可绝对没有半点好处。

我现在还有另一个远近闻名的癖好,那就是不知不觉地把嚼了一半的东西囤在左侧的牙齿和牙床之间,就好像自己是收集坚果准备过冬的花鼠。这种情况不光是恶心,还有噎着的危险,所以母亲每天都要做几次"花鼠检查",每次发现我又偷偷地囤了吃的,她要么用手指抠掉,要么让我喝口水漱出来,而这两种办法也都和问题本身一样恶心。

我现在手里还剩下一套昂贵的化妆品,它再也没有用武之地了。一只眼睛涂了睫毛膏、画了眼线和眼影,一侧脸颊打了腮红,右唇涂成了烈焰红唇,这副鬼样子不论是谁见了都会害怕。有一次我让鲍勃帮我化妆——化出来的样子更适合红灯区。摆在面前的只有成为精神病患者和失足女这两个选择,所以我觉得,还是把化妆品都收在抽屉里为妙。

总之,不用说,刷牙不是我的拿手项目。鲍勃每次都先让我试一下,然后才动手帮我。我胡乱捅了一下,结果不小心戳到了嗓子眼,一阵干呕。我对着洗手盆呕了两下,吐了一口,然后把牙刷递给了鲍勃。

我问他:"还有别人去吗?"

"不一定,史蒂夫和巴里可能会去吧。"

鲍勃他们公司的高管在平安夜那天通知从圣诞到元旦那一周不办公,也就是说所有员工被迫无薪休假,因为公司想趁淡季节省成本。即便不是经济不景气,每年这个时候,许多企业也都没什么业务。听鲍勃的意思,史蒂夫和巴里都是工作狂,史蒂夫跟他妻子关系很差,也没有孩子,巴里则离了婚。他们当然会去了,反正也没有更好的消遣。

"真是疯了。留下来嘛,休一周假。陪着孩子们去滑雪,和我一起守着壁炉看电影,睡觉,放松。"

"不行,我有一堆事要处理,正好趁这段时间赶赶工。好了,别说话了,我得帮你刷牙。"

因为裁员,鲍勃的公司人手不足,他除了完成自己的工作,还得多做三个人的事。我对他的能力感到诧异,同时也很担心他会吃不消。他每天都要抽空照顾我,照顾孩子们早上上学和晚上睡觉,晚上只睡几个小时,此外的时间就都用在工作上,一天至少十八个小时。他现在一根蜡烛两头烧,我很担心他哪天烧尽了,只剩下一摊蜡油。

我举起右手,示意自己要吐牙膏沫。

吐完沫子,我说:"你宁愿去无偿加班,也不想留下来跟我们放一周假。"

"我很想留下来,赛拉,可是我必须竭尽所能保住公司,保住这份工作。你知道我是不得已。"

每次母亲取了邮件回来,我都会望着厨房台面上那一摞白信封,感觉心里那个黑洞越来越深,也越发地幽暗骇人。就算鲍勃能保住工作和薪水,要是我不回去上班,我们就要入不敷出了。账单不断地涌来,像无情的暴风雪,我们就要大雪封门了。要是鲍勃在找到新工作之前被裁员,而我又不能回伯克利上班,那我们就不得不做出一些艰难而可怕的选择。我怕得不敢去想,但心脏已经吓得狂跳不止了。

"我知道，我明白。可我就是希望你能留下来。上一次咱们俩一起休一周假是什么时候了？"我问。

"不记得了。"

自从露西出生以来，我们一家人就没有享受过一周的假期，我们俩也没有享受过二人假期。每次我或者鲍勃有空的时候，另一个人就走不开，时间总是赶不到一起。我们的假期通常都是零零碎碎的，而且休假的原因也算不上是度假，一般都是因为艾比不在或者我们病了。我只有今年用光了一年的假期——在可爱的康复中心"度假酒店"的病床上，之前每年的假都休不完。鲍勃也一样。这些假留不到次年，当年不休就作废了。

我第一次觉得有假不休是不可理喻的犯罪。老板愿意出钱让我们每年有五周的家庭时间，不用理会办公桌、会议和截止日期，可我们每年都说："谢谢，不过我们宁愿上班。"我们有什么毛病吧？

"你确定要去？公司是死是活不差这一周，不然他们也不会暂停营业了。你累坏了。留下来吧，滑雪、休息，放一周假对你有好处的。"

"张嘴。"他手指上缠好了牙线，样子看起来有点得意，因为他这个法子能让我乖乖闭嘴。

我配合地张开嘴，让他给我用牙线。我自己是无论如何也做不到的，与其让我用左手拉着牙线，右手清洁牙齿，还不如训练我用右脚脚趾拉牙线，估计那还要可靠一些。不过我可不愿意为了口腔卫生把自己弄成黑猩猩的样子。总之，感谢上帝，鲍勃可以帮我用牙线，不然估计等我四十岁的时候就掉得一颗牙都不剩了。

我望着他全神贯注地看着我嘴里面。住在康复中心的时候，我每次想到鲍勃要这样照顾我，都忍不住哭上一场。想到我们的关系不再平等，可怜的鲍勃不得不担负起照顾我的责任，我就悲从中来，为我们的不幸感到难堪。现在呢，我望着他照顾我，完全没有想象中那种难过的心情。我看着他平静、温柔、全神贯注地照顾我，心中涌起了一阵暖流，这是感激的爱意。

"我不能留下来，亲爱的。对不起。不过我周末就回来。"

出车祸前的那个我点了点头，完全明白这是生死攸关的大事。换作是我，我也会这么做。但现在的我更多的是担心他，而不是他的工作。出事前的我曾经意识不到，但我现在明白了：他和他的工作其实是两回事。鲍勃帮我清洁完牙齿，我们一起走到床边，他从梳妆台上帮我拿了睡衣。

他说："举起手来。"平常帮孩子们换衣服的时候，我们都会用这种逗着玩的口吻。

"我举了吗？"我不知道左胳膊有没有服从命令。

"你自己看吧。"

他碰了碰我的手链，我听见叮叮当当的声音是从大腿附近传来的，而不是头顶上，我一点也不惊讶。每次需要我同时使用两条胳膊、两只手或者两只脚的时候，就好像两边的肢体是在争夺冠军，而最后赢的总是右边的。每次大脑听见"举起来"的命令，就好像发令枪响了，右胳膊奋力一跃，冲向终点，而左胳膊知道自己望尘莫及，干脆连指甲都懒得动一动，直接瘫在起跑线，惊叹着右胳膊的非凡本领。

加油，左胳膊，快抬啊！

我想象着左胳膊用屹耳[①]那样的语气回答说："何苦呢？反正右胳膊都赢了。"我真希望左侧身体能明白，这不是什么比赛。

鲍勃帮我脱掉套头羊毛衫，先把领口拉到头上，然后顺着左胳膊脱下来。接着，他把手伸到我背后，帮我解开文胸。约会那会

[①] 屹耳（Eeyore），动画《小熊维尼》中的驴子，性格悲观。

儿，他帮我脱文胸的时候从来没有一秒钟的犹豫，但现在他却被钩圈和钩扣弄糊涂了。可能跟动机有关吧。他捏着钩扣，一侧的脸贴着我的脸，我忍不住吻了吻他的面颊。他停下了手里的动作，直视着我。我吻了吻他的嘴唇。这不是甜蜜的动情之吻，不是"谢谢你帮我刷牙和用牙线"的感激之吻，也不是匆忙而客气的告别之吻。我所有的愿望，包括恢复健康、回去工作、滑雪、让鲍勃留下、让他知道我多么爱他都包含在这个吻里。他明白了我的心思，我发誓，我的左脚趾都能感觉到他想吻我。

"你不是想勾引我，让我留下来吧。"他说。

"你不会留下来的。"我说着，又吻了吻他。

他毫不费力地帮我脱掉了文胸，接着扶着我躺在床上，伏在我身上。

"我们好久没有这么做了。"他说。

"我知道。"

"我怕会弄疼你。"他说着，伸手抚摸着我的头发。

"只要别让我的脑袋撞上床头板，我就不会有事的。"我说完忍不住笑了。

他也笑了，看得出来，他紧张极了。我伸手搂着他的脖子，拉着他贴近我，又一次吻了吻他。他赤裸的胸膛宽阔、结实、光滑，贴着我的皮肤，这种感觉真好。还有他压在我身上的重量，我已经忘了自己是多么喜欢这样的感觉。

吻他之前，我并没有仔细考虑过，即使是这种完全被动的姿势，我也需要主动地调动左侧身体。我的右腿缠在他身上，左腿却一动不动地摆在床上，毫无生气，没有一丝欲望，这种左右不均的情况让鲍勃很难进入状态。虽然我愿意尝试各种奇奇怪怪的康复工具和技术，练习阅读、走路和吃饭，但在卧室里，我拒绝使用任何红色书签、橙色胶带、老人拐杖之类的治疗性成人用品。我只想和我的丈夫有一次正常的夫妻生活，拜托了。

"对不起，我找不到左腿了。"我说着，突然间很希望左腿是假肢，我可以把这个没用的东西拆下来，随手往地上一扔。

"没关系。"他说。

我们渐渐地进入正轨，我发现鲍勃抓着我的左腿，手放在膝盖下面往前支着，好让我能保持平衡。我一下子想起了生孩子的画面，腹肌开始用力的时候，他也是这样抱着我的腿。我的思绪不由得飘回到分娩的场景——宫缩、硬膜外麻醉、侧切。我猛地回过神来，我知道，此时此刻回想这样的画面，不仅非常不妥，而且适得其反。

"对不起，我没刮腿毛。"我说。

"嘘——"

"对不起。"

他吻住了我，大概是为了让我别说话，反正奏效了。我脑海里所有不适宜、不自在的想法都化为乌有，我融化在他的亲吻里，感受着他身体的重量，享受着和他的肌肤之亲。这样的夫妻生活也许不是完全正常的，不过也足够正常了。实际上，我觉得这样很完美。

之后，鲍勃穿上衣服，又帮我穿上了睡衣，我们肩并肩躺在一起。

"我很怀念这样和你一起。"他说。

"我也是。"

"等我回来之后，我们在熊熊的炉火前约会吧？"

我笑着点了点头。

他看了看手表，说："我得走了。祝你这周过得愉快，周六再见。"他说完，吻了吻我。

"周五就过来吧。"

"我周六一大早就过来。"

"周五休一天,周五早上过来吧。"

"不行,我真的要工作。"

他开口之前略微顿了一顿,我知道,他的心思已经开始松动了。

"石头剪子布决定吧。"我说。

我们默默地对视了一秒钟,因为我们都想起了上次石头剪子布游戏之后发生的事。

"好。"他说着,拉着我坐了起来,和他面对面。

我们各自把手藏在背后,握成了拳头。

"石头剪子布!"我喊。

鲍勃的布包住了我的石头。我输了,不过鲍勃并没有庆祝自己获胜。

"我周五休半天,晚上早点过来。"他说。

我拉住他的手,把他拉到怀里,用一只胳膊给了他一个大大的拥抱。

"谢谢。"

他帮我盖好厚羊毛毯和羽绒被。

"你能睡着吧?"他问。

现在还不到睡觉的时间,不过我不介意早点睡。从康复中心回来之后,我每天都睡得很足,每天晚上至少能睡九个小时,下午也要睡一两个钟头。我很喜欢这样的日子,因为我早上醒来之后终于不会觉得疲倦了。在我的记忆中,这还是第一次。

"能。开车注意安全。"

"我会的。"

"我爱你。"

"我也爱你。做个好梦。"

我听着他出门的声音,又看着床头灯的光线划过卧室的墙壁,知道他的车开走了。已经八点多了,但窗外枫树和松树的枝干还都清晰可见。一个个漆黑的轮廓映衬着乳蓝色的天空,今天晚上一定是皓月当空。我记得科特兰一盏路灯也没有。

鲍勃给卧室门留了一条缝,大概是觉得我可能需要帮忙,这样母亲能够听见我喊她。客厅的炉火还烧着,跳跃的火光从门缝照了进来。听着柴火燃烧的声音,在火光和夜色的灰影里,我渐渐地沉入了梦乡。

第 25 章

周一早上,母亲正在收拾碗碟。我早餐吃了燕麦片加枫糖和草莓,还喝了拿铁,孩子们和母亲吃的是炒鸡蛋、培根、英式松饼,喝的是橙汁。母亲坚持早饭必须热气腾腾、营养丰盛,这我倒是第一次听说。我从小可是吃可可脆米片和果酱夹心吐司饼干,喝夏威夷水果果汁长大的。

从康复中心回来之后,我渐渐知道了母亲的很多观点。母亲坚持的还有餐前祷告;在家里要穿拖鞋或者袜子,绝不能穿鞋或者光脚;所有的衣物(包括毛巾和内衣)都要熨烫;每个人每天至少要呼吸十五分钟新鲜空气,不管刮风下雨;孩子们的"东西"太多了,电视也看得太多了;鲍勃是个"好人",不过他"这么上班会减寿的"。除了执着地熨衣物那一件事之外,我都完全认同她的看法和生活方式,即使我并没有遵循这些生活方式。我诧异地发现,我跟她竟然有这么多相似之处。

虽然我发现了这么多关于她的事,但我唯独不知道她是怎么看我的。我只知道她觉得我需要她帮忙,除此之外就一无所知了。我发现自己很想知道答案,但因为问不出口,就只能从她身上寻找蛛丝马迹,就好像上初中的时候,我只能盯着韦同学的后脑勺,在尴尬得要命的沉默中琢磨他到底喜不喜欢我。母亲觉得我是个好女人吗?是个好母亲吗?她以我为荣吗?她觉得我会完全康复吗?我不知道。

我对她的了解越多,问题也就越多,特别是关于过去的事。在我的童年里,这个女人在哪儿?那些观点、热气腾腾的早饭和熨烫服帖的衣物又在哪儿?我看了多少个小时的《脱线家族》[1],她知道吗?父亲在消防站值夜班,她把自己关在卧室里,我一个人守着电视机,吃了多少顿香肠和蛋黄酱三明治,还从来不做餐前祷告,她又知道吗?为什么她觉得有我一个还不够?我想不明白。

天气预报说今天科特兰山有大风,山顶的缆车都停运了,虽然这不影响查理和露西在初级坡上练习,但我们都决定安全起见,今天就不出门了。我以为他们会急着看电影或者打游戏,因为自从周五过来以后就一直没时间这样做,没想到他们两个都说想去院子里玩雪。

他们争先恐后地奔向门厅,我在后面叮嘱说:"防雪服、帽子、手套、靴子,都穿戴好。"

"那套沙滩玩具呢?"查理大喊。他说的是那箱铲子、小桶和城堡模具,它们既能用来玩沙子,也可以拿来玩雪。

"已经放在外面了。"母亲大声回答,"查理,等一下!你的维生素还没吃!"

查理穿着防雪服嗖嗖地跑回厨房,靴子踩得咚咚响。他听话地吃下了专注达。

"真是好孩子。去玩吧。"母亲说。

我们透过观景窗看着两个孩子。露西在衣服外面套了一对仙女翅膀(她有好多对),正往一只红桶里收集树枝。查理朝着树林那边跑出了一段距离,正在雪地里打滚。莱纳斯呢,正围着咖啡桌转悠,他穿着包脚连体衣,拿着磁力小火车把玩。

"我等会儿带莱纳斯去外面呼吸一下新鲜空气。"母亲说。

---

[1]《脱线家族》(*The Brady Bunch*),美国情景喜剧。

"谢谢。"

她坐在我旁边的椅子上，是我右边的位置，她最喜欢坐在这个位置，因为这样我就能看见她了。她一只手端着一杯花草茶，另一只手翻着《人物》杂志。我面前摆着昨天的《纽约时报》，头版文章写的是阿富汗战争的成本，我还没读完，剩下的内容在 C5 页。可我怎么都找不到 C5 页。

"我知道你对周日的《纽约时报》情有独钟，不过要想看新闻和练习阅读，还有更简单的办法。"

"可别跟我说《人物》杂志里的内容是新闻。"

"说说而已嘛，这本你今天就能看完。"她说着，还特意翻过一页。

她不明白。我不是随便读什么都行，也不是怎么容易怎么来，而是以前读什么，现在就要读什么。读周日的《纽约时报》是为了回归我从前的生活。

"你读完那份东西，也没法知道安吉丽娜·朱莉有什么动向。"母亲开起了玩笑。

"奇怪，我竟然也活得好好的。"我说。

母亲脸上还挂着笑，她打开了一个透明的塑料药盒，倒了一把黄白相间的药片在手里，一粒药一口水地吃了。

"那是什么药？"我问。

"这些吗？"她说着，晃了晃药盒，"这些是我的'维生素'。"

我等着她解释。

"这些是我的'快乐药丸'，是抗抑郁的药。"

"哦。"

"没有这些药，我就是另一个人了。"

这些年来，我从来没有想过母亲可能得了重度抑郁症。不管是私底下还是对外人，我和父亲总说她还沉浸在丧子之痛中，说她心情不好,说她今天不舒服,但是我们从来没有说过"抑郁"。我一直以为她是故意对家、对我不管不顾,而现在,我第一次觉得还有另一个可能。

"你什么时候开始吃药的?"

"大约三年前吧。"

"你怎么没有早点去看医生呢?"我猜她的病已经很久了。

"我和你爸爸从来也没有想过我要去看医生,我们这一代人不会因为感情的问题去看医生,要去只会是因为骨折、开刀、生孩子。我们不信什么抑郁症,都觉得我只是伤心过度,过一段时间慢慢地就能露出笑容,正常过日子了。"

"可你没有。"

"是啊,没有。"

在和母亲有限的交流中,我们的对话一直都浮于表面,最后无疾而终。听母亲承认一件从来没有争议的事,承认她不快乐,也无法正常过日子,这只是很小很小的事。但她的坦白让我壮起胆子,决定继续追问下去,去探一探这个浑浊的深潭。我深吸了一口气,因为我不知道潭底究竟有多深,也不知道会撞上什么暗礁。

"你吃药之后,感觉到有什么不同了吗?"

"嗯,立刻就感觉到了。不,其实是过了一个月左右吧。感觉就像我之前一直罩在一团脏兮兮的黑云里,现在这团云终于散开了,飘走了,我又想去做事情了。我又开始侍弄花草、看书,我参加了一个读书俱乐部,还加入了红帽子协会,每天早上都去海边散步。我每天都想起床去做点事。"

三年前。那时查理四岁,露西两岁,鲍勃还对他的初创公司满怀激情和梦想,我还在伯克利上班——写报告、飞往中国、帮一个价值数百万美元的公司保持长盛不衰。而母亲又开始侍弄花草。我还记得她的菜园子。她开始读书、赶海,可是,她并没有重新联系她唯一的女儿。

"吃药之前，我每天早上根本不想起床，我被'如果'压得动都动不了。如果我当时多花点心思看着纳特游泳，他就能活下来了。我是他母亲，可我没有保护好他。如果你也出事了，我该怎么办？我不配当你的母亲。我不配活下去。在将近三十年的时间里，我每天晚上都在祈求上帝让我一睡不醒。"

"那件事是个意外，不是你的错。"我说。

"有时候我觉得你这次意外也是我的错。"

我吃惊地望着她，不明白这句话是什么意思。

"我曾经祈求上帝，让我有一个理由加入你的生活，让我有机会重新了解你。"

"妈，拜托了，上帝不会为了让你加入我的生活，就撞坏我的脑袋，还收走我左侧的世界。"

"我加入了你的生活，的确是因为你撞坏了脑袋，还失去了左侧的世界。"

上帝自有安排。

"知道吗，其实你给我打个电话就行了。"

不需要麻烦上帝，也不需要严重的脑损伤。

"我很想给你打电话，我也试着要打给你，可每次拿起电话，还没按完号码，我就僵住了。我不知道说什么才能弥补你，我觉得你一定会恨我，而且一切都太迟了。"

"我不恨你。"

这句话脱口而出，根本没有经过深思熟虑，就好像我在随口敷衍，好比别人问我"你好吗？"我就自然而然地回一句"很好"。但在随后的沉默中，我发觉这句话是我的真情实感，而不是一句客气的应酬。我对母亲的感情既细密复杂，又有些难以启齿，就像一张大网，但其中并没有夹杂着一丝恨意。我打量着她，发觉她的状态明显不一样了，就好像紧张情绪波动的基线水平降低了——不是降到了零，不过的确显著降低了。

"对不起，赛拉，我辜负了你。我一直生活在后悔中，后悔没有好好地看着纳特，后悔没能及时救他，后悔这么多年忽略了你，后悔没有早点吃抗抑郁的药。我真希望那些药厂也能发明一种抗后悔的药。"

我回味着这个真诚的愿望，再次打量母亲的面孔。那一条条皱纹，像是一道道沟壑，深深地刻在眉心、额头，眼睛里流露的是悲伤，神情中是无处不在的悔恨。她的痛苦不是未来食药监局[①]批准的某种处方药能治愈的。母亲的药盒里不需要多加一粒药，她需要的是原谅，我的原谅。虽然我可以不假思索地说出"我不恨你""不是你的错"，并且这也是我的真心话，可我知道，这些充其量也只是治标不治本，就好像"她长得不丑"不等于"她很美"，"他不笨"也不等于"他很聪明"。要治愈母亲终生的悔恨，其实只需要一句"我原谅你"，并且需要我亲口说出来，我凭直觉就知道这一点。但是我内心的一处旧伤还没有痊愈，并且也在等待属于它的解药，因此总不愿放开怀抱，只肯让这句话留在脑海里。还有，在我说出来之前，这句话还要完成从脑海里到心里的漫长旅程，否则少了这份真诚，说出来也无济于事。

最后，我说："我也很后悔。"我知道，我作为姐姐的悔恨和母亲的相比根本微不足道，我的肩膀上落了一粒灰尘，而她肩负着的是一整个星球。"我还是很想他。"

"我也是，每天都想。我也还是很难过，但我不再像以前那样，会被难过整个吞噬掉。而且现在我也感觉到了快乐，看到莱纳斯，我就想起纳特刚会走路时的样子，你和查理也常常让我想起他。我

[①] 指美国食品药品监督管理局。——编者注

看到他的一些影子还活着，我的灵魂也得到了安慰。"

我看着莱纳斯把十二节玩具火车连在一起，围住了咖啡桌一角。纳特像他这么大的时候，我才三岁，我对他那时的样貌和性格都没有太多印象，所以也看不出相似之处。不知道母亲看到的是什么，我望向窗外，查理正在远处堆雪山。我想起纳特喜欢冒险，性格果断，也很有想象力，这些都和查理一样——也和我一样。

"那露西呢？你在她身上也看到了纳特的影子吗？"

露西还在屋子附近玩，手套扔到了地上。她用树枝、石头和松果搭了几个窝，她搭的应该是林中仙女的家吧，这会她正往上面洒闪粉。

"没有，那个招人喜爱的小疯子是独一无二的。"

我们都哈哈大笑。我喜欢母亲的笑声，我真希望她在我小时候就吃了那些药，这样我就不必等到三十七岁的时候，在付出创伤性脑损伤的代价之后，才能听到她的笑声。我扭头看了看她的药盒，突然想到，这么多药不可能都是治疗抑郁的。她还在吃什么药呢？我不知道。

第 26 章

到了周四，大家都痛痛快快地度过了一周。刚来的那几天，我每天都拄着拐杖如履薄冰，因为我发现我们从威尔蒙特过来的时候忘了带上游戏机，我总觉得这个疏忽会引发一场哭天抢地、大发脾气的巨大灾难，说不定还需要鲍勃连夜发一份快递送过来，没想到两个孩子连提都没提。查理和露西要么在外面玩，要么就高高兴兴地待在屋里，和我还有母亲一起玩那些"古时候"的游戏，这些游戏不需要使用左侧，像是"我要去野餐""我在想一种动物"[①]，还有石头剪子布游戏（就连孩子们也每次都能赢我）。母亲还买了一套十二种颜色的彩泥，我们都兴致勃勃地揉捏、造型、过家家，莱纳斯则擅自品尝了一番。

我倒是没忘记带上弹珠，不过也没用上。孩子们每天在外面疯玩，到了晚上已经筋疲力尽，我也乐得让他们看一个小时的幼儿频道。这一周里，查理的注意力很正常，这可能是因为他吃了专注达，不过我和母亲都觉得，有充分的时间在外面玩耍，没有围墙、栅栏或者教室座位的限制，每天也不用急急忙忙地做这做那，这些

[①] "我要去野餐，我要带……"，参与者轮流说出要一种携带的物品，并且要按照从 A 到 Z 的顺序，依次增加物品。"我在想一种动物（或植物、人物等）"，参与者通过问答猜出名字。

都明显对他有好处。

　　说实话,不问世事、不赶日程对我也大有好处。这一周里,我看的电视节目只有《艾伦秀》,我没有查看CNN①的滚动字幕,也没看任何新闻,我也不想知道有什么新闻。当然了,我怀念上班,不过我可不怀念那种一整天都心惊肉跳的感觉:下一秒就可能接到一个紧急电话,开个会的时间就来了三十封预料之外的电子邮件,六点之前随时有一场未知的危机朝我逼近。诚然,这些情况也让我兴奋,不过看到鹿群穿过后院的田野时驻足观察我们,也同样让我兴奋。

　　早上,母亲带着查理和露西去上滑雪课,把莱纳斯也一起带去了。之前查理拉着我苦苦哀求一番,我同意了他从双板换成单板。他昨天上了第一节单板课,喜欢得不得了。单板是世界上最酷的,我也成了有史以来最酷的妈妈——因为我让他当上了最酷的单板运动员。

　　吃早餐的时候,查理说他今天不想上课,他想自己滑,他说得倒是头头是道,不过我没答应。我和鲍勃都不会滑单板,所以也没办法在坡上指导他(假如我还能回到坡上),他得先把基础的技术学好。在我看来,这些东西一天可学不完。他自称已经全都掌握了,而且今天的课程会很"无——聊——",不过查理总是这样,本事不大却很自信,而且尤其性急,我可不想见到他摔断了脖子。他后来还假装生闷气,不过我还是没松口。最后他又打算怂恿露西一起对付我,好弄得我磨不过他们。不过,好在露西很喜欢上课:她性格谨慎,又喜欢和人打交道,因此更喜欢有教练在旁边看着,教练还能热情地鼓励她。等查理终于明白要么上课要么不滑的时候,他只好放弃了,不过他也取消了我"最酷妈妈"的称号——

---

① 美国有线电视新闻网。

我好歹也算享受了一天。

我坐在餐桌旁，准备把后院的美景画下来。母亲送了一套漂亮的油画工具套装给我当圣诞礼物，这套工具从外面看是一个光滑而朴素的木盒子，打开来一看，里面摆着一排排的油画颜料、油画棒、丙烯颜料、炭笔还有画笔。各式各样的颜色，无穷无尽的创意。我在玻璃调色盘上挤了几坨灯黑、钛白、镉黄、群青、熟赭、生褐、茜素红和酞青绿，又用不锈钢刮刀混匀了各种颜色。有的颜料已经变成了烂泥，有的则像施了魔法，幻化出了新的色彩，像有生命一般载歌载舞。

后院的风景本身就宛如油画，灵感是现成的：白雪覆盖的田野，驻守在远处的枫树和松树，林子后面连绵起伏的山丘，头顶的蓝天白云，刷着大红色油漆的谷仓，屋顶上老式的铜绿色公鸡风向标。我已经好多年没拿过画笔了，不过我毫不费劲地找回了感觉，就好像很久不骑自行车也忘不了怎么骑（不过我敢肯定，举现在骑自行车的例子应该不太恰当）。绘画最重要的是观察，要透过眼睛和脑海里迅速形成的污迹斑斑的印象，集中注意力观察真正的景色。重要的是，要耐心地花时间去关注每一个细节。我看着天空，天不仅是一抹蓝色，而是深深浅浅的蓝、白、灰；在和山巅相接的地方，白色最纯；在触摸天穹的地方，蓝色最深。我看见阳光和阴影在谷仓上投射出三种色调的红，云朵的影子在远山上跳跃，仿佛黑黢黢的幽灵。

我端详着画布，对这幅作品露出了满意的微笑。我把画笔扔进涮笔用的玻璃罐里，接着把画布推到一旁，等着颜料晾干。这会儿，咖啡已经凉透了，我一边小口小口地喝咖啡，一边眺望风景，让眼睛休息休息。我看了几分钟就累了，打算找点别的事做。母亲也应该快回来了。她叮嘱我说，她不在的时候，我不能到处乱跑，虽然我现在很想到沙发上躺着，不过上次去冰箱那儿"乱跑"的事已经让我吸取了教训。于是我决定，把下一项活动的范围限制在我坐着的地方。

周日的《纽约时报》就放在桌子上，一伸手就能够到。我拿过报纸翻了起来，想找"一周回顾"，结果发现母亲那本《人物》杂志也夹在里面。我拿起了杂志，研究着封面。出事前的我根本不敢相信自己竟然会考虑这东西。哎，管他呢，就看看安吉丽娜·朱莉有什么动向吧。

我把报纸推到一边，翻开杂志，漫不经心地看看明星照片，读读小段的八卦新闻。我刚翻看了几页，母亲就气喘吁吁地冲进了客厅。她怀里抱着莱纳斯。

"你没事吧？"我问。

"他越来越沉了。"母亲说。

他的确很沉，无论体重还是身形都很像感恩节火鸡，不过自从开始学走路以后，他已经瘦了一些。母亲把莱纳斯放在地上，帮他脱下靴子，拉开外套的拉链。接着，她突然兴奋地"哈"了一口气，扭头看着我，满脸放光。

"啊哈！"她把我抓了个正着。

"我知道，我知道。"

"是不是很棒？"

"说'很棒'有点夸张了。"

"哎，得了，这本杂志很有意思的，就管它叫'恶趣味'吧。读点消遣的东西也没什么不好。"

"周日的《纽约时报》就是我的消遣。"

"哎，拜托！看看你脸上的表情吧，比查理做最难的作业还痛苦。"

"真的吗？"

"真的，你那个样子就好像在看牙医。"

嗯……

"那我也不能用《人物》代替《纽约时报》，我得知道有哪些新闻。"

"没问题，不过你也可以把这本杂志当成不错的练习本。比如说，你看看，说说这一页上都有谁。"母亲说着，站到了我身后。

"蕾妮·齐薇格[①]、本·阿弗莱克，这个女的我不认识，还有布拉德·皮特。"

"她是凯蒂·霍尔姆斯[②]，汤姆·克鲁斯的老婆。还有吗？"

我又仔细看了一遍。

"没有了。"

"布拉德·皮特旁边还有人吗？"她用了开玩笑的口吻，我知道，她不是让我回答有还是没有，而是答出是谁。

我没有费神去寻找，而是决定先猜上一猜。

"安吉丽娜·朱莉？"

"不是。"听她的语气，是鼓励我再试一次。

嗯。我没有看到什么人。好吧，往左看，往左扫视，往左去。我没有用那枚红色书签，但我还是想象着去寻找。上帝啊！我看到了，居然是他。

"乔治·克鲁尼。"

我不敢相信，就算是创伤性脑损伤也不至于让我对乔治·克鲁尼视而不见吧。

"嗯，这还真是个不错的练习。"我满足地望着那双透着坏笑的眼睛。

"答对了，我真为你感到骄傲。"母亲说。

[①] Renée Zellweger，美国女演员、制片人、编剧。——编者注
[②] Katie Holmes，美国女演员。——编者注

她从来没有说过为我感到骄傲，不管是我大学毕业，考上了哈佛商学院，找到了令人羡慕的工作，还是使用了虽然称不上叫人佩服但也算得上称职的教育方式。她第一次说为我感到骄傲，是因为我看《人物》杂志。做父母的会因为种种理由为子女感到骄傲，不过这可能是最奇怪的原因了吧。

"赛拉，你画得太好了。"母亲把注意力转移到了我那幅油画上。

"谢谢。"

"真的，你很有天赋。你是在哪儿学的？"

"上大学的时候修过几节课。"

"真的很棒。"

"谢谢。"我又说了一遍。她在欣赏我的油画，我在观察她的表情。

"连景物左侧没画完整的、淡出的地方，我也觉得很美。"

"你说哪里？"

"哪里都是啊。"

往左看，往左扫视，往左去。我用右手摸到了画布的左侧边缘，接着从左往右细细地查看。我首先注意到的是天空——左侧那一角是一笔没动的白色画布，往右渐渐变成云雾缭绕的灰。而到了最右边，已经变成了近乎晴朗的蓝，就好像雾气蒙蒙的清晨从右向左逐渐消散了。枫树左侧没有树枝，松树也只挂着一半的松针。虽然保护地向四面八方延伸开去，不过画中的森林只有右侧在生长。每座山都是右侧高低起伏，左侧则是平地；谷仓的左侧也像是氤氲着融化了。公鸡风向标根本没画，因为它是立在屋顶左侧的。

我叹了口气，从玻璃罐里抽出一只吸饱了水的画笔。

"好吧，这也是个不错的练习。"我一时不知道该从哪儿补起。

"不，别补了。就这样吧，现在就很好。"

"好？"

"这幅画看着很耐人寻味，有点儿迷人，有点儿神秘，不过不是那种诡异的神秘。很好看，这幅画应该保持原样。"

我再次观察着这幅画，试着从母亲的角度去欣赏。可是，现在我注意到的不再是右侧的景物，而只有缺失的那一半。没有一样是对的。

遗漏，瑕疵，忽略。脑损伤。

"孩子们快下课了，我们过去看看，然后在滑雪屋吃午餐，你看怎么样？"母亲问我。

"好。"我说。

我依旧注视着那幅画，注视着线条、阴影、构图，想知道母亲看到了什么。

它到底好在哪里？

第 27 章

我坐在科特兰山滑雪小屋的隔间里,右肩膀贴着窗户,朝窗外望去就是山的南坡。母亲坐在我对面,正在给莱纳斯织一件象牙色的毛衣,虽然不实用,但是样式很可爱。莱纳斯正躺在婴儿车里睡觉,他居然能在这种闹哄哄的环境里睡着,我觉得这简直不可思议。午餐时间快到了,不断有侃侃而谈、饥肠辘辘的滑雪游客涌进来,他们一个个都踩着厚重的靴子,在硬木地板上用力地跺脚。滑雪小屋里没铺地毯,没挂窗帘,也没有任何布艺织物,因为没有吸收声音的东西,所以跺脚声和说话声全都在屋子里回荡,这些噪声混响总会吵得我头昏脑涨。

昨天母亲在超市排队结账的时候看到有一本找词游戏的书,她想起在康复中心的时候海蒂曾经让我做过找词测试,所以就买了回来。她喜欢抓住一切机会给我当康复治疗师。现在这本书就翻开了摆在我面前——这一页一共有二十个单词,我已经找到了十一个,剩下那九个应该都藏在左侧吧。可我现在没心思去找,我决定望着窗外发呆。

今天阳光灿烂,因为雪的反射,天色显得愈发晴朗,我眯着眼睛,好一会儿才适应室外的光线。我四下张望,寻找魔毯[①]旁的初

[①] 又名雪场电梯,是一种滑雪场中的传输设备。——编者注

级"兔子道",孩子们就在那里上课。我在山腰处看见了查理,他踩着雪板,每隔几秒钟就要摔倒一次,不是屁股着地就是膝盖着地,不过在没摔倒的那几秒钟里,他的确滑得像模像样,看起来玩得也很开心。幸好他年纪小,骨头更有韧性,而且他的个子只有一米二左右,就算摔倒了,距离地面也不太高。要是我摔倒了那么多次,真想象不出我得疼成什么样,伤成什么样,又累成什么样。我想了想过去这两个月的情形。好吧,也许我能想象得出。

接着,我又看到了露西。她正在上面等着,应该是在等教练给她指导。她和她无所畏惧的哥哥不一样,要是教练没有表示明确的许可,她是一步都不会滑的。她站在那儿不动,查理又不知道滑到哪儿了,我的注意力不由自主地转到了右侧,来到了中级"狐狸道"和"野鹅道"底下,那是我最喜欢的两条雪道。那些滑雪的人就像一个个模糊不清的圆点,有红的、蓝的、黑的,他们在白色的海洋中漂到山脚,再曲折地挪到我面前,等着排队坐吊椅缆车。

我真希望自己也是其中的一员。我看到有一男一女刚好走到窗户外面停了下来,看样子应该是夫妻俩吧。两个人的脸颊和鼻子都冻得红红的,他们正笑着聊天,但我听不见他们说了什么。不知道为什么,我很希望他们能抬头看看我,但是没有。他们转过身,朝着缆车滑了过去,依次向前慢慢滑动,准备上去再滑一轮。看到他们,我就想起了我和鲍勃。周围的一切都在轰炸我的感官,我心里产生了一种几乎不可抑制的冲动,只想拿上那副新雪板,到山上去。滑雪小屋里的喧哗,炸薯条的香气,屋外强烈的光线,想象中山间的冷空气吸进肺里、吹拂脸颊和鼻尖的感觉,那对年轻夫妇尽兴地滑过一轮后兴奋的交流。我想成为其中的一员。

你会的。

可我对自己没有把握,就算借助着老人拐杖走在水平的防滑地板上,我也觉得很吃力。

你会的。

出事前的我又重复了一遍，语气不容置疑，不肯接受任何其他的可能。出事前的我面对问题一直是非黑即白的，我突然想到，以前的我和查理一样，能力一般却自视过高。

你会的。

这一次是鲍勃的声音，语气笃定，充满了鼓励。我不情愿地相信了。

"怎么回事？"母亲突然问。

"什么？"我怀疑自己刚才把心里的想法说了出来。

"在那儿，有个人坐着滑了下来。"

我扫视着山上的圆点，但没看到她说的那个人。

"在哪儿？"

"就在那儿。"她边说边用手一指，"还有一个滑雪的人站在他身后。"

我终于看到了，现在他们离得近了，前面的人好像是坐在一个连着滑雪双板的雪橇上，后面的人踩着雪板，抓着雪橇上把手一样的东西，看样子应该是在掌握方向。

"应该是一个残疾人。"我说。

"说不定你也可以像他那样滑雪。"母亲说。她兴奋的声音像乒乓球似的，越过桌面，朝我弹了过来。

"可我不想那样。"

"为什么？"

"因为我不想坐着滑雪。"

"好吧，不过说不定也有办法让你站着滑。"

"是啊，那就叫滑雪。"

"不是，我的意思是有特殊的方法。"

"你的意思是残疾人的方法。"

"我的意思是，说不定有办法让你现在就能滑雪。"

"我现在不想滑雪，除非我能像正常人那样滑雪，可我还没准备好。我不想当一个滑雪的残疾人。"

"赛拉，现在只有你在用这个词。"

"无所谓。我们没有什么'特殊'装备，我也不想浪费几千块钱买一个我根本不想用的'雪橇'。"

"说不定他们这儿就有。打扰一下，姑娘？"

母亲叫住了从我们桌子旁边走过的年轻姑娘，她穿着一件红黑相间的滑雪服，那是科特兰山的员工服。

"我想问问，那个坐着滑雪的人，他的装备是租来的吗？"

"对，是从新英格兰残疾人体育协会租的。"她说着，看了看我的老人拐杖，"他们就在隔壁那栋建筑里，要是有需要，我可以带你们过去。"

"不用了，谢谢。"我趁着母亲还没来得及收拾东西，抢着回答说，"我们就是好奇，多谢了。"

"需要我帮你们拿一些宣传资料吗？"

"不用了，我们不需要，谢谢。"我说。

"好的，嗯，要是你们改变了主意，新英格兰残疾人体育协会就在隔壁。"她说完就走开了。

"我觉得我们应该过去看看。"母亲说。

"我不想去。"

"可你一直很想去滑雪。"

"但那不叫滑雪，就是坐着而已。"

"那也总比坐在这个隔间里更像滑雪吧。那是在外面，而且是从山上下来。"

"不了，谢谢。"

"干吗不尝试一下呢？"

"我不想尝试。"

要是鲍勃在就好了,他两句话就能把这段对话从源头掐灭。那个"滑雪者"和他身后那个拉雪橇的人停在了我们的窗户外面,拉雪橇的那个人也穿着一件红黑相间的滑雪服,和刚才跟我们说话的姑娘一样——原来他们是教练。"滑雪者"两条腿绑在一起,是绑在雪橇上的。他应该是下肢瘫痪人士,而我没有瘫痪。他也可能是截肢患者,一条腿甚至两条腿都装了义肢,而我有两条腿。"滑雪者"和教练聊了一会儿,脸上露出了灿烂的笑容。接着,教练带着他径直走到了队伍的最前面,两个人一起坐上了吊椅缆车,这看起来比我想象的要容易得多。

我目送他们坐着缆车上山,看着他们越升越高,一直到吊椅小到看不见了,才收回了目光。之后的半个小时里,直到吃午饭,我就看着滑双板和单板的人拐来拐去地冲下"狐狸道"和"野鹅道"。如果非要我说实话,其实我不只是漠然地旁观山上的活动,我也在寻找那个坐着的"滑雪者"和拉雪橇的教练,可是我始终都没有再看见他们。

吃午餐的时候,我总是时不时地偷偷看一眼窗外,但还是没有看见他们。他们应该是去了别的雪道吧。我们收拾东西准备回家的时候,我最后又找了一遍,仍然没有看见。

可是,只要我闭上眼睛,脑海里就会浮现出那个"滑雪者"的笑脸。

我已经走到了门口,里面就是我从前的生活。要回归我的生活,现在我要做的就是径直走进去。

第 28 章

到了一月末，我和鲍勃又坐在了加文小姐的一年级教室里，不同的是，这一次她给我们预备了成人的椅子，而且我脚上的鞋子也和她的一样难看。在威尔蒙特，小学一学年分三个学期，现在第二学期过了差不多一半，加文小姐请我们在成绩单寄到家里之前过来一趟，想说说查理在学校的进展。

我们坐下来之后，鲍勃握住了我的左手。加文小姐先跟我们打了个招呼，然后对这温馨的一幕露出了善意的微笑，应该是觉得我们握手是因为紧张，为了迎接让人沮丧的消息，在给彼此提供情感支持。我从鲍勃握手的动作中感到了一丝焦虑的声援，不过我觉得他的主要目的是防止我乱动。

我的左胳膊通常都会直直地垂在身体一侧，虽然派不上用场，不过也不会引人注目，可最近一段日子里，左手突然产生了"说话"的兴致，并且还喜欢背着我比比画画。

我的康复治疗师、海蒂、我母亲还有鲍勃，都一致认为这是个好现象，这意味着身体左侧正在恢复生机，我也同意他们的看法，只不过这个新症状总让人捉摸不透，因为感觉上就像有另一个人在操纵我的左手。有时候，这些动作幅度不大，还恰如其分地强调了我说话的内容，但有时候，左手的动作让人完全不明所以，左胳膊好像毫无目的，甚至是抽筋似的乱动。就比如昨天吧，说来惭愧，我和母亲正热火朝天地讨论《九口之家》①，我的左手神不知鬼不觉地按在了左胸上，还放在那儿不动了。而我之所以知道，是因为鲍勃和我母亲大笑一通，笑得眼泪都出来了，等笑够了，母亲才把这个笑话说给了我，接着替我拿开了左手（因为左手根本不听我的使唤）。现在鲍勃握住我的手，也许是出于爱的支持，不过更可能是担心我会当着加文小姐的面做出什么轻浮的举动。无论如何，我都很感激。

"听说你回家了，我们都很高兴。"加文小姐说。

"谢谢。"

"最近情况好吗？"她问我。

"很好。"

"那就好，我听说你出事了之后特别担心。后来你很久没回家，我又开始担心查理会有一些报复性的行为，成绩会进一步下滑。"

我点点头，等着她逐项列举查理的报复性行为，成绩又是如何直线下滑的。鲍勃捏了捏我的手，他也在等加文小姐开口。

"不过他最近的表现一直都很不错，要我说呢，他上午的表现会比下午的好一些，这可能是因为他早上吃过药之后效果最明显，之后药效会逐渐减弱，不过也可能是因为他下午就没那么多精力了。不过呢，总体来看，我绝对看得到改善。"

哇！我一直憧憬着听到这样的消息，可又不敢大声地说出来。查理在家里的表现比从前好太多了。他现在用不上一个小时就能完成作业，中间也没有没完没了的讨价还价和大发脾气。我让他穿鞋他总能记得，他一天顶多会被罚掉三颗弹珠，只是不知道这些行为上的改善有没有过渡到学校里。鲍勃握着我的手高兴地摇了摇，我

---

①《九口之家》（*Kate Plus Eight*），美国真人秀节目，记录凯特和八个子女（双胞胎女儿和六胞胎子女）的生活。

们等着加文小姐详细说说查理具体有哪些改善、程度如何。

"现在我的要求他基本都能很好地照做，课堂上发的习题纸他也基本上都能完成。"

她拿出一叠白色的习题纸交给了鲍勃。鲍勃一只手还拉着我的左手，就用另一只手一张一张地递给我。每张习题纸上方都有查理用铅笔写的名字，大部分的习题纸上，每道题都答完了，这本身就是一项值得一提的成就，而且我看了几张，一般十几道问题他只错了一道、两道或者三道。差不多每张纸的最上面都用红笔写着"做得好""非常棒""很出色"，还加了好几个感叹号和笑脸。以前我从来没见过查理的作业上有老师的夸奖。

"这是最后一张了。"鲍勃说。

最后一张是简单的数学练习题，正确率处写着"100%！！！"，还用圆圈圈上了。我这个不完美的可爱孩子拿到了完美的成绩。

"我们可以把这些拿回家去吗？"我笑容满面地问。

"当然可以了。"加文小姐笑容满面地回答。

我迫不及待地想把最后这张简单的加减法习题纸拿到母亲面前，母亲也一定和我一样激动，我大说特说一番之后，还要用冰箱贴把它贴在冰箱正中央。再不然就裱起来，挂在餐厅的墙上。

"这是非常大的进步，二位觉得呢？"加文小姐问。

"简直是昼夜之分。"鲍勃说。

"我给了他一张黄色的超大索引卡，每做一道题的时候，就把下面的字都挡住。把题目都剪成小纸条比较浪费时间，而且其他的孩子也都想要他的'手工作品'，一下子大家都想把习题纸剪开了。要是你们在家里剪，我也不介意，不过在学校里我们会用索引卡，看起来效果也不错。"

"好的，用这个办法我们也更轻松。现在他是站着还是坐着做习题？"我问。

"我告诉他说他喜欢怎么样都可以,之前他基本上都会站着,不过现在都是坐着了。我认为站着的确能让他不乱动,集中注意力做手头的事,不过有几个孩子总喜欢捉弄他,有几个男孩会恶作剧。"

是谁?是谁在捉弄他?快把名字告诉我,我要知道他们都是谁。

"怎么个捉弄法?"鲍勃问。

"嗯,他站着的时候,会有人偷偷地把他的椅子挪开,让他想要坐下来的时候一屁股坐到地上。有一次有个孩子在查理的椅子上放了一块巧克力纸杯蛋糕,等查理做完作业往椅子上一坐,就正好压在了巧克力蛋糕上面。那些孩子嘲笑他说他沾上了大便,所以管他叫'拉拉裤'。"

我听到这句话,感觉就像是加文小姐用她难看的鞋子对着我的胸踢了一脚。我真心疼查理啊。我的目光越过加文小姐,落在了"拼写明星"告示板上。查理的照片也贴在上面,他笑得灿烂极了,挤得眼睛都睁不开了。除了他,告示板上另外还有四个男孩子的照片,他们的脸上也都洋溢着微笑。一分钟之前,我还会觉得他们都是可爱的小男孩;可现在,我却看到了一帮坏透了的小魔头,他们全都是坏孩子。查理回家后怎么没跟我们说过?

"那你是怎么处理的?"鲍勃问。

"要是我发现那些孩子在捉弄他,我会训斥他们一顿,不过我肯定,很多时候他们还在背地里恶作剧。不幸的是,他们受了惩罚,好像闹得更厉害了。"

我想象得出来。口头批评、不准课间出去玩、去见校长,这些惩罚只会让那些孩子变本加厉,可我们总该能做点什么啊。荒唐的复仇计划开始在我脑海里上演:以眼还眼,以大便还大便。我的一腔怒气无处发泄,只能紧紧地抓着拐杖。拐杖——打屁股,这倒是能解解气。

"那怎么办？难道查理只能忍着吗？"鲍勃说，"能不能把那些欺负他的孩子调到教室的另一边去？"

"我已经调过座位了，他现在高兴的话可以站起来，不会再有人打扰他，不过他做作业的时候还是选择了坐着。我觉得他就是想和大家一样吧。"

我明白查理的感受。

我说："我知道，现在政治正确大行其道，那个字眼不方便用，不过我还是想问问，你看他有一天会'正常'起来吗？"

我心里一阵抽痛。我知道我是在问查理的情况，但又感觉问的是我自己。我有一天会正常起来吗？我的习题纸上会有"100%"吗？加文小姐顿了一顿，我看得出，她正在字斟句酌地组织语言。我知道，她的回答不过是一个年轻老师对一个年幼学生的评价，而且只是基于非常有限的了解，但内心却听不进道理，只是莫名地觉得，她的回答将会揭示查理和我的命运，好像她要说的话就是预言。我攥紧了拐杖。

"在我看来，有了药物治疗和你们进行的行为以及饮食调整，再加上给查理的正强化和支持，他的病不会妨碍他充分地发挥学习潜力。你们能这么迅速地采取行动，我真心为你们鼓掌，很多家长只会对我的话置之不理，或者指责我、指责学校系统，过了很久才肯正视问题，才会像你们这样想办法帮助孩子。"

鲍勃说："谢谢你。听到你这么说，我们真是卸下了一个大包袱。那在其他方面，他能像那些正常孩子一样吗？比如说，融入集体？"

她犹豫了片刻。

"私底下说吧，"她还是有些犹豫，"班里有个女孩总是不停地咬指甲，有个男孩总是不停地抠鼻子，还有个女孩总是一边做功课一边哼歌，另一个学生有口吃的毛病。每年开学，上门牙突出的孩子都会被叫成'兔八哥',戴眼镜的都会被叫成'四眼儿'。我知道每个家长都希望自己的孩子能融入集体,每个孩子都不应该受到嘲笑。不过在我看来,查理的经历在一年级的学生里还挺正常的。"

我笑了,心里害怕和报复的情绪跟着一扫而空,取而代之的是接受和共情,先是对查理和他的黄色索引卡、他的弹珠、他拿不到的一百分、他沾了巧克力的屁股,接着是对他们班里形形色色的一年级学生,包括他们种种的怪癖、习惯还有缺点,最后是对穿着难看的鞋子的加文小姐,为她每天教导和面对这些学生的耐心和勇气。最后的最后,剩下的那一点接受和共情给了我自己,一个需要丈夫握着左手才能避免不自觉地摸自己左胸的三十七岁女人。

加文小姐说:"依我看,正常没那么重要。"

"我同意。"我说。

加文小姐笑了。可我还是忍不住担心查理的将来。等那些学生不再咬指甲、抠鼻子和口吃,做功课时不再哼歌,牙齿不好的孩子去做了正畸,戴眼镜的孩子改戴隐形眼镜,那时候,查理会因为多动症而格格不入吗?想要合群,体育运动是个很好的办法,可是轮流接替、守好位置、遵守规则,这些对查理来说都很难,而无论是足球、篮球还是软式棒垒球,想要在比赛中获胜,这些都是必要的素质。他现在已经一样都不喜欢了,不过他年纪还太小,不知道这些运动其实是可有可无的。不管是什么,只要是适合他这个年龄的,我们都会让他参加,他会按时参加训练和比赛,就像按时上学一样,因为是我们让他去的,并且我们会送他去。可是,等他再大一点,也许就在不久之后,要是他还没有进步,那他应该就会放弃。那时候,他就彻底失去了融入团队的机会,失去了维持友谊的机会,而这些都是在团队中的收获。可惜附近没有山,不然他应该很适合加入单板滑雪队。

加文小姐说:"总而言之,家里的情况可以继续保持,我只是想让你们知道，他在学校的表现好多了。我想你们会为他这份成绩单骄傲的。"

鲍勃说："谢谢你，我们一定会的。"

我们说话的时候正好是课间休息时间，查理他们年级的学生都在外面玩。再过几分钟就要上课了，我和鲍勃决定先过去跟查理打声招呼。之后，鲍勃要开车送我回家，再去上班。我们沿着长长的鹅卵石人行道走了过去，刚走到尽头，就听见秋千架旁边吵吵嚷嚷的，于是停下了脚步。看起来是两个孩子打了起来，有一个老师正忙着把他们拉开。操场上所有的人都停下了手里的动作，每个人都在张望，想知道究竟发生了什么。从我所在的地方，我看不清那两个孩子的脸，但就在一瞬间，我认出了一个孩子身上的衣服：是查理那件橙色的滑雪服。

"查理！"我大喊。

鲍勃松开了我的左手，朝查理跑了过去。我身体里的每一块肌肉也想奔向查理，可惜受伤的大脑不肯答应。我的孩子可能有危险，可能有麻烦，也可能既有危险又有麻烦，我虽然看得到他，却没办法冲过去护着他或者责骂他。鲍勃已经赶到查理身边了，那个老师抓住了另一个孩子的手，要把他拉开，而我还在挪拐杖，迈一步，拖着走，缓口气，每挪一下拐杖，我都越发沮丧，每拖一次步子，我都越发焦急，我气自己为什么还没走到。

我终于走到了他们身边，问："怎么回事？"

查理用靴子踢着地上脏兮兮的积雪，一声不吭。他在流鼻涕，还张着嘴，气喘吁吁的，脸和指甲都蹭脏了，不过没有看到血迹。

"说吧，妈妈问你呢。"鲍勃说。

"他说了一句不好的话。"查理说。

我看了看鲍勃。那个"他"一定是之前捉弄他的某个男孩了，我努力向左扫视，想看看被老师擒获的那个学生，可我看不到。

"他是不是说你的坏话了？"我问。

查理不再踢雪，他仰头看着我。

"不是。"查理说，"他说了你的坏话，他说你是个笨蛋瘸子。"

我愣住了。每个做母亲的围裙口袋里都准备好了一套大道理，什么"棍子石头伤筋动骨，骂几句又不疼不痒""人往高处走"，可我现在一句话也说不出来。我又一次努力地往左扫视，猜想着那个孩子是爱挖鼻子的还是口吃的，可我还是没看到他。

我转头望着查理，说："谢谢你替我出头，"我的心里满是爱怜，"不过你不应该打架。"

"可是——"查理想辩解。

"没有可是，不许打架。何况那小子根本不知道自己在说什么。"我说，"我可是他这辈子见过的最聪明的瘸子。"

第 29 章

我和母亲坐在滑雪小屋的小隔间里看鲍勃和露西在"兔子道"上滑雪,已经坐了一个小时了。至于查理,他经过了一番不依不饶、哭哭闹闹、甜言蜜语、讨价还价,最主要的原因是他在二月份的假期里确实掌握了基本的单板技术。终于如愿以偿地离开了练习道,我们时不时地能看见他在"狐狸道"上嗖嗖地游走——我虽然看不见他的表情,不过我猜想他一定笑得合不拢嘴。

"我觉得我得回去了。"母亲说。她紧皱着眉头,看起来是在忍着疼痛。

"你哪里不舒服吗?"我问。

"没什么事,可能是太阳晒得我有点头疼,而且我昨天也没睡好。我带莱纳斯回去睡一会儿,你要一起回去吗?"

"不了,我再待一会儿。"

"你确定?"

"嗯,你确定没事?"我问。

"我躺一会就好了,你有事就给我打电话吧。"

她收起了彩泥盒、硬板书和莱纳斯正在玩的卡车玩具,一股脑扔进了包里,接着走出小隔间,把莱纳斯放在婴儿车里,扣好了安全带,先回家去了。

时间还早,滑雪小屋里很安静。我望向窗外,但没有看到鲍勃和露西,也没有看到查理。母亲给我留了速写本和铅笔,还有找词游戏书和最新一期的《人物》杂志,不过这期杂志我已经仔仔细细地看过了,而且我这会也不想画画。我应该做一篇找词游戏。我的康复治疗师说,找词可能会帮助我更迅速地找到电脑键盘最左侧的字母,要是我想回去上班,就需要提高打字的速度。我绝对想回去上班,所以这本书里的每一篇我都应该做一遍,可我就是没兴致。

我决定出去走走——虽然也没想好要去哪儿。散步的话,其实除了停车场也没有什么地方好去,而对于我这么一个很难注意到左侧的情况、不能说让开就让开的人来说,停车场应该不是最安全的地方。可我在小隔间里坐得烦了,于是给自己找了个去室外的理由:新鲜空气对我有好处。

我拄着老人拐杖来到了室外,寒冷的空气和炽热的阳光让我立刻精神一振。我没有计划要去哪儿,只是朝着一个方向走了过去,而就在我意识到要去哪儿之后,还是径直走了过去。我走到了隔壁那栋房子前面,停下脚步,看了看门上的牌子:新英格兰残疾人体育协会。接着,我沿着残疾人坡道走了进去。

我惊讶地发现,里面的布置和普通滑雪小屋的是一样的:松木地板,木头长椅,柜台上盛放着暖手贴、润唇膏和防晒霜的透明玻璃碗,一个摆着偏光太阳镜的金属架子。我本来还以为里面看起来会像是康复中心呢。除了我,屋里就只有一个客人。那是一个坐轮椅的年轻人,看样子只有二十多岁,留着平头,从发型和年纪看,我猜他应该参加过伊拉克战争。他看起来自信又放松,就像来过十几次的熟客。他正忙着调整腿上的绑带,好像没注意到我。

"需要帮忙吗?"一个男人问。他穿着红黑相间的员工服,脸上带着热情的微笑。

"我随便看看。"我努力避免和他对视。

"你滑双板吧?"他问。

"以前是。"

我们不约而同地对我手里的老人拐杖郑重地点了点头。

"我叫迈克·格林。"他自我介绍说。

他脸上依旧挂着微笑，一副亲切愉快的样子，等着我做自我介绍，但我很不情愿透露姓名。他亮着一排洁白的牙齿，因为肤色的衬托，牙显得更白了。他整张脸都晒成了古铜色，只有眼睛周围有一圈浅色的印子，那是滑雪镜的形状，使得他像是长了白眼圈的浣熊。此刻的他没有一丝知难而退的样子。

"我叫赛拉·尼克森。"我还是屈服了。

"赛拉！我们一直在等你呢！真高兴，你终于来了。"

他咧嘴一笑，好像我们是老朋友了，这让我觉得很不自在，很想说声抱歉然后走人，去停车场里碰碰运气。

"等我？"

"是啊，几周之前，我们结识了你那位可爱的母亲，你的申请表她已经填好了大部分的信息。"

哦，原来如此。不用说，她肯定填了。

"抱歉，她不需要填的。"

"不用抱歉。你什么时候准备好了，我们随时可以带你上山去。不过你刚才说得对，你现在不滑双板了，至少目前不行。"

这就开始了，马上就是巧舌如簧、头头是道的推销，称赞那个美妙神奇的坐姿滑雪器。我迅速转动脑筋，想着如何能有效地打断他，礼貌地表达出"这辈子都不可能，先生"，同时又不至于冒犯他，又能避免浪费他的口舌和我的时间。

"你适合滑单板。"他郑重其事地说。

我压根也没想到他会说出这句话，这辈子也没想到。

"我适合什么？"

"你适合滑单板。要是你有兴趣，我们今天就可以帮你穿上单板。"

"可我不会滑单板啊。"

"我们会教你的。"

"是正常的单板吗?"我感觉自己找到了出路。

"上面是多了几个小玩意儿,不过呢,嗯,就是普通的单板。"

我怀疑地看了他一眼。每次我对查理和露西说西蓝花很好吃的时候,他们就是这么看我的。

他接着说:"而且什么叫'正常'呢?每个人下山都得用装备。依我看,正常没那么重要。"

正常没那么重要。

那天加文小姐说起查理的时候,也说了一模一样的话,而且我同意她的说法。我的表情放松下来,就像我正在考虑往西蓝花上撒点帕玛森乳酪,说不定会很好吃。

迈克马上见缝插针,说:"来吧,我先带你看看。"

直觉告诉我可以相信他,这个人对我的了解,远远不只有我的名字和母亲跟他介绍的情况(谁知道母亲都说了什么)。

"好吧。"

他双手一拍,说:"好极了,跟我来吧。"

他从那位坐轮椅的老兵身边走了过去,走到了隔壁房间的门口。对我来说,他走得太快了,我根本跟不上。他站在那儿等着我,同时看着我走路。他是在评估我的情况:挪拐杖,迈一步,拖着走。他大概在想,还是坐姿滑雪器更适合我。挪拐杖,迈一步,拖着走。我能感觉到那个老兵也在注视我,大概他也同意这个看法吧。我抬头看着前面的墙壁,墙上贴了一张海报,上面的人就坐在坐姿滑雪器上,身后跟着拉"雪橇"的滑雪教练。惊慌的情绪在我脑海里横冲直撞,恳求我理智一些,快跟迈克说我跟不上他,我得走了,我和我丈夫约好了在滑雪小屋里见,我得回去做我的找词游戏，我现在必须去另一个地方。可我最终什么也没说，只是跟着他走到了隔壁房间。

这个房间看起来像个仓库，到处都塞满了改装过的双板和单板装备。我看见有很多长短各异的雪杖，最下面还连着小小的雪板，有一端插着网球的木销钉，还有各式各样的靴子和金属配件。最后，我看见墙边摆了长长的一排坐姿滑雪器，这时，惊慌的情绪终于忍无可忍，马上就要爆发了。

"我建议你先试试这一个。"

我往左扫视，寻找迈克，还有他洁白的牙齿以及他建议我试用的坐姿滑雪器，觉得头晕得越来越厉害。我后悔没待在滑雪小屋里，看看《人物》杂志，做做找词游戏；我后悔没跟母亲一起回家睡觉。我终于看见迈克了，不过他并没有站在坐姿滑雪器旁边，而是站在一块单板前面。惊慌终于"坐"了下来，不再吵闹，不过仍然抱着戒心和警觉，对刚才的虚惊一场也丝毫不觉得尴尬或是歉疚。

以我对单板极为有限的了解来看，眼前这一块单板和正常的单板基本上没什么不同。固定器前面安了一个金属护栏，差不多到腰间那么高，让我不由得想起了安全扶手。除了这一点之外，这看起来就是一块普通的滑雪单板。

"你觉得怎么样？"迈克问。

"倒是不赖，可我不明白你为什么觉得我适合滑单板。"

"你不能控制自己的左腿，是吧？所以呢，我们的原则就是不用左腿。我们会让你把左腿踩在右腿旁边，固定在板子上，这样就成了，你不用拖着左腿，不用抬腿，也不用朝哪个方向挪动。"

听上去的确很吸引人。

"那我怎么转弯呢？"

"啊，我们说你适合单板，也有这个原因。滑双板需要靠左右摆动来维持平衡,而单板是靠前后摆动。"

他说着就演示了一下,先是向前顶髋,接着是屁股向后坐,这两个姿势他都做了屈膝的动作。

"来,把手给我,你来试一下。"

他和我面对面站着,抓住了我两只手,把我的两只胳膊举平了。我尝试着模仿他刚才的动作,虽然面前没有镜子,但我也想象得出来,我的姿势更像是在做不雅动作,而不像是在滑单板。

"有那么点意思。"迈克在努力憋笑,"想象着你在公共厕所里,又不想坐到坐便器上,这是向后的姿势。再想象着你是个男的,正朝着远处的树林子撒尿,这是向前的姿势。重新试一次吧。"

我握着他的手,正要向前顶髋,却愣住了。假装对着迈克撒尿让我觉得有点别扭。

"对不起,我的形容是有点画面感,不过很有效的。向前顶,脚尖着地;向后坐,脚跟着地。"

我又试了一次。我把右髋向前一送,接着再收回来,就这样一送一收。这和用右腿或者右手不一样,动右髋的时候,左髋也会跟着一起动,每次都是。如果这样就能控制单板,那我似乎的确能做到。

"可是我要怎么停下来呢?又该怎么控制速度呢?"

"这个扶手是帮你保持平衡的,就像你抓住我的手一样,不过一开始练习的时候,我们的教练也会握住这个扶手。要是我们今天就上山去滑雪,我会面对着你,由我来控制你的速度。等你掌握了平衡之后,我们就会让你过渡到这种板子。"

他拿出了另一块雪板,这块单板上没有扶手,我一开始根本没有注意到它有什么特别之处。迈克拿出一条黑色的绳索,穿进了雪板一头的金属环。

"我不会面对着你滑,而是站在你身后拉着这根牵引绳,帮你控制速度。"

我想到了牵着绳子遛狗。

"再之后呢,你就可以自己来了。"

他把牵引绳扯了出来,好像在说:"变!一块正常的单板!"

"可是到了雪道上,怎么能保证我不撞上别人呢?要是我专注在一件事上,我就看不到左侧的情况了。"

迈克面露微笑,因为他意识到已经成功地让我想象自己在山上滑雪了。

"在你能一个人滑雪之前,那就是我的工作了。还有,等你不用扶手的时候,要是你愿意,你可以先过渡到使用助滑器。"他说着,举起了一根底部连着小雪板的雪杖,"这个装备能提供一个额外的接触点,和你的拐杖一样,这样能增加稳定性。"

"我说不好。"

我寻找着另一个"可是",可是一无所获。

迈克说:"来吧,咱们就试一回。今天天气这么好,我很想去山上瞧瞧。"

"你刚才说我母亲已经帮我填好了大部分的信息?"又搬走了一块拦路石,这应该是最后一块了。

"啊,对。还剩下几个例行问题,只有你自己才能回答。"

"好吧。"

"你进行冰雪运动的短期目标是什么?"

我思索了片刻。就在几分钟之前,我今天唯一的目标就是出来散散步。

"呃,在不害死自己和别人的前提下去山上滑单板。"

"好极了,这个目标我们能实现。那长期目标呢?"

"应该是在不需要任何帮助的情况下滑单板吧?最终目标是再次滑双板。"

"太好了。你的人生目标是什么？短期的人生目标？"

我不太明白这个问题和我能不能滑单板有什么关系，不过我有一个现成的回答，于是就照实说了。

"回去上班。"

"你是做什么工作的？"

"我是波士顿一家战略咨询公司的人力资源副总裁。"

"哇，真厉害。那你的长期目标是什么？"

出车祸之前，我的希望是能在两年内升任人力资源总裁。我和鲍勃一直在攒钱，好在威尔蒙特买一个更大的房子，房子至少要有五个卧室，然后再请一个住家保姆。可现在呢，出了车祸以后，这些目标都好像变得有点可有可无，甚至是可笑了。

"回归我从前的生活。"

"好的，赛拉，我真高兴你来了。准备好和我去滑雪了吗？"

惊慌无事生非地闹了一番，已经筋疲力尽，这会正裹着柔软的毯子，恬然入睡。出事前的我并没有为之雀跃，不过倒也没有唱反调。鲍勃不在，也无法提供意见。就靠我自己决定了。

"好，咱们走吧。"

迈克拉着雪板上的扶手，把我带上了魔毯，我们各自踩着单板，沿着"兔子道"的缓坡向上移动。魔毯类似一条传送带，坐魔毯上坡的人主要是小孩子，还有几个家长和教练，这个情景让我想起了机场的行李，还有超市收银台的物品，它们都是沿着一条黑色的橡胶带子移动，等着接受扫描。

我四处寻找鲍勃和露西，心里又希望他们看到我，又祈祷着别让他们看见。要是鲍勃看见我穿着残疾人用的单板，他会怎么想？他会不会觉得我向单侧忽略屈服了，放弃了？我真的放弃了吗？这是适应还是失败？我是不是应该再等一等，等康复得差不多了，还像以前一样滑双板？可要是我永远不能完全康复呢？我是不是只有两个选择，要么坐在滑雪小屋的小隔间里，要么像以前那样滑双板，除此之外没有别的选择？要是正好有一个同事来这儿过周末，还看到了我，那该怎么办？要是理查德也在这儿，看见我抓着扶手，身边还有一个新英格兰残疾人体育协会的教练，那该怎么办？我不想让任何人看见我现在的样子。

我究竟在干什么？可能真是我一时冲动，做了个非常错误的决定。快到坡顶了，其实也不是什么坡顶，只不过魔毯就只能到这儿，我要是没有到处乱跑，而是老老实实地待在滑雪小屋的小隔间，我就能看到这个地方。脑海里焦虑的唠叨声越来越吵，我彻底陷入了慌乱之中。

我改变主意了：我不想做这件事，不想滑单板，我只想回小隔间里做我的找词游戏。我想回山下待着，可我们现在已经到了坡顶，这儿没有下坡的魔毯。我又不是小孩子，他们要是怯场了、害怕了，不管出于正当理由还是胡搅蛮缠，都可以不滑。可我不能扔下雪板，顺着不太长的坡道，自己走路下去。我的老人拐杖留在了残体协，迈克呢，要是我不认真地尝试一下滑单板，我猜他是不会同意带我徒步下山的。

迈克拉着我站到了一侧，免得我在传送带终点引发人群拥堵。接着，他转身面对着我，伸出两只手，放在我的手的外侧，握住了扶手。

"准备好了吗？"他兴奋地咧着嘴，露出了一排牙齿。

"没有。"我咬着牙，免得自己哭出来。

"你明明准备好了，我们先往前滑一小段。"

他身子向坡下倾斜，我们开始滑行了。不管我喜不喜欢（毫无疑问是不喜欢），我都非滑不可了。

"好极了，赛拉！有什么感觉？"

有什么感觉？兴奋和惊恐交织在一起，在胸膛里翻滚，就像烘干机里的衣服。这两种感受此起彼伏，让我不知所措。

"我说不好。"

"现在试试转弯。记住了，朝着林子撒尿就是往左，蹲厕所就是往右。向前顶髋，脚尖着地，向后蹲坐，脚跟着地。我们先试试向前的动作。"

我把髋部往前一送，我们开始左转了。我觉得自己犯了个可怕的错误，急忙弯曲膝盖，收回屁股，站直了身子。我顿时失去了平衡，但马上又感觉到迈克帮我纠正了方向，这才没有摔倒。

"怎么了？"他问。

"我不喜欢左转。我看不到自己要去哪儿，所以心里很害怕。"

"别担心，我会留意方向的。我保证，我们不会撞到人，也不会撞到别的东西，好吗？"

"我不想往左转。"

"好吧。那我们往前滑一小段，等你准备好了，就脚跟着地，往右转。"

他轻轻地拉动扶手，我们一起沿着山坡滑了下去。几秒之后，我脚跟着地，蹲坐在幻想中的坐便器上，我们开始右转了。我摆正了臀部，继续向前滑行。我决定再来一次。

向后蹲坐，脚跟着地，摆正臀部，向前滑行。向后蹲坐，脚跟着地，摆正臀部，向前滑行。

"太棒了，赛拉！你会滑单板了！"

真的吗？我一直集中精神，死死地记着每一个步骤，这时才回过神来，意识到刚才全部的过程。

滑行、转弯、滑行。滑行、转弯、滑行。

"我会滑单板了！"

"有什么感觉？"迈克问。

有什么感觉？虽然是迈克在帮我维持平衡、控制速度，但什么时候转弯、什么时候下滑都是我来决定的。我感觉又自由又独立。虽然我要用残疾人扶手，而正常的单板上没有残疾人扶手，但我并不觉得不正常，也不觉得自己是残疾人。单侧忽略让走路变得漫长而又吃力，每次痛苦地挪动几米，都需要付出走几十甚至上百米的力气，而我踩着雪板滑下山坡的时候，我感觉流畅、优雅而自然。我感觉到阳光和微风轻拂我的脸颊，我感到了快乐。

我们滑到山脚，停了下来，依然是面对面。我看着迈克面带笑容，还从他的滑雪镜中看到了自己的影子，我和他一样，兴奋地咧着嘴，露出了一排牙齿。有什么感觉？我感觉迈克朝我心里那面偏见的玻璃墙扔了一块大石头，并且正中中心，我的恐惧被砸了个粉碎，散落在周围的雪地里。我感觉自己卸下了重担，内心充满感激之情。

"我感觉还想再来一次。"

"棒极了！咱们走！"

我们回到了平坦的地面上，迈克拿掉一块雪板，抓住扶手，把我拖到了魔毯上。因为他是残体协的，所以我们径直往队伍前面走去。

"妈妈！妈妈！"

是露西在喊我，她站在鲍勃旁边，就在我们前面的位置。查理也和他们在一起。迈克把我拉到他们身边，我把他介绍给了我的家人。

"瞧瞧！"鲍勃看到我，吃了一惊，但他满脸笑容，无论是语气还是目光里都没有丝毫的失望或者评判。他的目光从来不会说谎。

"瞧瞧！"我像个小孩子似的，骄傲地说，"我是个单板运动员，和查理一样！"

查理上上下下地打量我，核对这句话是否属实，他的目光停留在迈克戴着手套的手上（他的手搭在雪板的扶手上），考虑着我的声明是否需要加以解释说明，我的热情是否需要当头一棒。

"酷！"他开口了。

迈克说："她刚刚滑了第一轮，表现得棒极了。她很有天赋。"

鲍勃说："我们打算再滑一轮，然后去吃午餐，要一起吗？"

我问迈克："我们能排在他们后面吗？"

"当然可以。"迈克说着，把我拉到了露西后面。

我们坐着魔毯，一起来到了坡顶。

"准备好了吗？"迈克问。

我点了点头。他身子微微向后倾，我们开始滑行了。滑行、转弯、滑行。我们踩着雪板，我脸上始终带着微笑，因为我知道，鲍勃和孩子们就在后面注视着我，我也知道，鲍勃的脸上应该带着微笑。我滑的是"兔子道"，而不是从山顶下来；我用的是残疾人雪板，而不是双板，但这样的体验丝毫没有让我觉得不够完美。我们一家人一起在山上滑雪。我来山上滑雪了。

滑行、转弯、滑行。微笑。

第 30 章

现在是周一早上。我之所以知道现在是周一早上,是因为我们昨天晚上从科特兰开车回到了威尔蒙特,所以昨天晚上是周日晚上。现在是三月初,我已经四个月没上班了,也就是说,在整整四个月的时间里,我的生活中没有严格的日程表。之前,在我醒着的每个小时里,何人、何事、何时、何地、何因,全部都是按照日程表来规划的。我知道在佛蒙特的时候是周末,我也记得清周一和周五,因为我们要么刚刚回来,要么正收拾东西准备出发,但中间的日子就有些模糊不清了。一般过到周三,我就分不清究竟是周二还是周四了。不过话说回来,分不清也没什么关系。

我知道今天是周一,还因为莱纳斯今天没有去日托中心。现在从周二到周五我们还会送他去,不过周一都不送了,这也是我们节省开支的诸多办法之一。查理和露西去上学了,鲍勃去上班了,母亲带着莱纳斯出去买东西,家里只剩下我一个人。我穿着睡衣,待在日光室里,坐在我最喜欢的椅子上。这是我的快乐小窝。

我已经把周日的《纽约时报》换成了《周刊》杂志。我实在是看够了《纽约时报》,至于《周刊》是我在儿童牙医诊所的候诊室里发现的,可以说是一见钟情。这本杂志会用三页纸的版面概述一周要闻,还会从《纽约时报》等主要报纸上摘录社论和专栏评论,甚至还用一页的篇幅为我们这些《人物》杂志的地下粉丝介绍最新的好莱坞"新闻"。每篇文章的内容都不超过一页，这本四十页的杂志读起来又有趣又不累。

《周刊》杂志和我最欣赏的伯克利咨询顾问拥有一样的优点：高效而全面，并且直奔主题。我翻过一页，思索着两者的相同之处，突然想起了二八定律。

二八定律被看成是普遍的真理，也是伯克利"十诫"中的一条。这个经济学原理认为百分之二十的努力可以产生百分之八十的价值，从本质上讲，这意味着不管是谁做了什么事，只有百分之二十是真正有用的。对我们的咨询顾问而言，他们需要在几周的时间里向客户交付方案，因此也没有花一年时间就某个商业问题展开研究的余地。而二八定律告诉他们，要专注于百分之二十的重要信息，忽略可有可无的百分之八十（我们的明星顾问凭直觉就知道哪些是重点，哪些可以忽略）。

《周刊》的编辑基本上把我关注的那百分之二十的新闻都搜集了出来，印在一本工工整整的小杂志上。这一期我要是今天看不完，明天也能看完了，这就意味着我周二就充分了解了一周的全球事件，这周剩下那几天我就可以自由自在地做点别的事。二八定律真是精妙。

我看了看窗外的院子，又透过法式门看了看客厅，不由得叹了口气，因为我想不出有什么"别的事"。找词游戏就只有那么几篇，托盘上需要找到再拿起来的红球也只有那么几个。门诊治疗本来是一周两次的，但现在也结束了。结束不是因为我康复了（我还没康复），也不是因为我放弃了（我也没放弃），而是因为医疗保险只负责十周的费用，现在期限到了。一个尚存一丝理性、一点同情心的大活人怎么会定下并且坚持这么离谱的规定，如此仓促地终止医保服务？我实在不能理解。

我打电话向保险公司投诉，为了转到人工客服，我感觉自己足足等了十周，最后我把一腔怒气毫无保留地表达给了贝蒂。我相信这位倒霉的客服代表和这项条款的制定没有丝毫关系，她也肯定没有能力要求公司修改。尽管如此，发泄过之后，我心里还是痛快了一些。事情到此为止了。要是我想百分之百地康复，从现在开始，我就只能百分之百地靠自己了。

我把《周刊》看完了。接下来该做什么？母亲和莱纳斯居然还没回来，我觉得很奇怪。莱纳斯现在非常好动，自从他会跑了，一有机会就跑来跑去。他不喜欢安静地坐着，而且想要做什么都一门心思地非做成不可，母亲说这个性格绝对是遗传了我的基因。她的原话是这样的："反正不是大风刮来的。"但愿莱纳斯没有让母亲受累。母亲把孩子们照顾得好极了，她兼顾三个孩子的日程安排，包揽了所有洗衣服的活，而且她喜欢和孩子们相处。但我看得出来，到了下午四点，她基本上已经疲惫不堪了。看到她这么卖力，我于心不忍，可要是家里没有她，我根本无法想象我们该如何是好。

我窝在软软的椅子里，闭上眼睛，享受着日光室里的温暖，像在暖房里一样，但我并不累，也没有困意。今天要是周六就好了。假如今天是周六，我们已经到了佛蒙特，我就可以去滑单板了。我迫不及待地想回去。

电话响了。母亲出门之前会把电话递给我，今天也不例外，我通常会把电话塞在旁边的坐垫里，可是现在电话没在那儿。电话又响了一声，我顺着铃声的方向寻找，看见电话放在了我对面那张轻便小桌上，这时我才想起来，莱纳斯一直拿着电话玩，一定是他随手扔在那儿了。不到一米的距离，却像隔了好几千米。

我可以站起来，拄着老人拐杖走过去，不过大概没办法在四声铃响之内走到。我其实应该等着答录机应答，不过我正巴不得有点事可做。电话又响了一声，我还有三声的时间。

我抓着老人拐杖一点点地往下挪，最后抓住了其中一个橡胶脚垫，接着把拐杖一伸，把手柄搭到了桌子上。我动了动拐杖，让电话卡在了手柄的 U 型口里。第四声电话铃响了。我猛地一拉拐杖，电话从桌子上飞了过来，正正好好地砸中了膝盖。唉哟！电话在我脚边"铃铃"地响，我伸手捡了起来，按下了"接听"，差点大喊一声"我赢了"，而不是"喂"。

"嗨，赛拉，我是理查德·莱文。你好吗？"

"我很好。"我努力克制，不想让他听出我喘着粗气，忍着疼。

"那就好。我打电话是想问问你怎么样了，还有你是不是准备好了，商量一下回来上班的事。"

我怎么样了？快到中午了，可我还穿着睡衣。在这一天里，我最引以为傲的事就是在电话铃响了六下之前用老人拐杖勾到了电话。

"我现在好极了，已经好多了。"

我准备好考虑回去上班了吗？母亲大概会说，我现在连换纸尿裤的步骤都协调不了，又怎么可能协调人力资源？但鲍勃会说我已经准备好了，他会让我放心回去。医保公司的客服贝蒂也会说我已经准备好了。出事前的我正在开香槟庆祝，还拍着我的后背，几乎是推着我出门。

"我也很乐意商量一下回去上班的事。"

"好极了。你什么时候能过来？"

我得想想。我本来打算睡午觉之前绕着街区散散步，母亲去了超市，这就是说我会有一本新的找词游戏书。录像机里还有最新一期的《艾伦秀》。

"随时都可以。"

"那明天十点怎么样？"

"没问题。"

"太好了，那到时候见。"

"明天见。"

我挂断电话，把它塞进坐垫里，一边晒着太阳，一边消化这通意外电话即将产生的后果。两者都让我热得出汗。我准备好了商量回去上班的事，可我准备好重新上班了吗？我把倒霉的客服贝蒂一顿痛骂，谴责那项可耻的条款，因为我还没有百分之百地康复，她就草草地终止了我的治疗。我还没有百分之百地准备好。那我康复得如何、准备得如何了呢？我可以阅读、打字，但是速度很慢。走路的速度就更慢了。我担心自己会赶不上开会和事项的截止期限，担心注意不到放在办公桌左侧的某份重要文件，担心忘了打开电脑屏幕左侧的文档。我又想起了二八定律。我达到百分之二十了吗？

我是个完美主义者，总是追求尽善尽美、面面俱到，并且一直引以为傲。如果不需要百分之百就足够了呢？如果我康复了百分之二十，就足够让我回去工作了呢？有可能。我做的是人力资源，是文职工作，又不是做外科手术需要用两只手或者跳狐步舞需要用两只脚。即使我没有百分之百地康复，我也还是可以出色地完成工作。我可以吗？

我坐在快乐小窝里，坐在我最喜欢的椅子上，一颗心怦怦直跳，每跳一下都半是欢欣半是恐惧。我不知道自己所谓的"准备好了"究竟是合理的乐观主义，还是可笑的自欺欺人。我望着窗外的院子，再次叹了口气，分辨不出哪一个更接近真实的答案。估计明天就该揭晓了。

第 31 章

我又看了一眼闹钟。从我上次看过之后又过了四分钟，而我们还在穿裤子。我不停地吸气收肚子，母亲不停地拉裤腰，可无论如何也没办法把这条黑色的羊毛西裤拉链拉到底。

"我觉得你应该穿这条。"母亲说着，从一堆一模一样的黑色合成纤维面料松紧腰裤子里拿了一条。

"我觉得你应该再试一次。"我说。

"现在已经拉到最高了。"

"那就这样吧。一会等我系上西服扣子就看不出来了。"

我们接着穿衬衫。从前我不费吹灰之力就能穿戴整齐，而现在，同样的时间里，我只系上了两粒纽扣。我屏住呼吸，咬着牙系上了第三粒，然后不再挣扎，把穿衣服的工程全部交给了母亲。我看了看闹钟。可不能迟到啊。

母亲替我系好衬衫纽扣，又帮我穿上西装外套、系好扣子，接着，又把绿松石珠子项链戴在我脖子上，把叮当作响的吊坠手链戴到左手腕上。我挑了一对钻石耳钉，母亲帮我把耳钉穿进耳洞，又扣好后托。她帮我打上粉底和古铜粉饼，画上淡粉色的眼影，又拔掉了眉毛之间和下巴上几根捣蛋的汗毛，最后涂上了裸色唇彩。我看了看镜子，对她的作品表示认可。

穿鞋的时候，我们却僵持不下。我拒绝穿那双一脚蹬的运动鞋

(我还拒绝了她的另一个建议——白色运动鞋！），而母亲说，要是我穿高跟鞋，她就拒绝开车送我去公司。

"我得打扮成能胜任工作的样子，我需要展示出能力出众、成熟老练。"

"要是你绊倒了，摔得鼻青脸肿，那能展示出能力出众、成熟老练吗？"

可悲的是，这句预言并非不切实际。我最终决定，还是不能去冒这个颜面尽失的风险，于是做出了妥协，选了那双芭蕾平底鞋。和平底鞋容易打滑的鞋底相比，母亲更喜欢运动鞋的防滑橡胶鞋底，不过她还是默许了这个选择。她替我拿了鞋子过来。打扮完毕。除了安妮·蓝妮克丝的发型（我也很喜欢这个发型），我看起来和四个月前差不多：恰如其分的商务风，能力出众、成熟老练，最重要的是，没有残疾。

但等我拿起老人拐杖，一切都变了。这件配饰和能力出众、成熟老练毫无关系，可惜很不幸，我不能不带着它。要是我现在能换一根普通手杖就好了。潇洒的木质杖身、华丽的黄铜手柄，相比刺眼的不锈钢和灰扑扑的橡胶，产生的联想要迷人得多。普通手杖的使用者可能是一位腿脚略微有些不便、身份高贵的绅士，而老人拐杖的使用者则可能是一个做了髋关节置换、身体虚弱的老太太。母亲建议我把老人拐杖装饰一下，找一条漂亮的丝巾包在手柄上，但我觉得这样反而更会引起不必要的注意。最好还是不去理会，并且希望每个人都能和我一样吧。

孩子们都走了，厨房里出奇地安静。今天鲍勃很早就把他们送去了学校和日托中心，好给我和母亲留出空间和时间不用受打扰，专心准备。我灌了一杯咖啡，觉得肚子里空空的，想吃东西。我看了看时间。

"走吧。"

从早上醒来之后，我就一直很紧张，我觉得母亲也察觉了，但穿衣服的时候，我只是告诉母亲该做什么，这样我们至少都有事可做，因此掩盖了紧张的情绪。此时此刻，我们正开车前往波士顿，我被安全带绑在副驾座位上，心里的焦虑就困在车内，无事可做，无处可去，像是幽闭恐惧症发作，不安正在成倍地增长蔓延。

我的肩膀已经耸到了耳朵，右脚踩着想象中的油门，每根神经都在大喊：“快啊，快点开，不然我就要迟到了！"母亲的反应却和我完全相反，她一片平静，车开得也比平常慢。在这个至关重要的日子里，她表现得格外谨慎，就一直在高速路的第一车道上慢悠悠地开着，而马萨诸塞州的每一个人似乎都在从我们旁边呼啸而过。她是那只乌龟，而我是那只兔子，在理想的情况下，我们绝对不能在早高峰一起通勤。

我正要发作时突然注意到车开到了哪里，一时间，心里所有不安、慌张的想法都变得异常安静，后背和胳膊上起了一片鸡皮疙瘩。马萨公路的这一段没有什么特别之处，没有重要的地标，没有出口，东西两侧也没有什么标志，总之没有人会特别留意。但是，就是这里，这就是出车祸的地方。这就是让我的生活彻底改变的地方。

我想把这个地点指给母亲看，但还没等我调节好嗓音把想法说出来，车就已经开过去了，这件事好像也不值一提了。我决定什么也不说了，无论是关于车祸的地点还是母亲的车速。我们会开到的。这样的速度正好。

我们把车停在保德信停车场，坐上电梯，来到了商场那层。
"好了，妈，我一个人就行了。一会儿你想在哪儿见？"
"不用我和你一起去吗？"

我想表现出独立、自信、跃跃欲试的形象,要是第一次回去上班让我妈妈陪着,那给人留下的第一印象可不会是这三个词了。

"不用,你可以去逛逛商场。等我完事了,咱们就在餐饮区见吧。我给你打电话。"

"可我想去看看你工作的地方。"

"下次吧,拜托了。"

看得出,我这么做伤害了她的感情,但这一次太重要了。我甚至不希望有人发觉是母亲开车送我过来的。

"你肯定?"母亲问。

"肯定,我是个大姑娘了。我一会给你打电话。"

"好吧,我去给莱纳斯挑两件大一点的连体衣。"

"好极了。"

"祝你好运。"母亲说着,给了我一个拥抱,这让我吃了一惊。

"谢谢。"

我从两边的零售店前走过,沿着我走过了几千次的路线,来到了伯克利的大厅。这里位于商场一角,给人一种安静又高档的感觉。前台区一点也没变,接待区摆着几把时尚现代的奶油色皮椅和一张玻璃咖啡桌,布置得像是一间小小的客厅,桌子上放着今天的《纽约时报》和《华尔街日报》,高而气派的接待台上摆着昂贵的鲜切花,后面的墙上是"伯克利咨询"几个凸出的金字。接待台后面是一块平台,希瑟坐在前台那儿,比地面要高出许多,因此是俯视的角度,这样更能给客人留下权威的印象。

"早上好,希瑟。"

"赛拉,欢迎你回来!"

"谢谢。能回来真好。我是来找理查德的。"

"是,他们会在协和室等你。"

"好的,谢谢。"

我从接待台前面走了过去，尽量不让左脚拖得太明显。

"哦，赛拉？协和室在这边。"她说着，指了指相反的方向，好像在和一个慈祥却糊涂的老太太说话。该死的拐杖。

"我知道，我想先去和别的同事打声招呼。"

"哦，抱歉。"

我走在长长的走廊上，以前从来没有走得这么慢过，但我有种回家的感觉。按顺序出现的办公室，墙上相框里那些世界主要城市的航拍照片、灯光、地毯，这些熟悉的景物都在欢迎我，让我觉得很自在。我以为路上有可能碰见杰西卡，不过这次顺便过来其实并不是为了和谁打声招呼。我走到了自己的办公室。

我打开门，开了灯。我的电脑屏幕是关着的，桌子上没有任何文件。鲍勃和孩子们的照片还摆在原处，连角度都没变，就连那件黑色羊毛衫也依旧搭在办公椅上——我特意在办公室里放了一件厚衣服，好在冷的时候穿，那通常是夏天空调温度开得太低的时候。

我本来以为自己会想走进去，坐在我的椅子上，打开电脑，眺望窗外，欣赏一会儿博伊尔斯顿街上的人来人往，可我一步也没有往里走。前台区和走廊让我觉得像回家了一样，可不知为什么，办公室却让我觉得很陌生。过去这八年里，我在这里度过的时间大概比在家里还要多。这里就好像成了犯罪现场，案子还在调查中，虽然没有拉警戒线，但也最好不要进去，免得破坏了什么。我关了灯，轻轻地带上了门。

我在冲动之下走去了办公室，本来以为只是一去一回的事。我其实应该有自知之明的。伯克利的波士顿办公室是公司的全球总部，在这个面积巨大、四通八达的商务空间里，我的办公室和协和室简直隔着天涯海角。我晃了晃手链，看见左手腕上戴着海蒂那块运动手表。糟糕。

挪拐杖、迈一步、拖着走、缓口气，等我这么走到协和室，人都已经到齐了。他们坐在那儿，边喝咖啡边等着我，此时此刻，他们就注视着我拄着老人拐杖闪亮登场。我应该早点过来才对。我刚才究竟在想什么呀？

"赛拉，进来吧。"理查德说。

理查德和卡森坐在十人会议长桌的右侧。我往左扫视，看见他们对面坐的是格里和保罗，两位董事总经理；保罗旁边的人是吉姆·怀廷，他是合伙人之一。根据在座这几位的身份，我迅速得出了两个结论：第一，这个决定至关重要；第二，这个决定只需要十分钟。我母亲可能还没找到卖童装的地方，我这儿就结束了。

从礼貌的沉默和迟疑的微笑中，我还判断出，在座的每个人都对我走路的姿势和手里的老人拐杖感到关切，甚至是诧异不安。我深吸了一口气，鼓起全部的勇气，先和每个人都握了握手，然后坐了下来。我有一流的握手礼仪，坚定有力而不咄咄逼人，充满自信而又亲切热忱。我暗暗祈祷，但愿这能抵消不好的第一印象。

理查德问我要不要喝咖啡或者水，我担心左侧嘴角漏水，所以就婉拒了，但我心里其实很想说两样都来点。在伯克利走了这么长一段路，我已经筋疲力尽，喉咙发干，所以很想喝点什么。我还感觉到腋窝和文胸里面潮乎乎的，所以很想把羊毛西装外套脱掉，却又不敢再给自己加上一出杂耍戏。何况我还得用外套盖住没拉上的裤子拉链呢。我用右手找到了左手，接着把左手夹在了膝盖中间。我迟到了一小会儿，浑身是汗，口渴难耐，同时暗暗祈祷左手千万不要擅自行动，做出什么不当举止，或者显露出残疾的样子。尽管如此，我还是对理查德露出微笑，好像一切如常，可以开始了。

"是这样的，赛拉，我们下个季度有好几个大项目，现在又经历了一些意想不到的人事变动。这几个月，你的工作由卡森接手，他表现得非常好，不过接下来我们绝对不能再这么跛着脚继续了。"

我不由得笑了，感到受宠若惊。我想象着这四个月里公司人力也拄着一根老人拐杖，像残疾人一样拖着脚走路，因为我不在，所以无法百分之百地发挥作用。

　　"所以我们想和你了解一下情况，看看你是不是准备好了，能马上站出来接手。"

　　我恨不得跳出来。我怀念这里的生活——节奏快，强度高，为一件有意义的事做出贡献，我感觉自己能力出众，成熟老练，能做出成效。我一一观察他们的表情和肢体语言，猜测他们是不是也相信我准备好了，想看看有谁和我一样，感受到了迫不及待的热情，可惜我并没有发现积极的回应。格里和保罗交叉着胳膊，大家都面无表情。只有吉姆除外。我刚才和吉姆握过手，但我这会儿没有看到他的身影。可能他悄悄地出去了，他收到了传呼信息，有更要紧的事情要处理。还有一种更大的可能，就是他把椅子稍微往后推了一点儿，又或者是卡森点笔的哒哒声把我的注意力吸引到了房间的右侧，但不管是什么原因，他人还在这儿，只不过是坐在了位于我左侧的黑洞里。

　　我在骗谁呢？我的问题远远不只是人人都看得见的腿脚不便。我需要母亲帮我穿衣服，还要开车送我，我的左手夹在膝盖之间，我不敢当着任何人喝咖啡，从我自己的办公室到会议室的这段路就让我筋疲力尽，而且我根本不知道执行合伙人在哪儿。不管我恢复了百分之多少，总之是不够的。我想了想从前每天公司需要我完成的工作量，但以我现在的恢复水平和工作能力，一天二十四小时根本不够用。不管我多想回归工作，我都不愿意把质量欠佳的工作成果交给公司，也不愿意为此损害自己的名声。

　　"我真的很想回来上班，但我要对各位坦白，我还没有准备好全职工作。虽然我能够胜任全部的工作，但现在需要更长的时间。"

　　"那兼职怎么样？"理查德问。

"真的可以吗？"我问。

伯克利没有一位兼职员工。你在这里工作，你就属于公司，不是一部分属于，而是全部。

"对，我们知道你可能还需要一段时间才能得心应手，不过对我们来说，你能回来，哪怕只是兼职，也比物色、招聘、再培训一个新人省时省力。"

我依稀看到了一个分析师做出来的成本效益分析。即使我是兼职工作，至少在下个季度，我的数字也比新来的人力资源副总裁的更值得考虑。不知道他们给"单侧忽略"定的折扣系数是多少。

"我想问问清楚，兼职是每周多少工时？"

"四十小时。"理查德说。

其实在提问之前，我心里已经知道了答案。在大多数公司里，全职是四十小时，兼职只有二十小时。我知道自己应付二十小时没问题，但这里是伯克利，我大概需要工作八十小时才能完成四十小时的任务，不过我八成能做到。八十小时的时间和努力，只能换来四十小时的工作成果和薪水，但我和鲍勃确实需要我这份收入，哪怕只有一半。

"那你们希望我什么时候开始？"

"最好是马上开始。"

我本来希望他会说"下个月"，这样我还能有更多的时间来康复，不过我也猜到他们今天就要落实这个岗位的负责人，毕竟他们这么急于开会，而且还来了这么多大人物。我想起以前每天扔的昂贵、脆弱、沉重而又不可代替的杂耍球，我勉强应付着不让一个球掉下来，每一刻都享受着肾上腺素的刺激。此时此刻，我又回到了伯克利，理查德已经给我准备了一捧球。我的右手已经准备好了接球，可左手还夹在膝盖之间。

"这个安排，你看怎么样？"理查德问。

我又回到了伯克利，理查德的这番话，也正是我四个月来每天都梦寐以求的。我已经走到了门口，里面就是我从前的生活。要回归我的生活，现在我要做的就是径直走进去。

第 32 章

"我打算拒绝。"

鲍勃脸上的兴高采烈顿时化成了不可思议,就好像我上一句告诉他说我们中了彩票,下一句又说我把中奖的彩票给了在街角乞讨的流浪妇人。

"你脑子坏了吗?"

"没有。"我感觉这句话是在贬低我。好吧,我右脑的一部分的确坏了,不过现在大概不是咬文嚼字的最佳时机。

"那你到底为什么要拒绝?"

"我还没准备好回去。"

他用手指上上下下地刮着眉毛和额头,每次孩子们气得他要发火,他就会做这个动作,好让自己再冷静一下。可现在孩子们都不在家,家里只有我们两个人,面对面地坐在餐桌旁。

"他们觉得你准备好了。"他说。

"他们不知道真正的情况。"

他们不知道,我要多么吃力才能读完一页纸上的每一个字,特别是那页纸上左边的字;他们不知道,我要花多少时间才能找到电脑键盘左边的字母;他们不知道,我需要在办公室贴上橙色的胶带,还要用指示牌提醒自己"往左看";他们不知道,我花了多少时间才能从自己的办公室走到协和室,一路上还撞了好几次门框,撞倒了一盆绿植；他们更不知道，会开到一半，吉姆就在我的视线范围内消失了，因为他坐的位置对我来说太靠左了。他们还没见过我摔倒、流口水、脱外衣的样子。

"我真的觉得你已经准备好了。"鲍勃说。

"我没有。"

从发生事故以来，鲍勃一直坚定不移地鼓励我，他自信地拿捏着乐观与悲观、希望与绝望之间的尺度。有时候，我正是靠着他这种态度才能振奋士气，一路走了过来。有时候，我却觉得他太脱离现实，比我和房间左侧的距离还要远，比如今天。

就算回伯克利兼职工作，工作量和时间压力也超出了我的能力，就像让我在一天之内读完周日的《纽约时报》一样。我完全可以想象，自己会犯错、会遗漏，还会为这些代价高昂的错误感到难堪、不断道歉。即便我和我的自我价值感可以承受这些痛苦，但在我为之痛苦之余，公司的咨询顾问、客户还有公司本身也要承受损失。没有一个人是赢家。

鲍勃说："当时去滑雪你也说了一模一样的话，可现在你每个周末都在山上。"

"可我滑的是单板。"

"重点是你又重新滑雪了，而且这对你是最好的治疗办法。我觉得回去上班是个特别好的办法。再糟糕还能糟糕到哪儿去？"

"我会一败涂地。"

"不会的，而且你至少也该试一试。"

"换成是你，你会吗？"

"绝对会。"

"不对，你不会的。除非你是在最佳状态，不然你不会回去的。"

"我会。而且你会恢复到最佳状态的，你不试试又怎么知道呢？"

"我知道我不能滑双板，不用试也知道。"

"这和滑双板不一样。"

"我知道。"

"这件事真的很重要。"

"我知道。"

他又开始用手指刮着眉毛和额头。这会儿他的太阳穴应该开始了一阵阵地抽动，每次他想跟露西讲理，让她不要发脾气的时候，他的太阳穴就会这样抽动，但他根本是白费力气，就像要劝说飓风改变路径，或者降为温和的热带风暴级[①]。我可以任由露西哭闹，可鲍勃却总忍不住要做点什么。他一边哄劝，一边抽动太阳穴，露西一边号啕，一边扭着身子。每次她发脾气，我们有时候可以靠转移注意力让她平息下来，但大多数情况下，必须顺其自然，等她闹够了，渐渐地就会冷静下来，不然说什么她都听不进去。

"赛拉，我都要崩溃了。我一个人撑不起一个家，要是你不上班，我们根本负担不起现在的生活方式。孩子们的私教课、日托、我们的学生贷款，还有房贷。我也不知道你母亲能住多久，她也有她的生活呀。我们八成应该考虑把佛蒙特那套房子卖了。"

我接着他的话说："或者我们应该把这套房子卖了。"

"卖了以后，我们住哪儿？"鲍勃在逗我，但语气中一派屈尊俯就的意味。

"佛蒙特。"

他诧异地看着我，好像我刚才建议说我们应该去卖肾，但在我看来，这个想法很合理。这段时间里，这个模模糊糊、断断续续的想法一直萦绕在我脑海里，并且渐渐成形。威尔蒙特的房贷和这里的生活费用是家里最大的花销。佛蒙特那套房子可能要等一年多才

[①] 在美国，飓风被分为五级。——编者注

能找到买家，但即使以现在的经济环境，威尔蒙特的房价也一直很稳定。我们这套房子是不太大的四居，大部分想在威尔蒙特买房的人都想买大一点的，不过这座房子维护保养得很好，很适合带人来看房，应该马上就能卖掉。

鲍勃说："我们不能搬到佛蒙特生活。"

"为什么不能？和这里的生活成本相比，在那儿住简直不用花钱。"

"那是因为那里什么都没有。"

"那里有很多东西。"

"但没有工作。"

"我们可以找啊。"

"做什么？"

"不知道，我还没想过。"

但我想在那里工作。佛蒙特的确不太热闹，那里是新英格兰乡村，人口稀少，住在那里的主要是些艺术家、滑雪爱好者、山地自行车迷、从前的嬉皮士、农场主和退休人员。

"我可以开一家咖啡店。"我开始头脑风暴。

"什么？"

"咖啡店。之前的那家关门了，科特兰需要一家不错的咖啡店。"

"之前的那家关门可能就是因为科特兰撑不起一家不错的咖啡店。"

"也可能是因为管理不善。"

"这个商业构想太可笑了。"

"有什么可笑的？星巴克可笑吗？"

"所以你是想开一家星巴克吗？"

"不是，我——"

"你想和星巴克竞争？"

"不是。"

"你想当科特兰的胡安·帝滋①？"

"你这个笑话可不好笑。"

"这些话一句都不好笑，赛拉。我也喜欢佛蒙特州，可咱们俩都还年轻，都有野心，不可能在那儿安家。那里只是度假的地方，我们的生活在这里，我们的工作也在这里。"

我不明白为什么非这里不可。

"你知道，说不定过几天咱们俩就都丢了这里的工作。我不明白为什么不能搬到佛蒙特州，至少可以先找找看吧。"

"还是那个问题，做什么？你想去什么'玛丽枫糖公司'管人力吗？"

"不是。"

"你想让我去山上卖缆车票？"

"不是。我不知道那里有什么工作。"

"那里什么都没有。"

"不能这么说，我们还没找呢。"

"所以你想拒绝在伯克利的工作，然后在佛蒙特找工作？"

"是的。"

"咱们讨论这些是彻底疯了。"

"可能吧。"

"不是可能，就是。"

"好吧，我们讨论这些是彻底疯了。"

鲍勃生来就爱冒险，他还具有出色的商业头脑和创业精神，本来应该对这次讨论抱着开放态度的。他也应该知道，那些世界上最

---

① 胡安·帝滋（Juan Valdez），哥伦比亚咖啡虚构的广告人物。

聪明的想法、最伟大的创新和最成功的企业，有一些都是一开始就遭到否决，被看成是疯了。现在他不再刮眉头，太阳穴也不再抽动了。他注视着我，就好像他不认识我是谁了。他目光中流露出来的是孤独和恐惧。

"对不起，赛拉。我不想说这些，我也不想给你压力。我知道你现在做很多事还很吃力，可我觉得你不应该放弃这个机会。如果你还要等下去，那他们只能找别人，也不会再给你机会了。你应该回去。我们需要你回伯克利去上班。"

他最后那句话让我觉得不像是恳求，而是命令，但是我不会因为他的命令就去滑雪，也同样不会因为他的命令就回去上班。我坚持己见的独立性格就像一堵砖墙，鲍勃总想要推倒，没想到过了这么多年，他还没有死心，这让我觉得好笑。有时候他总想由他说了算，就像现在这样，不过他从来没有得逞过。不管是好是坏，在婚姻中，我们一直是平起平坐的。这通常是一种有利的资产增值方式，让我们都引以为傲，可有时候也不得不承认，一艘船上有两个船长，两个人掌舵是件麻烦事。要是鲍勃想往左转，而我想往右转，那就总要有一个人妥协，否则我们就要撞上正前方的礁石，船毁人亡。

他接着说："我知道你害怕，如果是我，我也会害怕的。但是你一直很勇敢，你有能力去面对、去征服各种各样的困难。我特别为你感到骄傲。既然你有力量、有勇气每天和单侧忽略斗争，那么我知道，你同样有力量和勇气回去工作。我知道你心里害怕，但我相信你，他们也相信你。你能做到的，你已经准备好了。"

现在就回伯克利上班，这让我觉得害怕，但这和第一次尝试单板滑雪、第一次不用拐杖走路或者玛莎心情不好不一样，况且这也不是我不想回去的原因。自从上了哈佛商学院，我就一直一门心思，每个小时狂奔一千公里，每天都从早熬到晚，沿着一条路，奔向一个目标：成功的人生。这不仅仅是普通意义上的成功，我追求的成功是，必须让那些精英同学羡慕，要让我的教授当成杰出的榜样讲述给未来的学生听，甚至要让威尔蒙特那些格外富有的居民向往，让鲍勃为之骄傲。这种有目共睹的成功人生，和我破碎丢脸的童年在各个方面都完全相反。

直到我出了车祸。近十年的时间里，我第一次不再以每小时一千公里的速度在那条路上狂奔。一切都停止了。虽然这四个月的静止状态是一段痛苦而可怕的经历，但我也因此有了一个机会，抬起头来，环顾四周。

于是，我产生了怀疑。生活里还有什么？也许成功可以是别的东西，也许成功还有别的路。也许我可以选择一条不同的道路，把速度控制在更合理的范围内。不管是因为我做不到还是因为我太害怕了，抑或是因为心态发生了变化，我想去追求不同的东西，甚至这三个原因都有，我说不清楚究竟为什么。总之，我不想回伯克利了。我不想再过着从前那样的生活了。是直觉引导我找到了迈克·格林和单板滑雪，现在，直觉正引导我走向另一个地方。我相信自己的直觉。

"我不会回伯克利上班。"

第 33 章

周六清晨,黑背啄木鸟还没开始在枫树和松树上演奏打击乐,上山的缆车也还没开放。莱纳斯刚刚从我怀里跳了下去,这会儿他一只手拿着卡车玩具,一只手拿着小兔子玩偶,嘴里吮吸着安抚奶嘴,穿着睡衣躺在地板上,看几乎没开声音的《芝麻街》。查理和露西在各自的房间里安安静静地玩。面前的炉火发出轻柔的"噼啪"声,我和母亲坐在沙发上,享受着一天开始时的宁静。鲍勃留在了威尔蒙特,他说这周工作太忙,没办法过来,但我觉得他还在生我的气,不想让我为搬过来住这个"匪夷所思的念头"产生片刻的良好感觉。我闻了闻拿铁的香气,接着抿了一口滚热的咖啡。啊!我敢说他现在也很想来一杯。

我表面上是在做找词游戏,实际上是在品着咖啡、烤着炉火放松,并趁机观察母亲。她正在织一件大红色的披肩,此时她的全部注意力都放在了手里的针上,还时不时地轻声数着针脚。她放下披肩,揉了揉肩膀。

"没事吧?"我问。

"我觉得胳膊很酸,可能是因为经常抱莱纳斯抱的。"

她捏了捏左胳膊上边。我很肯定,她抱莱纳斯用的一般是右手。

"可能是你织东西的时候肩膀绷得太紧了。"我嘴里这么说,不过看她的姿势，肩膀并没有绷紧。

"我觉得就是因为莱纳斯。"

她从肩膀揉捏到胳膊肘，捏了几遍之后，又继续织起了披肩。披肩从织针上垂下来，遮住了她的腿，一直铺到沙发上，就像一条毯子。看起来快要织好了，我觉得她披在身上会很好看，衬着她的一头银发、黑框眼镜和她喜欢的红色口红，可以说相得益彰。

我开口说："你一定很想念红帽子协会的朋友吧。"

"是啊。"她说话的时候没有抬头，也没有停下手里的动作，"不过我一直都在和她们聊天。"

"真的？"

我从来没有见过她打电话。

"我们用聊天软件。"

"你用聊天软件？"

"嗯哼。"

这个女人不会用微波炉、录像机和电视遥控器，她到现在还用不明白这些设备，她没有自己的手机和笔记本电脑，汽车也没装导航，但她竟然会用聊天软件？

"你怎么会知道聊天软件呢？"我问。

"我看《奥普拉秀》知道的。"

我早该知道的。母亲的信息来源只有三个：奥普拉、艾伦和《人物》杂志。我这个学术势利眼忍不住想嗤之以鼻，不过也不得不暗暗佩服。在这四个月里，她学会了很多东西。她能熟练地操作鲍勃车里的导航系统，我在康复中心住院的时候，她每天都在高峰时段开车去波士顿。她最后也能找对遥控器了（家里有五个遥控器），并且能正确地按下一串按钮，从有线电视切到录像机再切到游戏机（就连艾比也常常搞混）。她住进来之后，鲍勃给了她一个手机，每次我们打给她，她都能接电话。现在看来，她还在用家里的电脑聊天软件。

"那你家里呢？你一定也很想念自己的家。"我说。

"有一些我是很想念的。有时候我想念那种安静又没人打扰的生活，可要是我回去了，我一定又会想念孩子们的动静，想念他们的笑声还有这儿的热闹。"

"那你平常做的那些事呢？你有你的生活习惯。"

"我在这儿也有一套生活习惯，有很多事能做。家就是你住的地方。现在我和你住在一起，所以这里就是我的家。"

家就是你住的地方。我想起了波士顿斯托罗道尽头的那块牌子：如果你住在这里，那你就到家了。我望向窗外，映入眼帘的是一片开阔的自然美景，太阳从山间冉冉升起，给灰蒙蒙的清晨染上了色彩。我很愿意住在这里，我想孩子们也会喜欢的。不过鲍勃说得对，我们对怎么养活自己还没有具体的规划，不能头脑一热就搬过来，让每个人都开始背井离乡的生活。我想象着佛蒙特州的边境竖着这样一块牌子：如果你要住在这里，你就要找到工作。"真正的工作。"我依稀听见鲍勃在提醒我。

"不过我想夏天的时候回去住，不然我会想念我的花园和海滩的。我喜欢科德角的夏天。"母亲说。

"你觉得到了夏天，我会好起来吗？"

"哦，我觉得你那时候一定会好很多的。"

"不是，我是想问，你觉得我会恢复到之前的样子吗？"

"我不知道，亲爱的。"

"好像每个医生都觉得，要是到了夏天我还没有完全康复，那就没有完全康复的可能了。"

"他们也不是什么都知道。"

"他们知道的比我多。"

母亲数了数披肩的行数，然后说："我敢打赌，他们不知道怎么滑单板。"

我笑了，我想象着玛莎绑在雪板上，怕得要命，站都站不稳，每滑几米就狠狠地摔一个屁股蹲儿。

"没有什么事是不可能的。"母亲说。

医生和康复治疗师大概都会说，我还不能去滑单板，那不可能。但现实是，我已经能滑了。没有什么事是不可能的。我一动不动地坐在那儿，琢磨母亲这句话，直到我感觉到每一个字都渗入我的内心深处，无论如何也不会动摇。母亲全神贯注地织着披肩，织针"哒哒"地响，她没有发现我在注视她，我品味着她简单而深刻的至理名言，为她能来到这里而付出的一切努力感到骄傲，感激她真的来了，并且坚持留下来帮我，即使我曾经不那么客气地让她回家。幸好，她那时没有理会我。

我伸出手，捏了捏她穿着袜子的脚。

她抬起头，问我："怎么了？"

"没事。"我说。

她继续低头织披肩。我啜饮着咖啡，望着炉火，这一刻，我又一次感觉良好。我在家里，和母亲在一起。

第 34 章

圣帕特里克节这天①，一场典型的东北风暴席卷了整个新英格兰地区。对威尔蒙特的每个成年人来说，三十厘米厚的积雪基本上是不得不忍受的麻烦事，这意味着学校停课、航班延误、道路拥堵而泥泞、交通事故。但在科特兰，每个人都兴高采烈，把半米多深的积雪视为上天赐予的松软洁白的礼物。在这个阳光明媚又不刮风的周六，山上的条件是再好不过了。

我的单板技术取得了种种让人兴奋的进步。上周末，迈克帮我拆掉了雪板上的扶手，现在我只需要右手拿一根雪杖。这根雪杖底端连着一个小小的"雪板"，不仔细看几乎注意不到。这个装备有助于提高稳定性，也增加了和地面接触的面积，就像独木舟的舷外支架、我走路用的老人拐杖，不过我这根助滑雪杖可比老人拐杖酷多了，它的气质完全不会让人联想到老人。

迈克站在我身后，我那块雪板板头的金属环里穿了一根绳索，迈克会一直拉着我。他的样子应该像是圣诞老人拉着套驯鹿的缰绳，那么我就成了猛冲、舞者或者是鲁道夫②，不过其实我并不在乎别人怎么看我们。从我所在的位置，我看到的只有一块正常的单

---

① 圣帕特里克节，爱尔兰民族的传统节日，为每年的三月十七日。
② 一般的故事版本中，圣诞老人有九只驯鹿，每只都有名字。

板和一条绝美的雪道。迈克在我后面，通过绳索帮我控制速度，不时地大声鼓励我，提醒我该使用什么技术，并对左侧出现的情况做出警告。他说我可能要一直留着这根雪杖，不过到这个雪季结束的时候，我应该能一个人滑了。这个消息让人兴奋，又有点难以想象。眼下呢，要是没有迈克及时提醒，我还是注意不到自己左侧的冰面、转弯和其他的滑雪者（有时候即使他提醒了，我也还是注意不到），所以我知道，我暂时还没准备好不再依赖这位圣诞老人。

我们已经从"兔子道"升到了我最喜欢的"狐狸道"，能够告别魔毯和初级坡，来到真正的山上，这让我兴奋不已。此时此刻，我们滑到了"狐狸道"中间，我眼观六路、耳听八方地留意着查理。他时不时地踩着单板经过，每次看见我都很高兴，并得意地从我身边呼啸而过。看他的样子，好像滑单板毫不费力。我不知道自己看起来是什么样的，不过我为此付出了超乎寻常的努力和专注，我猜这些是掩盖不住的。不过无所谓，刚才我说过了，我不在乎别人怎么看。也许我看起来不是一个很酷的单板运动员，不过起码我觉得自己很酷。

雪道条件绝佳，我喜欢查理贴着我滑过去的感觉，也百分百地相信迈克能保证我的安全，我感觉自己就像单板之王。但是，从前在山上体验到的那种纯粹的、发自肺腑的快乐和万籁俱静的从容，还是没有出现。我专注于技术和雪板从山上滑过的感觉，几乎是全神贯注的状态，但还是有一小部分的注意力在聆听脑海中的戏剧性独白，并且对这出表演入了迷。

如果鲍勃说得对呢？如果伯克利是唯一的机会呢？如果我现在放弃的是回归正常生活的机会，那该怎么办？搬到佛蒙特州住，也许我的确是疯了。

我向后蹲坐，脚跟着地，开始向右转。脚跟太靠后了，后刃卡在雪里，我重心不稳，重重地摔了个屁股蹲。迈克滑到我身边，扶着我站了起来。

"你没事吧?"他问。

"嗯。"我嘴里这样回答,其实我的尾椎骨和自尊心都受伤了。

我把单板板头对准了山下,我们又开始滑行了。

我和鲍勃在这儿能做什么呢?我不想开什么咖啡店、卖缆车车票、开画廊(这是母亲的主意)。也许这里真的没有适合我们的工作。搬到这里,是不是就要放弃我们价值不菲、来之不易的教育经历,放弃我们想取得的成就,想做出的贡献,放弃我们一直以来梦想的一切?

"嘿,高飞!"

是查理。他管我叫高飞,因为我在雪板上是右脚在前,也就是滑雪界所谓的"高飞脚"。他觉得这个叫法很逗,而我觉得这个绰号取得再合适不过了。这一次,查理没有放慢速度,而是飞驰而过,我只看到了他穿着橙色雪服的背影。我忍不住露出了微笑。

"显摆!"

也许是我残疾了,害怕了,所以想把鲍勃也拖下水。也许我是想逃避现实,躲得远远的。也许是我疯了。

我是不是疯了?

我的雪板直直地指向山脚,滑行的速度是我能够适应的最快速度。这时,雪道陡然倾斜,我控制不住地加速了。我的心一下子跳到了嗓子眼儿,身上的每一块肌肉都绷紧了。迈克感觉到我心慌意乱,于是用力拉住绳索,我没有翻滚着跌下雪道,而是缓缓地停住了。

"一切正常吧?"迈克在我身后喊。

"嗯,谢谢。"

要是他也能拉紧绳索,帮我收住信马由缰的思绪就好了。我们继续滑行。

我不想回伯克利。一定还有别的选择，我的生活里一定还有别的梦想。我很肯定，就像我很肯定雪是白色的。但那是什么？又在哪里呢？我们在这里能过上充实而成功的生活吗？我总觉得不可能。

我把重心转向了脚趾。我没有僵住，也没有摔倒，这连我自己都大吃一惊。我摆正臀部，继续下滑。我刚刚做出了一个干净利落的左转。

没有什么事是不可能的。

也许吧，可我该相信自己的直觉，还是相信鲍勃？我应该回归旧生活，还是开始新生活？我觉得自己还能回归旧生活，这是不是疯了？想去追求另一种生活，这是不是疯了？我不知道自己该怎么做。我需要一个信号。

上帝啊，请给我一个信号吧。

我们结束了下午的最后一轮滑雪，我脑海里依旧顾虑重重，却没有答案，一堆乱七八糟、解也解不开的思绪就堆在眼睛后面的某个地方，弄得我头疼起来。从学习单板以来，这是我第一次为结束训练而高兴。我和迈克一起返回残体协，我需要把装备还回去，再拿上我的老人拐杖。

我坐在木头长凳上，脱下了头盔，接着换上了靴子，拿上了拐杖。

迈克说："感觉你今天的动作有点犹豫。"

"是啊。"

"没关系。有些时候你会变得更大胆，每个人都是这样的，好吗？"

"好的。"

"有时候你会发现自己进步了很多，有时候就没什么进展。"

我点点头。

"别灰心，好吗？你明天还来吧？"

"一大早就来。"

"好样的！哦对了，我帮你朋友带了些资料，我放在桌子上了。你稍等一会儿好吗？我去拿一下。"

"好。"

我跟海蒂说要给她拿点残体协的资料，好让她告诉那些病人。虽然我没有任何的科学或者临床数据做支持，但对我来说，单板滑雪就是最有效的康复工具。滑雪迫使我不去注意缺陷，而专注于自己的能力，专注于克服巨大的身体和心理障碍，专注于在板子上站稳，完好无损地滑到山下。从发生事故以来，我第一次产生了真正的自信和独立感，一种真实的幸福感，并且不只是在周末，而我在其他地方从来没有这样的感觉。不管在残体协学单板滑雪对像我这样的人有没有可测量的、持久的疗效，至少这比画猫和捡红球有趣多了。

迈克回来了，他手里拿着一叠文件夹。

"对不起，让你久等了。我刚才接了个电话，我们的开发部主任要搬去科罗拉多了，现在要找人接他的班根本不可能。可惜你不是常年住在这儿，不然你就是最合适的人选。"

从小到大，我有什么愿望，总是会对着星星许愿、敲木头、捡硬币、向上帝祈祷，但直到现在，我从来没有得到过这么明显、直接、让人激动的回应。也许这就是命中注定吧。也许迈克·格林是天使下凡。也许上帝给可怜的高飞扔了一块骨头。无论如何，这就是了，这就是上帝给我的信号。

"迈克，你应该比谁都清楚啊，"我说，"没有什么事是不可能的。"

第 35 章

"佛蒙特可没有曼吉亚餐厅。"鲍勃说。

我没说话。我们一家人都挤在鲍勃的车里，准备去曼吉亚吃饭。在威尔蒙特的家庭餐厅里，我最喜欢的就是曼吉亚，但我不会为了曼吉亚而给威尔蒙特加分的。佛蒙特也有很多不错的餐馆。鲍勃开车的时候，我通常都看不到他，不知道为什么，这一次我的视野里却出现了他的一部分侧影，我看到他的右手大拇指正在手机屏幕上点来点去。

"停下！"我大喊。

他猛地踩住了刹车。我身子往前一倾，安全带自动收紧，勒住了胸口。我们夹在一长串时速五十公里的车流中，没被追尾真是走运。

我说："不是，我不是让你停车。你快把手机收起来。"

"老天，赛拉，你吓了我一跳，我还以为出什么事了呢。我得打个电话，很快的。"

"我的事就没让你吸取教训吗？"

"赛拉。"鲍勃摆出了一副"拜托别小题大做、胡搅蛮缠"的表情。

"你想落得和我一样吗？"

"你这个问题，我怎么回答都不对。"他说。

"那我来替你回答：不想。你不想落得和我一样，你也不想害死别人，是不是？"

"别说了，别吓着孩子们。"

"把手机收起来。鲍勃，以后开车的时候不许用手机。我是认真的，不许用手机。"

"我很快就说完了，而且我得在早晨之前联系上史蒂夫。"

"不许用手机！不许用手机！"查理和露西在后座上高兴地齐声大喊，他们喜欢抓住机会教育爸爸。

"两秒钟就说完了，咱们说话的工夫我都打完电话了。"

"再有十分钟就到餐厅了。你这个电话能等十分钟吗？史蒂夫和你们那个了不得的世界能等你十分钟之后再打过去吗？"

"可——以——"他故意把这两个字拖得长长的，想用夸张的冷静掩饰呼之欲出的恼火，"可那时候我们要吃饭了，但现在我什么事都没做。"

"你在开车！"

我以前早晚通勤的时候都会打电话（甚至还在车子走走停停的间隙发短消息、回邮件），但现在，我再也不会在开车的时候用手机了（假如我还能再开车）。这段经历让我吸取了很多教训，做出了很多调整。到目前为止，我觉得最基本的一条就是"开车不用手机"。

"不如这样吧，"我说，"你现在可以跟我聊聊天。我们好好地聊上十分钟，等到了餐厅，你停好车之后再打电话，我们等你。"

"行。"

"谢谢。"

鲍勃开着车，一句话也不说。孩子们也不说话了。我们一家六口坐在车里，等了一次红灯，没开广播，也没播DVD，这种沉默的气氛让人觉得压抑。鲍勃不明白，一开始这让我很担心，但是在沉默的催化作用下,我的态度很快就从担心转化成了生气。又是一个红灯,他还是一语不发,我又从气他不明白我为什么不想让他开车的时候用手机,变成了气他不明白我为什么不想回伯克利,为什么想搬去佛蒙特。前面的车右转了,我们放慢了速度,我不敢相信他居然不明白。

"你想聊什么?"鲍勃终于开口了,我们再过两个街区就到餐厅了。

"没什么想聊的。"

第 36 章

我和母亲带着莱纳斯在威尔蒙特玩具店里打发时间,露西在同一条街上的舞蹈班上课,查理在镇子对面的社区中心打篮球。莱纳斯摆脱了婴儿车的束缚,正在托马斯小火车玩具桌前玩得不亦乐乎,他把火车连起来又拆开,推着火车在铁轨上跑,穿过隧道,越过桥梁。他能玩上一整天,但露西还有二十分钟左右就下课了,我和母亲已经开始为莱纳斯《离开玩具店》这场戏的大结局发愁了。

我会装出欢快的"好玩极了"的语气跟他说,我们该走了。他压根不会上当,并且会马上失去理智,用两只胖乎乎的小手拼命地"偷"火车,能"偷"多少是多少。我和母亲只好傻乎乎地和一个伤心得不得了并且根本没有理性思考能力的一岁宝宝解释,这些火车是店里的东西,是不能带走的。莱纳斯于是干脆趴在地上不起来,想用非暴力不合作的行为来反对离开的计划,我们只好强行从他手里抢过火车,然后把这个完全不配合、浑身硬邦邦、大哭大闹的孩子抱出去——场面会很难看。现在呢,他就是一个惹人喜爱的刚会走路的宝宝,正沉浸在纯粹的快乐当中。

"看看这件衣服。"母亲举着一条公主裙给我看,裙子上镶满了漂亮的宝石,还绣着荷叶边。

"露西会很喜欢,但她的裙子已经够多了。"

这类的衣服,露西有整整一行李箱。

"我知道，不过她穿这件一定很可爱。"

我站在游戏机的架子前，想找《家庭滑雪》，可是没看到有。我也可以在网上买，不过这是我买给自己的，而且我想今天就买回去跟孩子们一起玩。

"妈，你过来帮我找找，有没有单板的游戏？"

我想再确认一下，它没有藏在左侧的某个地方。母亲走过来，站在我旁边，双手叉腰，眯着眼睛，上上下下地查看。

她问："你想找哪个？"

"《家庭滑雪》。"

"我没看到。"她说，"我们该走了，我得去西维斯拿我的药。"

西维斯也在这条街上，得走三个街区。

"你去吧，我们在这儿等你。"我想让莱纳斯再多玩一会儿他喜欢的火车玩具，自己也能少走一会儿。

"你确定？"她问。

"嗯，我们没事的。"

"那好，我马上就回来。"

我没看到有孩子们想要的、家里还没有的电子游戏，并且确定我们其实一样都不"需要"，但我仍然留在火车桌旁边，查看其他的游戏。我童年时期知道的那些经典棋盘游戏应有尽有：《糖果乐园》《滑道梯子》《快艇骰子》《妙探寻凶》《抱歉！》，还有我听都没听过的游戏，也都摆了好几个架子。我走过游戏区，走到玩具架子前，欣赏着这些产品：颜料、彩泥、粘贴画、毛线、纸袋手偶、珠子、折纸——我小时候对这些东西一定爱不释手。露西也喜欢做手工，不过要是她也来了，她一定会跑到我母亲那里，八成正眼馋我母亲刚才拿给我看的那条裙子呢。

我回头看了看火车桌，却没看见莱纳斯。他应该站在我左侧的某个地方吧。往左看，往左扫视，往左去，还是没看见莱纳斯。

"莱纳斯?"

我绕着火车桌走了一圈,他真的不在这儿。

"莱纳斯,你在哪儿?莱纳斯?"

我听见自己的声调里透出了害怕,于是更加恐惧了。我挪拐杖、迈步子、拖着走,把自己挪到收银台后面那个十几岁的姑娘能看到的地方。

"你有没有看见一个一岁的小男孩?"

"嗯,他在火车桌那儿。"

"他现在不在那儿。我找不到他了,你能帮我找找吗?"

我不等她回答就转过身,在玩具店里四处寻找。

"莱纳斯!"

他能去哪儿呢?玩具店并不大,是老旧的布置,还是开放式的,大部分玩具都摆在靠墙的架子上。这里没有长长的过道,也没有天花板高的货架,这里不是玩具反斗城。就算他躲起来了,我应该也能看见啊。衣服下面、手偶后面、汽车和卡车模型旁边(他第二喜欢的地方),我都找过了。往左看,往左扫视,往左去。到处都找不到他。

"女士,他不在店里。"那个店员说。

上帝啊。

我用最快的速度朝店门走去。门推开的时候,响起了一阵"叮铃铃"的自行车铃声。门很沉,莱纳斯自己是推不开的。刚才店里还有几个十几岁的顾客,莱纳斯一定是跟着他们一起出去的。我想起来了,铃铛声是响过——在不久之前!上帝啊!

我顺着人行道向远处张望,路上能看到三五成群的行人,我从他们的腿间寻找,但看不到莱纳斯。

"莱纳斯!"

我转过身,朝另一个方向张望,但还是没有看到他。上帝啊!我迈开步子，心里暗暗祈求上帝保佑我找对了方向。我恨自己不能跑。

"莱纳斯！"

假如他不是被绑架了（上帝保佑！），那他能去哪儿？在这个世界上，他最喜欢的就是火车、汽车还有卡车，特别是动静很响的、在行驶的车。我停下脚步，望着街面，一瞬间，时间、声音和生命都模糊起来，在我周围扭曲在一起。主街上，傍晚时分，疲惫的司机，打电话的司机，他们看不到乱穿马路的小宝宝。我站在路边，张望着路面，寻找脑海中那可怕的一幕，两条腿像僵住了，根本迈不动步子。我感觉整个人都僵住了，身体左侧、身体右侧、心脏、肺叶甚至是血液，仿佛我身体里每一个会动的、有生命的部分都停下不动了，准备见证即将发生的一幕，因为这一幕生死攸关。我到处都找不到他，他不见了，我喘不过气了。

"赛拉！"

我努力地寻找，却看不到他。视野缩小了，细节和颜色都消失了，肺变成了石头。我快要窒息了。

"赛拉！"

我的大脑分辨出这是母亲的声音。我望向渐渐模糊的街面，望向人行道一侧，但没有看到她。

"赛拉！"

母亲的声音更大了，是从我左侧传来的。我转过身，看见她正沿着人行道向我跑过来，莱纳斯被她抱在怀里。空气和生命瞬间涌回了我体内。

"莱纳斯！"

我还没来得及迈步，母亲就追了上来。

"我从西维斯一出来，恰好往对面看了一眼，结果就看见莱纳斯正要往路面上走。"母亲上气不接下气，声音都在颤抖。

"上帝啊！"

"出了什么事?"

"我不知道。他前一分钟还在玩火车,后一分钟……"

我嗓子发干,下半句话怎么也说不出口。我不敢回想,就算那只是一种可能,并且幸运地没有发生。我一下子泪流满面。

"过来,先坐下吧。"母亲说着,带我走到了奶酪店门外的长椅前。

我们坐了下来,母亲把莱纳斯交到我怀里。我紧紧地抱着他,一边哭,一边不住地亲吻他的脸。母亲气喘吁吁,她睁大了眼睛,望着街面,但眼神空洞洞的,似乎看到的不是眼前的场景,而是脑海中的画面。一辆园林绿化卡车从我们面前隆隆地驶过。

"卡车,卡车!"莱纳斯兴高采烈地说。

我把他搂得更紧了。母亲回过神来,看了看手表。

"咱们该去接露西了。"她说。

"好。"我说着,擦了擦眼泪,"莱纳斯的婴儿车还在玩具店里。"

我又看了看我漂亮的宝贝,然后才把他交给母亲抱着。他毫发未伤,并且对可能发生的悲剧浑然不觉。我吻了吻他的脖子,又一次紧紧地搂着他。这时候,我注意到了他的小手。

"我们还得把这些火车还回去。"

这天晚上,我躺在床上,心里总静不下来,最终还是下了床,轻手轻脚地来到了莱纳斯的房间,看着他熟睡的样子。他仰面躺在婴儿床里,穿着蓝色的包脚连体睡衣,一只胳膊伸到了头顶上。我听着他熟睡中的呼吸声。孩子出生后的几个月总是叫人担惊受怕,虽然已经过去了这么多年,但他们睡梦中的呼吸声听在我这双母亲的耳朵里,还是让我觉得安心而平静。他嘴里含着橙色的安抚奶嘴,身上盖着他最喜欢的毯子,柔软光滑的毯子边贴着他的脸蛋,小兔子玩偶软绵绵地躺在他胸前。所有可以想象得到的婴儿安全用品都围绕在他身边,但没有一样东西能够保护他,阻止今天下午那样的事。

感谢上帝保佑他平安无恙。

我想象着今天可能发生的一幕,又想象着自己此刻站在这里,望着空荡荡的婴儿床。这样的画面让我喘不过气来,我几乎不敢站在这儿,不敢想下去了。

感谢上帝保佑他平安无恙。

我相信,为生命中的好运和奇迹感谢上帝总是举止得体、原则正确的表现,但我也知道,这一次,我还应该感谢另一个人。

我尽量不弄出动静,离开了莱纳斯的房间,来到楼下,穿过客厅,走到了日光室。我正要敲门,这时依稀听见了哭声。呀,糟糕,八成是我把莱纳斯吵醒了。我又分辨了一下,发觉哭声是从法式门后传来的。

"妈?"我叫了一声,没等她回答就走了进去。

母亲躺在床上,盖着被子,身子蜷缩成一团,周围堆满了皱巴巴的白色纸巾。她哭了。

"怎么了?"我问。

她翻过身,面对着我,又从纸巾盒里抽出了一张纸巾,在眼睛上抹了两下。

"哦,我今天有点情绪激动。"

"我也是。"我说。

我走过去,在床边坐下了。

"要是他出了什么事,我觉得我的心脏会受不了的。"她说。

"我也是。"

"你不知道,赛拉。我希望你永远也不知道那种滋味。"

我这时才明白过来,今天的事不只是关于莱纳斯。

"我真不该让你一个人留在玩具店里。"她说。

"不是的,我应该把他看好。"

"我应该在你身边。"

"关键时刻你在,这就够了。是你发现了他,他现在没事了。"

"可如果我没有看见他呢?我一直忍不住在想可能会发生什么。"

"我也是。"

"我应该留在你身边的。"

她说着抽泣起来。

"没事的,妈。他没事了,我刚刚去看过他。他睡着了,正做梦玩火车呢。我们都没事。"

"对不起,你需要我的时候我却不在。"

"不是这样的。"

"不,是你需要我的时候,这么多年,我一直没有陪在你身边。对不起。"

她从纸巾盒里抽出了最后一张纸巾,一边哭一边擤鼻涕。她的伤痛太多了,多少纸巾都不够用。我伸出右手,搂住她的脖子,抱住了她。

"没事了,妈。我原谅你。你现在就陪在我身边。谢谢你现在陪在我身边。"

我拥抱着她,她哭泣的身体渐渐放松下来。等她最终平静下来之后,我躺在她身边,进入了梦乡。

第 37 章

海蒂开了瓶葡萄酒，这是我从康复中心出院那天她送给我的礼物。她倒了两杯酒，接着拿起了两只杯子，而我"拿起了"我的老人拐杖。我们从厨房走到客厅，我能感觉到她一直在观察我。

"你的步态进步了很多。"她说，"步子更顺畅了，也没那么吃力了。"

"谢谢。"这样的称赞让我暗暗诧异。

比起四个半月之前，我做很多事都更加顺畅，也没那么吃力了，比如找到盘子左侧的食物，把左胳膊伸到衬衫的左袖子，打字，阅读。这些进步不是一朝一夕就能做到的，它们缓慢、微小，要经过几周、几个月的积累，才出现不可思议的变化，仅仅几天是看不出来的。从康复中心出院之后，我的步态有了改善，但我自己并没有注意到。海蒂的评价让我很高兴。

我们在沙发上坐了下来，海蒂把我的杯子递给了我。

"祝你不断康复。"她说着，举起了酒杯。

"这一杯你可一定要喝。"我把酒杯举到面前，等着海蒂跟我碰杯。要是我主动，很可能会错过目标，把一杯酒都洒在她身上。

海蒂跟我碰了杯，我们一起祝我不断康复。到目前为止，她大概是唯一一个公开认可这一点的健康护理专家了。除了她之外，大家要么三缄其口，避免给出一个具体的预测，要么只会说"可能吧",接着又要来一段"但是""丑话说在前头",还有"我不想让你产生任何不切实际的希望",把这个"可能吧"淹没在里面。否认的确是一个大麻烦,谁也别想让我否认现实,一直坚信自己可能会好起来,因为现实中这样的概率太低了——上帝保佑。但话又说回来,作为作业治疗师的海蒂也许并不认为我会完全康复,她之所以相信有这种可能,是因为她是我的朋友。在单侧忽略这个问题上,无论如何我都更愿意接受朋友的祝福,而不是康复治疗师谨慎的预判。

"康复中心的情况怎么样?"我问。

"差不多还是老样子。又新来了一个得了单侧忽略的女患者,她六十二岁了,是中风引起的。她的情况比你严重得多,而且她还有其他的病症。她住院三周了,但还是完全意识不到自己有这种问题,总觉得自己非常健康。帮她复健肯定非常困难。"

我回想起刚到康复中心的日子,那时我就是新来的得了单侧忽略的女患者。那段经历似乎远在一百万年前,又近在昨天。我对这个新来的女患者一无所知,却感觉和她惺惺相惜,就像我听到一个人念的是明德学院或者哈佛商学院,又或者我遇到了一个威尔蒙特人。不管我和她有多少不一样的地方,但我们有相似的生活经历。

有时候,我会忘了自己患有单侧忽略,但这并不像最初的时候,那时是因为我毫无意识,毫无察觉。我知道自己会忽略左侧,所以不会再想着不用拐杖,以为左腿没问题。我知道自己需要有人帮助才能穿衣服,所以不会任由自己穿衣服,就那么顶着穿了一半的衬衫、拖着左裤腿出门。我也不会自己用厨灶,因为我知道那很危险(其实我以前也不怎么用)。我知道,我要时刻提醒自己注意左侧,注意左侧的身体,往左看,往左扫视,往左去,可即使我这么提醒自己,我也很有可能只注意到了右侧的事物。

但是,当我不走路、不阅读、不寻找盘子里的红球的时候,当我坐在日光室里放松，和孩子们说话，和朋友坐在沙发上喝葡萄酒的时候，我会感觉非常健康。我不觉得自己有什么问题。我不是得了单侧忽略的女患者，我是赛拉·尼克森。

"玛莎怎么样了？"我问。

"哦，她想死你了。"海蒂微笑着说。

"那当然了。"

"很高兴，我们终于有时间履行这个约定了。"她说。

"我也是。"

我从康复中心出院之后，海蒂每周至少会打一次电话过来，问问我的情况。她也来过好多次，不过一般都是在查理上完篮球课之后顺便送他回来。她要上班，而周末和学校放假的时候我都在佛蒙特，所以我们一直没有时间聚在一起，就这样，差不多就拖到了三月底。

她在客厅里看了一圈后说："我喜欢你的房子。"

"谢谢。"

"我真不敢相信你可能要搬走。"

"是啊。这是个很大的变动。"

"跟我说说你的新工作吧。"

"是残体协的发展总监，我会负责制定和发展协会的筹资策略，也就是联系企业赞助商和捐助者，利用各种人脉帮助营销他们的项目，还有就是撰写拨款申请书。每周工作二十小时，而且至少一半的时间都可以在家里办公。"

"这听起来太适合你了。"

"真是这样。在哈佛商学院还有伯克利积累的商业技能正好能让我胜任这份工作，我因为自己的身体障碍，又在残体协受益良多，所以有同理心，对这份工作充满激情。我相信这个组织的重要意义，并且会贡献我的力量，这些工作内容对他们必不可少，而且工时也刚刚好。"

"那鲍勃呢？他也能去残体协工作吗？"海蒂问。

"不会，不会。残体协大部分都是志愿工作，况且他另有目标。"

海蒂看了看手表——是我原来的那块表，她戴着很合适。

"鲍勃人呢？"她意识到已经很晚了。

孩子们和我母亲都已经上床休息了。

"他还在公司。"

"哇，熬夜加班。"

"嗯。"

我没有多说什么。对鲍勃来说，某段时间连续一个月加班其实并不反常，只不过这段时间刚好是从我拒绝回伯克利开始的，这个时间点过于精确，感觉不像是巧合。他加班加点，可能因为我们全靠他一个人养家糊口，他必须保住工作；也可能是因为公司勉力支撑，他的压力越来越大。但我总觉得，他就是为了躲着我，躲着我在佛蒙特的工作机会。

"你们什么时候过去？"

"嗯，残体协需要我尽快回复，不过上班的话要到秋天才开始，所以我们还有一段时间。"

"那你打算怎么回复呢？"

"我想接受，不过除非鲍勃觉得他也能在那边找到合适的工作，不然我就不能答应。再看看吧。要是最终没成，我在这儿肯定也能找到别的工作的。"我嘴上这么说，其实心里一点把握也没有。

"那你母亲呢？她会和你们一起过去吗？"

"她夏天要回科德角去住，等过了劳动节①再回来跟我们住。"

---

① 美国劳动节定在每年九月的第一个周一。

第 37 章

"那她对搬去佛蒙特州有什么看法?"

"啊,她很喜欢住在那儿,比住这儿还喜欢。"

"那夏天你们打算找谁来帮忙照顾家里?"

"要是搬去佛蒙特州的话,迈克·格林有个念大学的侄女暑假会回家,她想找一份兼职。她做过很多年的保姆,念的又是护理专业,迈克觉得她很适合来照顾我和几个孩子。要是还住在这儿呢,艾比到五月份就从纽约回来了,她说夏天可以过来当保姆。"

"听起来你们全都安排妥当了,除了鲍勃。"

"是啊。"

全都安排妥当了,除了鲍勃。

第 38 章

三月的最后一个周末，全国大部分地区都在享受春天的到来，科特兰却在庆祝一年一度的无尽之冬冰雪节。我、鲍勃、查理和露西四个人在山上玩了一上午，刚刚在滑雪小屋吃完午餐。早上母亲带着莱纳斯去了冰雪节，这会儿鲍勃和孩子们也想去，但我觉得太累了。最后商量决定，让鲍勃送我回家去睡一觉，他一个人带着孩子们去玩。

冰雪节为期一周，充满了佛蒙特州的小镇风情，特别适合一家人去玩。那儿有堆雪人比赛，篝火和烤棉花糖，热可可和刨冰，湖上滑冰，越野滑雪比赛和现场音乐会。几乎所有的本地商户都会过去摆摊卖东西——枫糖、乳脂软糖、果酱、奶酪、密纫被、画作、雕塑，等等。我们坐在车里，我大声念着冰雪节宣传册上的内容，好勾起孩子们的兴趣。

"哇，今天有狗拉雪橇比赛！"

"说不定我可以去当赶狗拉雪橇的专业运动员。"鲍勃说。

"好耶！"查理和露西嚷嚷。

"还有冰钓。"我没理他，只想继续冰雪节的话题。

"我可以去当冰湖渔夫。"鲍勃说。

"好耶！"查理和露西欢呼起来。

"鲍勃。"我说。

第 38 章

"或者我可以在院子里养奶牛,然后做冰激凌!"

"好耶!"两个孩子嚷嚷着,咯咯地笑。

我也大笑起来,不过我笑是因为我忍不住想象着鲍勃挽起衬衫袖子挤牛奶的画面。

"我可以弄一辆自己的冰激凌车,然后就可以当冰激凌先生了!"

"好耶!"两个孩子大喊。

"就做这个吧,爸爸。"露西说。

"对,做冰激凌先生!"查理也附和。

"选票出来了,宝贝,我是佛蒙特州的新任冰激凌先生。我得弄一辆白色的卡车和一顶帽子。"

我想象着鲍勃戴帽子的样子,又一次哈哈大笑。在我的想象中,他还系着红色的裤子背带。

能就这件事开开玩笑,我感觉不错。每次讨论起鲍勃的工作,是到威尔蒙特还是佛蒙特的问题,气氛总是剑拔弩张、充满压力,而且到现在也没有一个答案。现在他至少愿意考虑这个问题,并且积极地在佛蒙特找工作。只是他要求很高,既然他在波士顿都一直找不到合心意的工作,他在这儿又能找到条件尚可的工作吗?我的信心与日俱减。

我们开到了门口的车道上,鲍勃没熄火,扶我下了车。

"你能自己进去吧?"鲍勃一边问,一边把拐杖递给我。

"嗯,我没事。你帮我买点乳脂软糖回来吧?"

"没问题。我在这儿看着,等你进门了再走。"

我沿着碎石路走到门口,接着松开拐杖,转动门把手,推开了门。我转过身,鲍勃发动了汽车,我朝他们挥手告别。现在我可以不靠拐杖或者扶手自己站着,站得越来越稳,也越来越自信,哪怕只能靠两只脚站几秒钟,我都兴奋不已。

穿过门厅的时候,我听见一阵尖锐的声音,像是汽笛声。听起来像是莱纳斯的电动玩具火车，但按理说他现在应该是在午睡，他会睡上三个小时。最好不是他起来玩火车了。

"妈？"我唤了一声，我怕莱纳斯还在睡着，也不敢喊得太大声。

我走到客厅，看见母亲躺在沙发上睡着了。莱纳斯肯定是在婴儿床里，那就好。到了客厅这儿，汽笛声更响了，而且是响个不停。可能是电动火车的按钮卡住了吧。我在客厅里四下张望，但没看到玩具火车。客厅里收拾得干干净净，莱纳斯的玩具全都收起来了。我又看了看电视，但电视也没开。

我拄着老人拐杖，走到莱纳斯的玩具箱前面，仔细听了听。汽笛声并不是玩具发出来的。我又仔细听了一会儿，想分辨声响是从哪儿传来的。我好奇这究竟是什么动静，倒不觉得生气或者担心。声音并不太大，所以莱纳斯和母亲都没有被惊醒，而且我敢肯定，在我自己的卧室里是根本听不见的。那是什么的声音呢？

我拄着拐杖，拖着步子，来到了厨房，又细听了一会儿——声音绝对是这里传出来的。我打开冰箱门，又关上了。不是冰箱。我检查了地板、桌子、厨房台面，寻找莱纳斯的玩具火车，但到处都收拾得干干净净。没有玩具火车，没有电子玩具，没有手机，也没有音乐播放器。

我看了看厨灶——什么也没有。这时我想起来要往左看，果然，我看到茶壶正坐在烧得通红的灶眼上，壶嘴里呼呼地冒着蒸汽。我又看了看厨房台面，这一次记着要往左扫视，我看见了母亲的空杯子，茶包的绳子和方形标签垂在杯子外面。

我心里一沉，出了一身冷汗。我拧上了厨灶开关，把茶壶挪到了右边。汽笛声止住了。

我拄着拐杖走回客厅，仔细听了听。一点声音也没有。我坐到沙发边上，但不等我握住母亲的手，我就知道，她并不是睡着了。

第 39 章

六月，查理和露西的学年结束后，我们卖掉了威尔蒙特的房子，搬到了科特兰。暑假里，鲍勃请了假在家照顾我们，查理和露西上午在基督教青年会[①]参加夏令营，下午三个孩子要么在院子里玩，要么在威洛比湖游泳，而我跟着残体协的夏季项目在湖上学皮划艇。虽然母亲当时说了夏天要回科德角，但身边没有了她，我还是觉得很不适应。我总觉得还会看见她推门走进来，给我带来最新一期的《人物》杂志，还会听见她的笑声，现在也是。我本来畅想着夏天的时候和鲍勃带着孩子们开车过去看她——至少要去两次。我畅想着和她一起去海边，一起品尝从她花园里摘的新鲜西红柿，还要见见她在红帽子协会的朋友。我还畅想着和她通过软件聊天。

到了十一月的第一周，赏叶和骑山地自行车的季节过去了，而滑雪最少还要等一个月。镇子里一年到头都一片静谧，十一月更是格外冷清，但我并不在意。我和鲍勃坐在我们最喜欢的塞斯卡餐厅，靠着壁炉。我们不需要提前订位子，也不用担心停车，在餐厅门口就能找到停车位，并且不用排位就能坐到最喜欢的餐位。餐厅里只有我们两个客人，部分原因是这会儿时间还早，不过这里什么时候都不会满座。

---

① 全球性基督教青年社会服务团体。——编者注

鲍勃拿出一个白色的小盒子放在桌子上，推到了我面前。

我没有想到他会送礼物给我，于是问："是什么？"

"打开看看。"他说。

今天是我经历车祸而幸存的周年纪念日，我们有意要让这一天成为值得庆祝的日子，而不去遗憾种种的"如果"——如果那天的石头剪子布游戏我没有赢，是不是就不会出事了？如果那天没有下雨，是不是就不会出事了？如果我当时不打算打电话，是不是就不会出事了？如果我早一点抬头看路，是不是就不会出事了？如果我没有撞到脑袋，是不是就不会出事了？我们来这儿用餐，是要庆祝我们所拥有的生活，而不是哀叹我们所失去的东西。尽管如此，在我打开鲍勃的礼物之前，我还是忍不住把两个方面都回想了一番。

我很怀念在伯克利工作的日子。我想念理查德和杰西卡，想念那些出色的咨询顾问，想念自己征服了看似不可能的一天，给各种有趣的项目配备人手，迎来招聘季，管理职业发展，并且真正得心应手的感觉。不过我不想念通勤、出差、工时还有随之而来的压力。

我喜欢残体协的新工作。我喜欢迈克和那群志愿者，他们有不同的背景，但都是天底下最最慷慨的人。我喜欢现在的工作时间，从周一到周五，我通常从八点待到中午，每周一般在家里再工作五个小时，有时候根本不用过去，就窝在客厅的沙发上工作。我也喜欢工作的内容，既有挑战性，又很有意义。而且我干起来也得心应手。上班有两个月了，我一次都没哭过。我估计以后也不会。

我不怀念只能干洗的系扣衬衫和西装，残体协严格要求穿便装。我倒是很怀念高跟鞋。

我怀念从前的工资，那份工资让我觉得骄傲、有能力、有价值。现在我赚的少了很多，真的少了很多。虽然工资少了，但我获得了时间。每天下午，我都有时间陪查理和露西做作业，和他们一起玩会儿电子游戏,去看查理踢足球,和莱纳斯一起睡午觉。我已经等不及去滑雪了。我有时间给露西画肖像画(三个孩子里只有她能坐得住),画我们在当地果园里摘的苹果。我有时间看小说,冥想,看着鹿从后院里走过,每天晚上都能和家人一起吃饭。钱少了,时间多了。到目前为止,这个交换完全物有所值。

我们两个都不怀念鲍勃原来的工作。他在佛得公司找到了新的职务,帮助国际客户转向可再生能源制定经济上有利的计划。这个公司年轻,正在成长,大家都对工作充满激情,鲍勃很喜欢这样的氛围。公司在蒙彼利埃[①],距离我们在科特兰的家大约有八十公里,好在一路都是高速公路,从来不堵车,所以通常只需要四十五分钟,差不多就是我们以前从威尔蒙特到波士顿的时间(还得是天气好,没有交通事故,也没有棒球比赛的时候)。他们同事都很体谅他,让他每天提前下班,回来照顾我和孩子们。他一般四点就到家了。

这里的小学也好极了。一个班的学生数量只有威尔蒙特的一半,特殊教育项目的几个老师对查理也非常有帮助,他巴不得冬天快点来,好加入学校的单板滑雪队。露西很喜欢她的新老师,也很喜欢汉娜——她新交的最好的朋友。莱纳斯波澜不惊地适应了新的日托中心,每天早上鲍勃上班前先送他过去,下午两点,残体协的克里斯或者金姆会帮我把他接回来。

我很怀念海蒂。她答应二月放假的时候会带着一家人来科特兰,享受一周的滑雪。

我怀念星巴克。附近的咖啡店一直关着,但好在我们有咖啡机。

我怀念能够毫不费力地完成那些简单的事,像是阅读、打字、

---

① 佛蒙特州首府。

剃毛、穿衣服、用剪刀、套枕套、把里子朝外的衬衫翻过来。

我怀念开车，还有随之而来的独立感。现在早上去科特兰山是鲍勃开车送我，回家是迈克或者残体协的其他同事送我，我很怀念来去自由的感觉，不必搭别人的车。

一小部分的单侧忽略患者最终能够恢复到可以安全地自己开车。鲍勃仍然坚定不移地鼓励我尝试，上周一上班之前，鲍勃把车开到了空旷的教堂停车场，叫我试一试。我换到了驾驶座，系上安全带（六个月之前，我是绝对做不到的），从停车挡挂到前进挡，右脚从刹车慢慢地换到油门。车子刚驶出几米，鲍勃就大喊"停车！"我急忙踩住了刹车。我惊慌失措，但完全不知道出了什么事。鲍勃叫我往左看，我一开始还没注意到有什么异常，紧接着，我就发现了：驾驶座那一侧的车门还开着。看样子我还是没准备好开车，可总有那么一天的。

我怀念走路。我还是需要借助老人拐杖，挪拐杖，迈一步，拖着走，但是比从前从容得多，也远远没那么吃力了，我希望自己很快就能更进一步，换成普通拐杖。希望、进步，这两样一直都在。

我最怀念的就是母亲。如果那天的石头剪子布游戏我没有赢，如果我没有撞到脑袋，如果我不需要帮助，如果她没有提出来帮忙，那又会发生什么？我很庆幸，在她去世之前，我能有机会重新了解她、爱她。

我打开了没有包装的盒子。我心里悲喜交加，泪水夺眶而出，顺着微笑的脸颊滑落。

"哦，鲍勃，这个礼物太美了。"

"来，我帮你戴上。"

他伸出手，隔着桌子，握起了我的左手。

"好了。"他说。

我晃了晃一边肩膀，听见左手腕上的吊坠手链发出叮叮当当的声响。往左看，往左扫视，往左去。

我看见了钻戒和婚戒，这代表着我和鲍勃。

往左看，往左扫视，往左去。

我看见了粉红色的塑料手表，这代表着我的好朋友海蒂。

往左看，往左扫视，往左去。

我看见了银色的吊坠手链和上面的三个小圆片吊坠，这代表着查理、露西和莱纳斯。

往左看，往左扫视，往左去。

我看见了鲍勃送给我的礼物，一枚新的吊坠。那是一顶银色的帽子，上面镶着一颗红宝石，这代表着我母亲。

"谢谢你，亲爱的。我太喜欢了。"

女侍者端来一瓶红酒，又问我们想点什么。我们两个都点了凯撒沙拉和南瓜意大利方饺。鲍勃倒了两杯酒，接着举起了杯子。

"敬充实的人生。"他说。

我微笑着望着他，我爱他，因为他愿意和我一起改变，接纳疾病带来的变化，理解这个新的我。尽管我仍然对完全康复抱有希望，但我明白，即便我不再像以前那么忙忙碌碌，也一样可以过上充实的生活。

我又一次看了看左侧，找到了左手，这只手上戴着美丽的饰物，代表了我和鲍勃、我们的孩子、我的朋友，现在还有母亲。我竭尽了全部注意力，用左手举起了酒杯，举得高高的。

"敬充实的人生。"我说。

我们碰了碰杯，开怀畅饮。

　　我坐在吊椅缆车上，要去科特兰山的山顶。母亲坐在我右边，她最喜欢坐在这个位置，因为这样我就能看见她了。她披着一条红色的针织披肩，穿着白毛衣、黑色的松紧腰裤子、黑靴子，头上戴着一顶维多利亚式大草帽，帽子上堆满了红色的花朵。

"妈，你这身打扮不合适。"

"是吗？"

"是啊。而且你没有雪板，单板双板都没有。你打算怎么下山去？"

"我上来只是想看看风景。"

"哦。"

"还有就是陪你。"

"你应该学着滑单板的。"

"哦，不行，我这个年纪学不会的。"

"不，不是这样的。"

"就是这样的，不过我很喜欢和你走这一趟。"

我抬起头，看见缆车就要到终点了。我把护栏杆抬到头顶，调整雪板方向，往吊椅边缘挪了挪身子。

"记着要往左看。"母亲说。

我往左转过头，立刻诧异地倒抽了一口气。纳特和父亲都坐在我旁边。

"上帝啊，你们是从哪儿冒出来的？"

"我们一直都在这儿啊。"父亲微笑着说。

父亲和纳特都穿着红色的滑雪服和黑色的裤子，但他们也都没有雪板，单板双板都没有。

我们坐到了山顶，我顺着坡道滑了下去，纳特、父亲和母亲走在前面，又上了下一趟缆车，没有等我。我望着他们的吊椅越升越高，最后消失在半空中。

"嘿。"

我往左转过头，是鲍勃。

第 39 章

"你们都来了啊。"我说。

鲍勃身上系着婴儿背带,把莱纳斯背在身后,露西蹬着双板,站在鲍勃右边,查理蹬着单板,在他们前面。

"当然啦,我们都在等你呢。"

我眺望着面前那条新鲜的雪道,眺望着白雪皑皑的山谷,眺望着远处的青山,任清晨和煦的阳光抚摸着我冰凉凉的脸颊。山顶一片静谧,我能听到的只有我自己的呼吸声。

"我们走吧。"我说。

我调整雪板,让板头朝前,身子向山下微微倾斜。

滑行、转弯、滑行。

我内心平静。

滑行、转弯、滑行。

我健康无恙。

滑行、转弯、滑行。

万籁俱静。

LEFT NEGLECTED
作者按

　　单侧忽略又称半侧空间忽略，是一种神经系统综合征，多发生于左侧，见于右脑卒中、出血或创伤性脑损伤引起的右侧大脑半球损伤患者。普通人很可能从来没有听说过单侧忽略，康复医院的医护人员则经常接触到这类患者。患者没有左眼失明，只是他们的大脑会忽略左侧世界的信息，这往往包括他们身体的左侧。我所认识的单侧忽略患者处于不同的康复阶段，他们采用了许多标准的康复策略以及创造性的办法来适应单侧意识缺失的生活，并且始终对进一步恢复充满希望。截至本书写作之时，医学界尚未全面地了解单侧忽略。

　　新英格兰残疾人体育协会（NEHSA）是一个真实存在的组织，总部位于新罕布什尔州纽伯里镇苏纳皮山（而不是虚构的佛蒙特州科特兰镇）。该组织致力于"帮助残疾人及其家人通过适应体育运动、娱乐和社会活动丰富生活，见证人类精神的胜利"。该组织所服务的人群经历着不同类型的障碍，包括肢体不全、孤独症、唐氏综合征、创伤性脑损伤、脊柱裂、肌肉萎缩、多发性硬化症和脑卒中。

LEFT NEGLECTED
致谢

首先,我要感谢各位单侧忽略患者及其家属,他们慷慨地和我分享了各自的经历和故事,让我对这一症状有了真实的、人性化的了解,这在教科书中是根本找不到的。

谢谢你们,安妮·埃尔德里奇、林恩·杜克、迈克和苏·麦科米克、莉萨·纳尔逊、布拉德和玛丽、陶斯、布鲁斯和艾米·威尔伯。

我要特别感谢德博拉·范斯坦,她在我写作本书期间去世了。我还要感谢她的家人,他们在那样一个私人的、不确定的时候邀请我进入了他们的生活。感谢阿里·阿特里医生,他介绍我认识了范斯坦一家,抽出时间引我入门,并相信我的求知欲是充满敬意的。

我要特别感谢我的朋友茱莉亚·福克斯·加里森[1],你真的是我的灵感源泉。

---

[1] 茱莉亚·福克斯·加里森(Julia Fox Garrison)三十七岁时患脑卒中,她将积极面对生活、逐渐康复的经历写成了回忆录《别放弃我》(*Don't Leave Me This Way*)。

感谢各位医护人员，他们抽出时间和我见面或通话，帮助我更好地了解单侧忽略患者的临床表现、适应能力和康复情况。

谢谢你们，克莉丝汀·斯明斯基（物理治疗师）、金伯莉·威金斯（神经专科注册护士）、帕蒂·凯莉（作业治疗师）、吉姆·史密斯（尤蒂卡学院物理治疗助理教授）、汤姆·范弗利特博士（加州大学伯克利分校研究神经心理学家）和迈克尔·保罗·梅森[1]。

感谢波士顿斯波尔丁康复医院的每一个人：罗恩·希施贝格医生（康复医师）、琳恩·布雷迪·瓦格纳（脑卒中项目负责人）、贝姬·阿什（作业治疗师）、梅利莎·德卢克（作业治疗师）、保罗·佩特隆（脑卒中项目作业治疗组长）、兰迪·布莱克-谢弗（脑卒中项目医学总监）、瓦莎·德赛（作业治疗师）、詹娜·卡斯本（言语语言病理学家）和乔·德古提斯博士（研究科学家）。

感谢科德角及美国离岛康复医院的每一个人：玛丽安·特赖恩（注册护士）、卡罗尔·西姆（注册护士、首席执行官）、斯蒂芬妮·纳多尔尼（临床服务副总裁、娱乐治疗[2]师）、简·沙利文（住院部言语治疗师[3]）、斯科特·艾布拉姆森医学博士（康复医师）、艾利森·迪克森（住院部康复助理）、德布·德特威勒（住院部康复助理）、科琳·麦考利（住院部物理治疗师）、戴维·洛厄尔医学博士（医学总监、神经学家）、唐·卢西尔（神经专科高级物理治疗师）、苏·艾伦塔尔医学博士（康复医师）、杰伊·罗森费尔德医学博士（康复医师）、希瑟·沃德（门诊部物理治疗师）

---

[1] 迈克尔·保罗·梅森（Michael Paul Mason），《头号病例：脑损伤及其后遗症》（*Head Cases: Stories of Brain Injury and Its Aftermath*）的作者。
[2] 娱乐治疗指通过一系列娱乐活动来增进身心健康的一种心理治疗方法。——编者注
[3] 具有执业资格，针对患者和残疾者的言语障碍进行言语评定、方案制订和操作实施的专业技术人员。——编者注

和唐娜·厄尔德曼（门诊部作业治疗师）。

感谢赛拉·布阿，她让我深入了解了哈佛商学院的生活。

感谢贝恩资本[①]副总裁苏珊·莱雯、银湖资本[②]前人力资源高级副总裁斯蒂芬妮·斯塔马托，她们帮助我更好地了解了赛拉的职业生活以及如何平衡家庭和事业。

感谢吉尔·马林诺夫斯基和阿曼达·尤林，她们向我传授了注意缺陷障碍的相关知识。

感谢新英格兰残疾人体育协会执行董事汤姆·克西，他向我展示了这个机构创造的奇迹和对赛拉的帮助。

感谢路易丝·伯克、安东尼·齐卡迪、凯西·萨根、维基·比尤尔，你们在读到这个故事之前就对它深信不疑；再次感谢凯西和维基，你们的编辑、指导和反馈让这个故事变得更加动人。

感谢我亲爱的早期读者：安妮·凯丽、劳雷尔·戴利、金·豪兰、赛拉·赫托、玛丽·麦格雷戈、罗丝·奥唐奈和克里斯托弗·索伊弗特，我每写一章都交给你们阅读，并从一开始就得到了你们的鼓励。

感谢我的家人和朋友，因为有你们帮我照顾孩子，我才能够腾出时间和空间完成这个故事；我要特别感谢赛拉·胡托、苏·林内尔、海迪·赖特、莫妮卡·卢西尔、丹尼尔·马特森、玛丽莲·索伊弗特、加里·索伊弗特、我的父母和我的丈夫。

感谢你们，克里斯、阿莱娜和伊桑。是你们的爱让这一切成为可能。

[①] Bain Capital，是美国一家私人股权投资公司。——编者注
[②] 是一家私人股权投资公司，总部位于美国。——编者注

未来，属于终身学习者

我这辈子遇到的聪明人（来自各行各业的聪明人）没有不每天阅读的——没有，一个都没有。巴菲特读书之多，我读书之多，可能会让你感到吃惊。孩子们都笑话我。他们觉得我是一本长了两条腿的书。

——查理·芒格

互联网改变了信息连接的方式；指数型技术在迅速颠覆着现有的商业世界；人工智能已经开始抢占人类的工作岗位……

未来，到底需要什么样的人才？

改变命运唯一的策略是你要变成终身学习者。未来世界将不再需要单一的技能型人才，而是需要具备完善的知识结构、极强逻辑思考力和高感知力的复合型人才。优秀的人往往通过阅读建立足够强大的抽象思维能力，获得异于众人的思考和整合能力。未来，将属于终身学习者！而阅读必定和终身学习形影不离。

很多人读书，追求的是干货，寻求的是立刻行之有效的解决方案。其实这是一种留在舒适区的阅读方法。在这个充满不确定性的年代，答案不会简单地出现在书里，因为生活根本就没有标准确切的答案，你也不能期望过去的经验能解决未来的问题。

而真正的阅读，应该在书中与智者同行思考，借他们的视角看到世界的多元性，提出比答案更重要的好问题，在不确定的时代中领先起跑。

湛庐阅读App：与最聪明的人共同进化

有人常常把成本支出的焦点放在书价上，把读完一本书当作阅读的终结。其实不然。

时间是读者付出的最大阅读成本

怎么读是读者面临的最大阅读障碍

"读书破万卷"不仅仅在"万"，更重要的是在"破"！

现在，我们构建了全新的"湛庐阅读"App。它将成为你"破万卷"的新居所。在这里：

● 不用考虑读什么，你可以便捷找到纸书、电子书、有声书和各种声音产品；

● 你可以学会怎么读，你将发现集泛读、通读、精读于一体的阅读解决方案；

● 你会与作者、译者、专家、推荐人和阅读教练相遇，他们是优质思想的发源地；

● 你会与优秀的读者和终身学习者为伍，他们对阅读和学习有着持久的热情和源源不绝的内驱力。

下载湛庐阅读App，
坚持亲自阅读，
有声书、电子书、阅读服务，
一站获得。

本书阅读资料包

给你便捷、高效、全面的阅读体验

本书参考资料

湛庐独家策划

- ☑ **参考文献**
  为了环保、节约纸张,部分图书的参考文献以电子版方式提供

- ☑ **主题书单**
  编辑精心推荐的延伸阅读书单,助你开启主题式阅读

- ☑ **图片资料**
  提供部分图片的高清彩色原版大图,方便保存和分享

相关阅读服务

终身学习者必备

- ☑ **电子书**
  便捷、高效,方便检索,易于携带,随时更新

- ☑ **有声书**
  保护视力,随时随地,有温度、有情感地听本书

- ☑ **精读班**
  2~4周,最懂这本书的人带你读完、读懂、读透这本好书

- ☑ **课　程**
  课程权威专家给你开书单,带你快速浏览一个领域的知识概貌

- ☑ **讲　书**
  30分钟,大咖给你讲本书,让你挑书不费劲

湛庐编辑为你独家呈现
助你更好获得书里和书外的思想和智慧,请扫码查收!

(阅读资料包的内容因书而异,最终以湛庐阅读App页面为准)

LEFT NEGLECTED by Lisa Genova

Simplified Chinese Translation copyright © 2023

by Cheers Publishing Company

Original English Language edition Copyright © 2011 by Lisa Genova

All Rights Reserved.

Published by arrangement with the original publisher, Gallery Books, a Division of Simon & Schuster, Inc.

本书中文简体字版由 Gallery Books 授权在中华人民共和国境内独家出版发行。未经出版者书面许可，不得以任何方式抄袭、复制或节录本书中的任何部分。

版权所有，侵权必究。

图书在版编目（CIP）数据

被忽略的赛拉 ／（美）莉萨·吉诺瓦（Lisa Genova）著；王林园译 . -- 杭州：浙江教育出版社，2023.5
ISBN 978-7-5722-5352-2

Ⅰ. ①被… Ⅱ. ①莉… ②王… Ⅲ. ①长篇小说－美国－现代 Ⅳ. ①I712.45

中国国家版本馆CIP数据核字（2023）第035642号

浙江省版权局
著作权合同登记号
图字：11-2023-008号

上架指导：小说 / 医学人文

版权所有，侵权必究
本书法律顾问　北京市盈科律师事务所　崔爽律师

被忽略的赛拉
BEI HULÜE DE SAILA

[美]莉萨·吉诺瓦（Lisa Genova）著
王林园　译

责任编辑：李　剑
文字编辑：苏心怡
美术编辑：韩　波
责任校对：王晨儿
责任印务：陈　沁
封面设计：ablackcover.com
出版发行：浙江教育出版社（杭州市天目山路40号　电话：0571-85170300-80928）
印　　刷：石家庄继文印刷有限公司
开　　本：880mm×1230mm　1/32
印　　张：11.25　　　　　　　　　　　字　　数：282千字
版　　次：2023年5月第1版　　　　　　印　　次：2023年5月第1次印刷
书　　号：ISBN 978-7-5722-5352-2　　　定　　价：89.90元

如发现印装质量问题，影响阅读，请致电 010-56676359 联系调换。